……내 소꿉친구……이 귀엽잖아.

야노는 자신의 속마음이
게 들린다는 것도 모르고
산스럽게 미소 지었다.

아마츠 네코히메노카미

코우타에게 '속마음이 들리는' 힘을 하사한 신.
본인은 위대한 신이라고 하지만 코우타가 보기에는
상당히 허술하다. 츄르를 아주 좋아한다.

사이온지 미즈키

코우타의 친구로 부모가 대부호.
중성적인 외모이며 특히 살짝 고개를
갸웃거리는 포즈가 끝내준다며
같은 반 남자애들에게 어떤 의미로는 대인기.

니타케 코우타

16세 남고생.
신에게 '여자애의 속마음이 들리는'
힘을 받아서 쌀쌀맞게 구는 소꿉친구인
아야노의 복잡한 짝사랑을 깨닫고 만다.

유메미가사키 아야노

코우타의 소꿉친구.
어떤 일을 계기로 코우타를 냉담한 태도로 대하고 있지만
사실은 코우타를 짝사랑하고 있다.

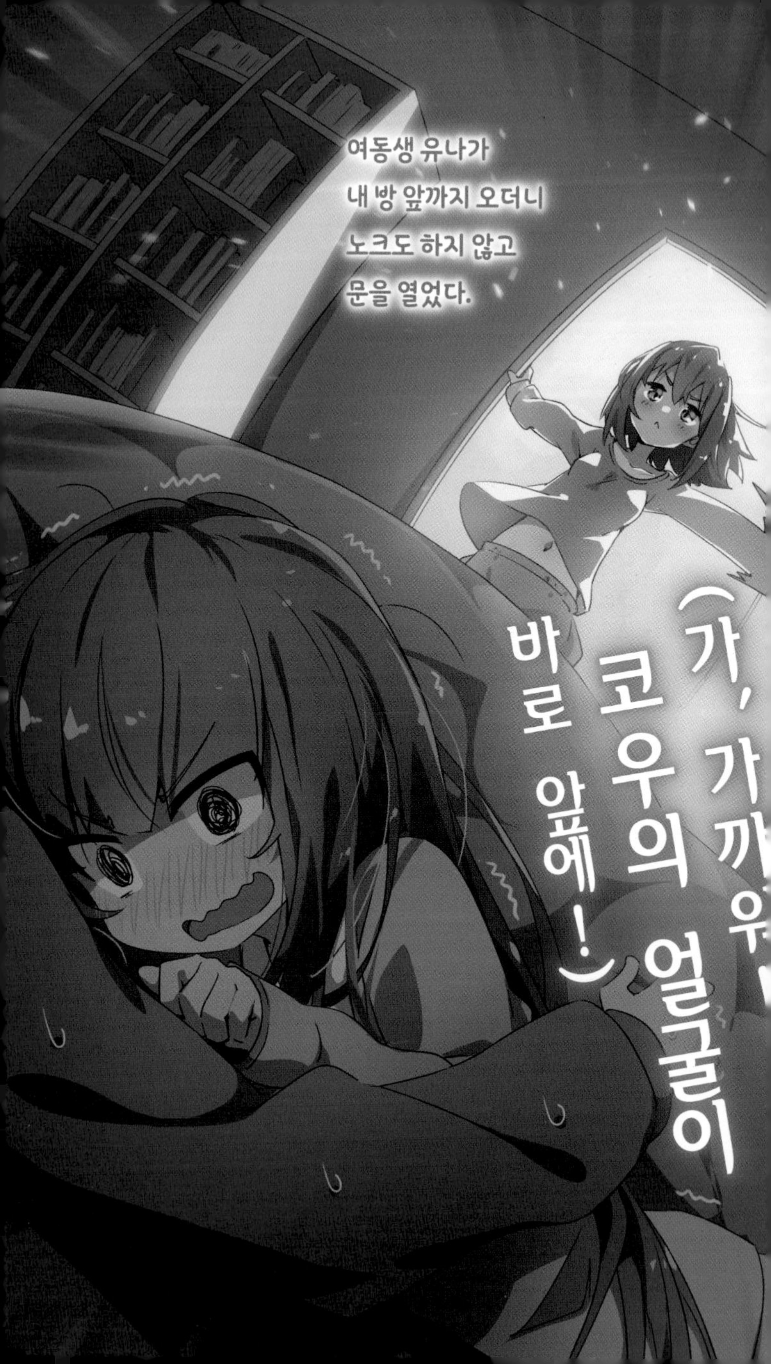
여동생 유나가
내 방 앞까지 오더니
노크도 하지 않고
문을 열었다.
(가, 가까워!
코우의 얼굴이
바로 앞에!)

언제나 쌀쌀맞게 구는 소꿉친구지만 나를 짝사랑하는 속마음이 다 들려서 귀여워

Vol. 1

로쿠마스 로쿠로타

표지 · 본문 일러스트
bun150

목차

고등학생이 된 지금도 똑똑히 기억한다.

내디디면 삐걱거리는 초등학교의 교실 바닥. 작은 운동장에서 들려오는 떠들썩한 목소리. 군데군데 구멍이 난 낡은 책상.

국어 수업은 싫었다. 산수 수업은 졸렸다. 사회 수업에는 몰래 옆자리 애와 어제 본 애니메이션 이야기를 했다.

똑같은 일을 반복하는 듯한 별것 없는 나날을 나는 그럭저럭 좋아했다.

그리고 그날도 그런 나날이 이어질 뿐이라고 생각했었다.

방과 후. 여자애들이 교실 구석에 모여서 떠들고 있었다.

"아야노, 대단해!" "재미있었어!" "다음에도 소설 쓰면 또 보여줘!"

다들 제각기 그런 말을 하며 한 소녀를 칭찬했다.

그렇지만 그런 광경도 나에게는 익숙한 일상의 한 장면이었다.

소꿉친구인 유메미가사키 아야노는 지난 1년 남짓 사이에 때때로 자작 소설을 주변인들에게 보여주고 천재니 작가 선생님이니 하는 아낌없는 칭찬을 들었다.

당시의 나는 독서라는 고상한 취미와는 인연이 먼 사람이었지만 아야노가 쓴 소설은 언제나 반강제적으로 읽게 되었다. 그렇지만 막상 읽어보면 평소에는 독서를 하지 않는 나조차도 아야노의 소설은 솔직하게 재미있다고 느꼈다.

"역시 아야노는 카이도 이치카 선생님의 딸이구나! 엄청난 재능이야!"

누군가가 그런 말을 했다.

아야노는 부모님이 이혼해서, 지금은 아버지와 단둘이 살고 있었다.

그리고 그런 아야노의 어머니는 누구나가 아는 유명한 소설가인 카이도 이치카였다. 그건 동급생이라면 누구나 아는 사실이었다. 그런 이유도 있어서인지 아야노가 소속된 반에서는 소설에 관심을 가지는 애들도 많았다.

아야노네 어머니의 필명인 카이도 이치카의 이름을 입 밖에 내어버린 여자애가 황급히 입을 다물었다.

"앗! 미, 미안해! 어머니 이야기는 안 하는 게 낫지……?"

그때는 아직 아야노의 부모님이 이혼하고 1년도 지나지 않았다. 동급생들은 그 사실에 충격을 받았을 아야노를 배려해서 되도록 카이도 이치카의 이름은 입 밖에 내지 않으려고 했었다.

아야노는 조용히 고개를 가로저었다.

"……아니야. 괜찮아. 이제 신경 안 쓰니까."

당장에라도 기어들 듯한 작은 목소리. 자세히 보니 안색도 좋지 않았다.

아야노의 상태가 이상하다는 것을 깨달았는지 그로부터 여자애들은 아야노가 쓴 소설을 열렬히 칭찬했다. 그리고 칭찬할 말이 떨어지자 다들 만족하고 돌아갔다.

하지만 아야노는 그 집단과는 함께 돌아가지 않고 교실 구석에서 부리나케 산수 프린트를 풀고 있는 내 곁으로 다가왔다.

"코우, 아까부터 계속 뭐해?"

"……산수 프린트야."

"아~ 그러고 보니 산수 수업 중에 계속 잤지?"

"그래도 이제 곧 끝나. 아야노는? 그 애들이랑 같이 안 가?"

"……응. 오늘은 좀 그럴 기분이 아니어서."

아까 카이도 이치카의 이름을 들은 탓에 집을 나가버린 어머니가 떠올랐는지 아야노의 표정은 아직 어두웠다.

"그렇구나……."

다시 산수 프린트로 시선을 옮기자 아야노가 떨리는 가느다란 목소리로 말했다.

"……코우, 있잖아."

"응? 왜?"

프린트에서 눈을 떼지 않고 그렇게 되묻자 아야노는 앞자리에 앉으며 "다 읽었지?" 하고 속삭였다.

덜컥 놀라면서도 그 말의 의도를 이해하고 이틀 전에 빌린 아야노의 노트를 가방 안에서 꺼냈다.

이 노트는 아야노가 최근에 소설을 쓰는 데 사용하는 노트로, 자주 학급 내에서 돌려 보고 있었기 때문에 테두리가 살짝 헤져 있었다.

노트를 책상 위에 올리자 아야노는 노트의 표지를 손가락으로 매만지며 "감상은?" 하고 단도직입적으로 물었다.

어둑한 표정을 한 아야노가 촉촉한 눈으로 이쪽을 보았다.

나는 대답을 망설이며 시선을 피했다.

"아…… 아까 걔네가 전부 말했잖아."

"나는 코우의 감상이 듣고 싶어."

"아니, 그렇지만……."

"부탁해. 들려줘."

아야노는 애원하듯이 내 손을 쥐고는 얼굴을 가까이했다.

그 진지한 눈길에 자연스럽게 시선이 빨려들어 갔다.

한순간 적당한 말로 이 자리를 넘길까도 생각했지만 내 손을 꼬옥 쥔 아야노의 강한 손길에 압도되어 그만뒀다.

그리고 단념하고 솔직하게 대답했다.

"………………재미없었어."

어느 사이엔가 나와 아야노만 남은 교실에 때때로 운동장에서 노는 학생들의 목소리가 들려왔다.

곧 내 감상을 들은 아야노가 어디가 재미없다는 거야, 라거나 코우는 소설이란 걸 하나도 모르는구나, 하는 등의 되바라진 말로 반박하리라고 생각했었다.

그렇지만 아야노의 반응은 내 예상과는 달랐다.

아야노는 눈에 눈물이 가득 고인 채 입술을 파르르 떨기 시작했다.

"아, 아야노……?"

그 모습에 당황한 나는 어쩌면 좋을지 알 수 없어서 가만히 아야노의 얼굴을 바라보고만 있었다.

새하얘진 머릿속에 아야노의 가냘픈 목소리가 들려왔다.

"그렇구나……. 역시…… 역시 코우는…… 코우만큼은……."

그렇게 말한 아야노의 눈에서 한줄기 눈물이 뺨을 타고 흐르며 책상 위에 둔 노트 위에 떨어져 내렸다.

그 모습을 보고 나는 그제야 자신이 저지른 실수를 깨달았다.

사과해야 한다는 생각에 겨우겨우 입을 열었다.

"아, 아야노, 나는——."

그렇지만 내 말을 아야노가 가로막았다.

"미안. ……오늘은 이만 돌아갈게."

아야노는 그렇게 내뱉고는 등을 돌리며 교실에서 뛰쳐나가고 말았다.

그 뒤에 남은 건 책상 위에 남겨진 아야노의 노트와 소꿉친구에게 상처를 주고 말았다는 죄악감뿐이었다.

역시 솔직하게 말하지 말걸……. 적어도 좀 더 완곡하게 말했어야 했는데…….

돌이킬 수 없는 후회에 크게 한숨을 내쉬며 책상 위에서 고개를 숙였다.

"내일 아야노가 학교에 오면 아침 일찍 사과하자……."

그렇지만 내가 기다리던 내일은 오지 않았다.

왜냐하면 아야노는 그날을 마지막으로 돌연히 이사해서 전학을 가버리고 말았기 때문이다.

만약 그때 내가 아야노의 소설에 악평하지 않았더라면…….
만약 그때 교실을 뛰쳐나간 아야노를 바로 쫓아갔더라면…….
무언가가 달라졌었을까?

제1장『고양이를 구하고 초능력을 쓸 수 있게 되었습니다.

　　　　　　　※어디까지나 개인적인 감상입니다.』

　덜커덩, 하는 진동을 몸으로 느끼고 놀라서 퍼뜩 눈을 떴다.

　아무래도 전철 안의 좌석에서 잠들어버린 모양으로 조금 전
충격은 차체의 흔들림인 듯했다. 놀라서 눈을 뜨다가 무릎 위에
끌어안고 있던 가방을 바닥에 떨어트려 버렸고 그걸 본 주위의
승객들이 쿡쿡거리며 웃었다.

　나는 창피하게 느끼면서도 태연한 태도를 가장하며 가방을 챙
기고 차창 밖을 보았다.

　자다가 역을 지나치지는 않은 모양인데⋯⋯. 그렇다는 말은
잠든 건 기껏 해봐야 2, 3분인가.

　방금 꾼 꿈에서 나온 옛 소꿉친구의 우는 얼굴이 뇌리에 어른
거렸다.

　왜 이제 와서 그런 꿈을⋯⋯.

　맞은편 창유리에 자신의 얼굴이 반사되어 비쳤다.

　살짝 느슨하게 푼 넥타이에 미네부치 고등학교에서 지정한 감
색 블레이저. 어제 늦게 잔 탓인지 눈가에는 어렴풋이 다크서클
이 내려앉았는데, 구부정한 자세까지 해서 전체적으로 음울한

분위기가 감돌았다.

스스로 말하기도 뭐하지만 아침 댓바람부터 보면 운수가 나빠질 듯한 인상이었다.

"안녕, 코우타! 정신없이 자던데!"

누군가가 말을 붙이길래 그쪽으로 시선을 보내니 낯익은 남학생의 모습이 있었다.

"뭐야, 미즈키냐."

"뭐야가 뭐야~. 인사했으니까 무시하지 마~."

"……안녕, 미즈키."

"응! 안녕, 코우타!"

꾸밈없이 눈부시게 웃어주는 이 아이, 사이온지 미즈키는 내 몇 없는 친구 중 하나……라고 할까, 벌써 2학년이 되었는데도 나에게는 미즈키 이외에 친구다운 친구가 없었다.

색소가 옅은 머리카락을 숏헤어로 가지런히 자르고 활달해 보이는 커다란 눈을 지녔다. 1학년 때 교실에서 처음으로 미즈키의 모습을 보았을 때는 완전히 여학생이라고 착각해버렸는데 엄연한 남자였다. 하지만 그렇게 착각할 정도로 미즈키는 중성적인 용모였다.

뭐, 여자라고 하기에는 가슴도 없고 교복도 나와 똑같은 남자용을 입고 있지만……

하지만 묘하게 잘록한 허리와 갸우뚱하며 고개를 기울일 때의 귀여운 표정 등을 보고 있자면 그때마다 나는 가슴이 술렁이는 것을 금할 길이 없었다.

미즈키가 손잡이를 잡고 상체를 약간 앞으로 기울이며 얼굴을 가까이했다.

"그래도 다행이야~. 2학년도 코우타와 같은 반이 되어서."

"……아니, 그보다도 좀 가깝다만──."

"응? 뭐? 목소리가 작아서 잘 안 들렸어."

갸우뚱.

그래, 이 얼굴이다. 너무 귀엽잖아, 젠장.

미즈키의 어깨를 뒤로 밀어서 똑바로 서게 한 뒤에 좌석에 바로 앉았다.

"그보다 우리가 2학년이 된 건 벌써 2주나 지난 이야기잖아. 왜 아직도 그런 소리를 하냐."

"에헤헤~ 그치만 또 코우타와 같은 반이 되어서 기쁜걸!"

돈다발을 쥐여주고 싶은 웃는 얼굴이로다.

미네부치 고등학교의 교사는 위에서 내려다보면 'ㄷ'이 좌우 반전 된 듯한 형태였고 각각 윗변을 북교사, 우변을 동교사, 아랫변을 남교사라고 불렀다.

거기에 미네부치 고등학교의 부지는 남교사에서 남쪽으로 더욱 펼쳐져 있는데 지금은 창고로밖에 쓰이지 않는 구교사와 그 맞은편에 신축한 체육관이 있다.

내가 소속하게 된 2학년 2반의 교실은 북교사 2층의 가장 안쪽에 있다.

정문이 있는 동교사 쪽으로 들어가면 보이는 신발장에서 실내화를 꺼냈을 때 옆에 있던 미즈키가 "아!" 하고 마침 생각났다는 것처럼 목소리를 내며 어두운 표정을 지었다.

"있잖아, 코우타~. 오늘부터 점심시간과 방과 후에 그거 해야 한대."

그거, 라는 말에 며칠 전 종례 시간에 담임 선생님이 했던 이야기가 떠올랐다. 듣자 하니 최근에 교내에서 소지품을 분실하는 일이 빈번히 발생하고 있으니 우리 반의 누군가가 점심시간과 방과 후에 방송으로 주의를 촉구해달라는 말이었다.

이 귀찮은 역할을 어떤 반이 맡을지로 선생님들끼리 제비뽑기를 했나 본데 우리 담임이 당당하게 그 명예로운 패배를 거머쥔 모양이었다. 그리고 우리 반에서도 재차 제비를 뽑아 미즈키가 당첨된 것이다.

"분실 주의 방송 말이지? 그러고 보니 미즈키가 당첨됐던가."

"정말이지~ 왜 우리 학교에는 방송부가 없는 거야~. 아니, 그 이전에 보통 이런 일은 선생님이 해야지! 코우타도 그렇게 생각하지 않아?"

화난 얼굴도 귀여운걸.

"얘, 코우타. 듣고 있어?"

"어? 어어, 듣고 있어, 듣고 있어. 운이 안 좋았네. 뭐, 수고해."

"남 일이라고 그러기야?"

◇ ◇ ◇

교실에 도착해 창가에서 두 번째 줄의 가장 뒷자리에 앉았다. 미즈키도 내 바로 앞자리에 앉으려고 의자를 당겼는데 갑자기 옆에서 여자애가 말을 붙여서 움직임을 멈췄다.

"저기…… 사이온지 군, 잠깐 괜찮을까?"

"응? 나?"

미즈키는 그 단정한 용모와 밝은 성격이 맞물려서 1학년 때부터 남녀를 불문하고 인기가 많았다. 미즈키와 함께 있을 때 몇 번인가 여자애들이 고백하려고 미즈키를 부르러 오는 상황에 맞닥뜨린 적이 있다.

미즈키 녀석 또 고백이라도 받나?

그렇게 생각하며 교실 구석까지 이동한 두 사람의 모습을 바라보고 있으니 미즈키는 여자애에게서 한 장의 종이를 건네받고 척 보기에도 수상쩍어하는 표정을 지었다.

이어서 두세 마디 주고받고는 이야기를 끝낸 듯한 미즈키가 이쪽으로 돌아와서 내 앞자리에 털썩 앉았다.

"야, 미즈키. 왜 그래? 그 종이, 러브레터……는 아니지?"

"이거 봐 봐."

내 책상 위에 내민 종이로 시선을 내려보자 그건 한 장의 사진이었다.

사진 중앙에는 교복 차림의 미즈키가 생긋 미소 짓고 있었는데 미즈키의 시선이 카메라 쪽을 보고 있지 않아서 미즈키의 허락을 받지 않고 찍은 사진이라는 것이 쉬이 상상되었다.

"도촬한 건가? 배경으로 봐서 통학로 어딘가 같은데……."

"그런 것 같아. 어제 방과 후에 아까 그 애가 1층 복도에서 주운 모양인데 누가 떨어트렸는지까지는 보지 못했다나 봐. 뭐, 이런 건 간혹 있는 일이긴 해."

"대단하네. 간혹 있는 일이냐고."

"그래도 이런 종이로 된 사진은 드물어."

"최근에는 스마트폰이니까. ……이거 구태여 스마트폰이나 디카로 촬영한 사진을 프린트했다는 거겠지? 그런 짓을 할 필요가 있나?"

"으으음……. 왜일까?"

갸우뚱.

그러니까 갸우뚱하지 말라고……. 반해버리잖아…….

미즈키는 평소처럼 귀엽게 고개를 기울인 뒤에 좀 곤란하다는 듯이 작게 덧붙였다.

"그렇지만 뭐…… 나도 모르게 사진이 찍히는 건 그다지 기분 좋은 일은 아니긴 해."

"뭐, 그렇겠지……."

미즈키는 침울해진 기색으로 책상 위에 둔 사진을 내 쪽으로 슥 밀었다.

"그런 이유로 이 사진은 코우타에게 줄게."

"왜냐고. 필요 없거든."

"그러지 말구."

"아니, 뭐하러 처량하게 동성 친구의 사진을 가지고 있어야 하냐고."

"그치만 누가 찍은 건지도 모르는 자기 사진을 가지고 있는 것도 좀 꺼려지는걸."

"친구가 자기 사진을 가지고 있는 것도 보통은 싫잖아."

"으응? 그런가? 아는 사람이 가지고 있는 것 정도는 딱히 상관없는데."

"그보다 남에게 줄 바에야 후딱 버려버리라고."

"으으음……. 자기 손으로 자기 사진을 처분하는 것도 좀 그런데……. 역시 코우타가 가지고 있어 줘. 필요 없으면 버려도 되니까."

"좋아. 알았어. 지금 바로 저기 쓰레기통에 버리고 와주마."

"……눈앞에서 버리는 건 그만뒀으면 하는데~."

결국 미즈키의 사진을 떠맡아 버리고 말았다…….

사진 속의 미즈키는 즐거운 듯이 생긋 웃고 있었다.

그렇게 말하기는 했지만 꽤 괜찮은 사진인걸. 사진을 찍은 녀석은 미즈키의 매력을 잘 알고 있다.

사진을 유심히 바라보고 있으니 근처에 있던 같은 반 녀석의 시선이 묘하게 따갑게 느껴졌다.

이런……. 이 이상 사진을 보고 있으면 애먼 오해가 생길 것 같은데……. 후딱 치워두자.

나는 미즈키의 사진을 주머니에 고이 집어넣고 아무렇지도 않은 얼굴로 창밖을 보았다.

교실의 창문 밖으로 보이는 푸른 하늘에는 새가 몇 마리 날아다녔다. 그리고 그 창문의 바로 옆에는 비어있는 책상 하나가 외따로 놓여있었다.

"그건 그렇고 내 옆자리는 빈자리인데 치우지 않아도 되나?"

그렇게 중얼거리자 앞자리에 앉아 있던 미즈키가 얼굴만 이쪽으로 돌렸다.

"어라? 몰랐어? 그 자리에 전학생이 오는 모양이야."

"전학생?"

"응. 원래는 2주 전에 우리와 함께 2학년을 시작할 예정이었나 보던데 집안 사정으로 조금 늦어졌다나 봐. 아마미야 선생님이 처음에 설명했었는데 안 들었어?"

"그, 그랬나?"

미즈키는 "그랬어~." 하고 불만스럽다는 듯이 눈살을 찌푸렸다.

마침 그때 교실의 앞문이 드르륵 열리며 검은 정장 차림의 여성이 들어왔다. 하나로 묶은 곱슬기가 있는 머리카락을 어깨에서 유달리 커다란 가슴 쪽으로 드리우고 있다.

여성은 품에 안고 있던 출석부를 교탁에 두고는 학생들이 자리에 앉도록 재촉하듯이 날카로운 시선으로 교실 안을 둘러보았다.

이 아마미야 유리라는 여성은 우리 반의 담임인 영어 선생님으로 나와 미즈키는 1학년 때부터 계속 아마미야 선생님의 반이었다.

아마미야 선생님은 "하아……." 하고 나른한 듯한 한숨을 내쉬고는 매서운 눈으로 이쪽을 노려보았다.

"니타케 군. 니타케 코우타 군."

"예? 아, 예. 왜 부르세요, 아마미야 선생님?"

"일어나 보세요."

"……예? 왜, 왜 그러시는데요?"

"선생님은 지금 무척 기분이 안 좋답니다. 그리고 니타케 군의 운수가 나빠질 듯한 얼굴을 보고 있었더니 한층 더 기분이 안 좋아졌어요. 그러니 반성하는 마음으로 조례가 끝날 때까지 서 있어 주세요."

"싫은데요."

"……하아. 이래서 니타케 군은……."

어째서 이 사람은 기분이 안 좋아질 때마다 나를 걸고넘어지는 걸까…….

아마미야 선생님은 출석부를 펼치고 잠시 내려다보더니 다시 입을 열었다.

"자, 그럼 농담은 이쯤으로 하고……. 여러분, 좋은 아침이에요. 지각과 결석은 없는 모양이네요. 아주 좋아요. 니타케 군도 기운이 넘쳐 보이니 다행이네요."

나만 지명해서 주목받게 하지 말아주시죠…….

"최근에 교내에서 소지품을 분실하는 일이 빈번히 발생하고 있어요. 학년이 올라가서 고등학교 생활에도 익숙해진 무렵이라고 생각하는데 너무 긴장을 풀지 말기를. 그리고 몇 번이나 말하지만 지금 단계에서 수험을 시야에 두고 공부도── 아, 미안해요. 오늘은 밖에 사람을 세워 뒀었네요……."

아마미야 선생님은 교실 문을 향해 "이제 들어와도 괜찮아요." 하고 말을 걸었다. 그러자 그 말에 응하는 것처럼 문이 조용히 옆으로 밀리며 한 소녀가 들어왔다.

바닥 위로 실내화가 미끄러질 때마다 양손으로 든 가방의 고리가 절그럭거리며 소리를 냈다.

허리까지 똑바로 뻗은 검은 머리칼이 공기를 머금고 부드럽게 곡선을 그렸다. 도톰하게 분홍색으로 물든 입술과 어딘가 근심이 느껴지는 커다란 눈.

아마미야 선생님의 손짓에 소녀는 칠판에 곱게 자신의 이름을 적었다.

나는 창가에서 두 번째 줄의 가장 뒷자리. 소녀에게서 가장 떨어진 이 자리에서 교실에 있는 누구보다도 소녀를 응시하고 있었다.

설마……. 어째서 쟤가 여기에…….

칠판에 이름을 전부 적은 소녀는 의젓한 자세로 이쪽을 돌아보았다.

"안녕하세요, 유메미가사키 아야노입니다. 오늘부터 잘 부탁 드리겠습니다."

그곳에 서 있는 건 틀림없이 내 소꿉친구인 유메미가사키 아야노였다.

과거의 천진난만한 분위기는 흐려져서 어른스럽고 차분한 분위기가 감돌았고 체격도 많이 변했지만 눈가에는 그 시절의 자취가 남아 있었다.

전철 안에서 꿨던 꿈에서 나온 눈물을 머금고 교실을 뛰쳐나가는 아야노의 모습이 떠올랐다.

아마미야 선생님이 말했다.

"그럼 유메미가사키 양은 저쪽의 창가 가장 뒷자리에 앉아주세요."

"예."

아야노가 이쪽으로 다가오자 교실 안에 술렁이며 속삭이는 목소리가 일었다.

"와, 예쁘다……." "머리카락이 길어." "몸매도 좋고……."

그런 선망의 시선을 아랑곳하지 않고 아야노는 마침내 내 바로 앞까지 왔다.

앞자리에 앉은 미즈키가 "코우타, 왜 그래?" 하고 말을 걸었다.

왜 그런 질문을 하는 건가 생각하다가 자신이 자리에서 일어나 아야노의 앞을 가로막고 있었기 때문이라는 것을 겨우 깨달았다.

어라? 나 뭐 하는 거지…….

또다시 교실 안이 술렁였다.

"뭐야?" "응? 니타케 군이 막아섰네?" "설마 고백하려고……?" "뭐~? 설마~. 그 니타케 군인걸?" "하하. 그렇지~?"

무슨 니타케 군을 말하는 거냐고 생각하면서도 심장만은 계속해서 크게 뛰었고 시선은 아야노에게 못 박혔다.

줄곧 그때 상처 주고 말았던 것을 후회했었다.

줄곧 그때 사과하지 못했던 것을 후회했었다.

연락처도 몰라서 지금까지 어떻게 할 수도 없었다…….

그렇지만 지금…… 눈앞에 아야노가 있다!

"아, 아야노, 나——."

입을 떼려는 순간에 아야노가 말을 잘랐다.

"방해되니까 비켜."

"……………………아…… 죄송함다…….."

그 뒤에 아무 일도 없었던 것처럼 자신의 자리로 돌아가자 교실 안에서 제각기 소곤거리는 목소리가 들려왔다.

"아니, 방금 뭐야?!" "니타케 군, 일도양단(웃음)." "차였네~." "니타케, 안되셨구만!" "유메미가사키 양은 좀 무서운 성격인가?" "니타케 군은 성격은 어두워도 재미있네~!"

그로부터 한동안 뒤에서 특공대장이라고 불리게 되었다.

이대로 사라져버리고 싶다…….

◇ ◇ ◇

점심시간. 내 책상에 도시락을 올리며 미즈키가 농담처럼 말했다.

"코우타, 기운 내."

"후후후. 미즈키, 그거 알아? 사람은 말이야. 정말로 풀이 죽었을 때는 어째서인지 웃음이 나와."

"그거 아마도 코우타만 그렇다고 생각하는데……."

젠장……. 그저 옛날 일을 사과하고 싶었을 뿐이었는데 어째서 고백하려다가 격침했다는 듯한 느낌이 된 거지…….

"그런데 정말로 그거 뭐 하려고 했었던 거야? 고백하려는 것처럼 보였지만 코우타는 그런 행동을 하는 타입이 아니잖아."

"아아, 미즈키……. 나를 이해해주는 건 너뿐이야."

"아하하. 벌써 1년이나 알고 지냈으니까. 그래서? 오늘 아침의 기행은 무슨 이유였던 거야?"

"실은……."

거기까지 말했을 때 등줄기에 싸늘함을 느끼고 시선을 옆으로 돌렸다. 그러자 옆자리에서 눈앞의 도시락에는 전혀 손을 대지 않고 이쪽을 노려보고만 있는 아야노와 눈이 마주쳤다.

"히익."

"응? 코우타, 왜 그래? ……히익."

미즈키는 황급히 입을 가리며 작은 목소리로 말했다.

"코, 코우타! 유메미가사키 양이 무시무시한 눈으로 노려보고 있는데?!"

"어어, 오늘 아침 일로 화난 걸지도 몰라……. 어쩌지……."

"어쩌지라니…… 히에엑. 아직도 이쪽을 노려보고 있어…….

어, 어째서? 오늘 아침 일이 저렇게 화를 낼 일이야?"

"……그게…… 실은…… 쟤와는 소꿉친구 사이인데……."

"뭐?! 그래?!"

"옛날에 내가 아야노를 무진장 화나게 해서 말이야……. 아마도 아직 그 일을 마음에 담아둔 것 같은데……."

"대체 무슨 짓을 하면 저렇게 화를 내……? 저건 코우타를 죽일 듯한 눈이잖아!"

"으, 으음…… 그, 그게——."

"아! 역시 말하지 마! 이 이상 관여했다가 나까지 표적이 되고 싶지는 않은걸!"

"너무하는구만……."

미즈키는 한 번 더 아야노 쪽을 보고 "히엑." 하고 목소리를 내더니 외면하듯이 허둥지둥 도시락을 정리하고는 앞에 있는 자신의 자리로 돌아갔다.

…….

………….

………………….

저기요, 슬슬 그만 노려봐주실래요?

점심시간도 끝나갈 무렵에 미즈키가 가방에서 한 권의 문고본을 꺼냈다.

"음? 미즈키도 책을 읽었던가?"

"뭐야~. 나는 책 읽으면 안 돼?"

이런. 저 뺨을 부풀리는 표정이 엄청나게 내 취향이다만.

좀 찔러 봐도 될까?

진심으로 미즈키의 뺨을 찔러 볼지 말지를 자문자답하고 있으니 미즈키가 마침 생각났다는 것처럼 말했다.

"그러고 보니 코우타도 독서가 취미였지? 학교에서 읽는 모습은 전혀 본 적이 없지만."

"나는 집에서 정독하는 타입이거든."

미즈키는 들고 있던 책을 내 눈앞에 들고는.

"참고로 코우타는 이 책 읽어봤어?"

미즈키가 들어 올린 책의 표지에는 시골 마을의 바닷가를 배경으로 두 남녀가 등을 돌린 채 손을 잡고 있는 일러스트가 그려져 있었다. 수채화로 그려져서 어딘가 플라토닉한 분위기가 느껴졌다.

미즈키는 표지에 기재되어 있는 작가의 이름과 제목을 읽었다.

"우타니 타케코의 '해안선에서 너를 그릴 때'. 이거 내용은 주인공과 히로인이 처음부터 끝까지 애정행각만 벌이는 연애물인데 군데군데서 사랑에 빠진 소녀의 심정을 꼼꼼하게 표현하고 있다고 할까, 자연스럽게 이해되어서 공감된다고 할까, 아무튼 요즘 여고생들 사이에서 대인기인 소설이야! 우타니 타케코 선생님은 이 책이 데뷔작이라고는 생각할 수 없을 정도로 달필인데…… 누구더라…… 그 유명한 작가…… 맞다! 카이도 이치카! 그 사람의 문장과 어딘가 분위기가 닮아서 좀 딱딱한 표현도 있지만 무척 재미있어."

덜커덩, 하고 옆에서 뭔가 커다란 소리가 나서 교실 안의 시선이 일제히 그쪽으로 집중되었다.

책상에 두 손을 짚고 일어선 아야노와 바로 뒤에 쓰러져 있는 의자. 그 모습을 보고 아야노가 벌떡 일어난 탓에 의자가 넘어갔다는 것이 쉽게 상상이 되었다.

다만 그 모습을 본 모두가 쥐 죽은 듯이 조용해진 이유는 그런 아야노의 표정이 노여움으로 가득했기 때문이다.

카이도 이치카는 아야노네 어머니의 필명이었던 걸로 기억하는데……. 그런데 어머니의 이름이 나온 게 그렇게 화를 낼 일인가……?

아야노가 핏발이 선 매서운 눈으로 미즈키를 보자 미즈키는 "히익." 하고 목소리를 냈다.

이어서 아야노는 바닥에 쓰러진 의자를 일으켜 세우려고도 하지 않고 지금부터 사람이라도 죽이러 가는 듯한 표정 그대로 교실에서 나갔다.

미즈키가 벌벌 떨면서 말했다.

"……무, 무서워 죽겠네. 내가 뭔가 유메미가사키 양의 심기라도 건드렸나?"

"아니, 뭐, 신경 쓰지 마……."

눈물을 글썽이던 미즈키가 갑자기 아야노가 넘어트린 의자의 주변을 응시했다.

"어라? 저기에 뭐가 떨어져 있는데?"

미즈키는 종종걸음으로 아야노의 자리까지 다가가더니 그곳에 떨어져 있던 손바닥 사이즈의 수첩을 쓱 들어 올렸다. 전체적으로 검붉은 장정의 수첩으로 마음대로 펼쳐지지 않게 잠금쇠가 단단히 잠겨 있었다.

"이거 혹시 유메미가사키 양의 수첩인가? 어딘가에 이름이 적혀있지는 않으려나."

미즈키는 수첩을 이리저리 돌려 보며 이름이 적혀있지 않은지 확인했다.

"없네. 안을 보면 알 수 있을지도 모르지만 아무리 그래도 그건 좀 그렇겠지……."

직후에 탕, 하고 요란한 소리가 나며 교실 문이 열렸다. 그쪽을 보니 조금 전에 나갔던 참인 아야노가 숨을 헐떡이며 서서 이쪽을 노려보고 있었다.

그리고 미즈키가 들고 있는 수첩을 보자마자 황급히 달려와서는 핏발이 선 눈으로 수첩을 잽싸게 빼앗아 갔다.

아야노가 수첩을 빼앗을 때의 팔심에 부웅 하고 공기를 가르는 소리가 주위에 울렸다.

인간의 팔에서 그런 소리도 나는구나…….

미즈키는 자신의 얼굴 바로 앞을 아야노의 팔이 통과했는데도 미동도 하지 못한 채 벌벌 떨고만 있었다.

"저…… 저기…… 나는…… 그게…… 주웠을 뿐이라……."

두서없이 말하는 미즈키를 아야노가 노려보았다.

"……안에 봤어?"

도리도리하며 고개를 가로젓는 미즈키.

"정말로?"

끄덕끄덕하며 고개를 주억이는 미즈키.

"만약 봤다면—— 죽을 줄 알아."

안절부절못하며 눈물을 흘리는 미즈키.

그리고 아야노는 또다시 교실 밖으로 나갔다.

움직임이 없어진 미즈키의 어깨를 살짝 짚었다.

"괘, 괜찮아?"

"…………안 괜찮은 것 같아."

"안 괜찮냐……."

그 뭐냐…….

다부지게 살아봐.

그날의 귀갓길. 홀로 학교에서 가장 가까운 역을 향해 걷고 있으니 가는 길에 비가 후두둑 내리기 시작했다. 우산을 가지고 오지 않아서 어쩔 수 없이 가방을 우산 삼으며 걸음을 재촉했다.

결국 아야노와는 한마디도 나누지 못했는걸…….

그런 생각을 하면서 빨간불에 멈춰 서있으니 다리 사이를 고양이 한 마리가 쓱 지나갔다.

놀랄 정도로 새하얀 털에 꼬리도 우뚝 서 있고 기품 있는 얼굴이었다.

예쁜 고양이네……. 어디서 기르는 고양이인가?

그 모습을 보고 있으니 고양이는 그대로 빨간불을 성큼성큼 걸어나갔다.

야야……. 아직 빨간불이라고…… 아니, 고양이가 그런 걸 알 리가 없지…….

뭐, 차도 안 오니까 안전………… 어?

시선을 옆으로 돌리니 하필이면 대형 트럭 한 대가 이쪽으로 오는 중이었다.

"……차가 오잖아."

황급히 다시 한번 고양이 쪽을 보자 고양이는 느릿느릿한 걸음으로 아직 횡단보도를 반절 정도밖에 건너지 않은 상태였다.

아, 치이겠는데…….

그렇게 생각한 순간에는 몸이 멋대로 움직여서 달려나가고 있었다.

요란하게 울려 퍼지는 클랙슨 소리. 그 소리에 놀라서 경직된 하얀 고양이. 어째서인지 그 한가운데로 뛰어드는 나.

트럭은 바로 코앞까지 다가와 있었다.

이런……. 이거 죽을 것 같은데.

죽음을 각오하면서도 고양이에게 뻗은 손이 닿으려던 순간에 젖은 아스팔트에 발이 미끄러져서 그대로 전방을 향해 크게 구르고 말았다.

하늘과 땅이 뒤집힌 세계에서 머리를 찧어 눈앞이 번쩍였다.

"아야야……."

머뭇머뭇 눈을 떠보자 조금 전까지만 해도 바로 앞에 있던 트럭이 그대로 꽁무니를 보인 채 멀어져가는 참이었다.

나는 아무래도 아슬아슬하게 횡단보도를 가로지른 모양으로 달리던 기세를 주체하지 못하고 민가의 콘크리트 담벼락을 들이박은 듯했다.

"사, 산 건가……?"

"야옹."

"응?"

아무래도 구르면서 고양이를 끌어안았는지 품 안에서 하얀 고양이가 꿈지럭거리며 움직이고 있었다.

"오, 너도 무사했냐. 둘 다 목숨을 건졌네. 앞으로는 주변을 잘 보고 걸으라고."

뭐, 사람 말을 알아들을 리가 없나.

품 안에서 쑥 빠져나온 고양이는 이쪽을 돌아보며 "야옹." 하고 울었다.

"……응?"

그대로 멀뚱히 서 있으니 이번에는 고양이가 발치까지 다가와서 바지를 입으로 잡아당겼다.

"뭐지?"

그리고 다시 한번 조금 떨어지더니 "야옹." 하고 울었다.

설마 따라오라고 하는 건가? 뭐지? 구해준 답례로 뭔가를 준다거나 하는 전개인가? 그러고 보니 그런 영화가 있었는데……. 어라? 그거 실화였어?

"야옹~!"

"…………."

빗물을 머금고 완전히 무거워진 가방을 우산 삼아서 고양이의 뒤를 따라 거리를 누볐다.

내가 지금 빗속에서 뭐 하는 거지.

그런 허망한 기분이 스멀거리기 시작할 무렵에 앞서가던 고양이가 낡은 돌계단 위를 훌쩍 올라갔다. 바로 옆에 서 있는 돌기둥에는 '카구라네코 신사'라고 새겨져 있었다.

카구라네코 신사……? 고양이(네코)? 아니, 진짜로?

반신반의하며 고양이의 뒤를 따라오기는 했지만 뭔가 고양이와 관계가 있어 보이는 신사의 이름을 보니 살짝 기대와 불안이 느껴졌다.

"야옹."

벌써 상당히 위쪽까지 올라간 고양이가 이쪽을 돌아보며 울었다.

침을 꿀꺽 삼키며 다시금 고양이를 따라갔다.

돌계단의 양옆은 대나무 숲이어서 인기척은 없었다. 응시해

보아도 민가 같은 건조물은 전혀 보이지 않았고 계단을 오르던 중에 뒤를 돌아보니 어느덧 짙게 깔린 안개 탓에 아무것도 보이지 않았다.

뭐야, 이거. 굉장히 무섭다만…….

딸랑, 하고 방울 소리가 울렸다. 계단 위쪽에서였다.

어라? 그러고 보니 그 하얀 고양이는 어디로 간 거지……?

설마…… 나를 두고 가버린 건가?

혼자만 남았다는 것을 알게 되니 자연스럽게 걸음이 빨라졌고 오르는 사이에 멈춰 서는 것도 무서워져서 달리기 시작했다.

그보다 이 계단은 어디까지 이어져 있는 거냐고! 벌써 10분 이상 올라가고 있잖아!

"저기요! 누구 없어요?! 저기요!"

대답은 없었다.

"저기요! 누구 없어요?!"

그래도 공포를 잊기 위해 필사적으로 소리쳤다.

"저기요!"

딸랑, 하고 또다시 방울 소리가 들려왔다.

놀라서 다리를 멈추고 앞을 보았다. 그러자 그곳에서 커다란 기둥문을 발견했다.

머뭇머뭇 그대로 기둥문까지 올라가서 안쪽을 살펴보자 그곳에는 오르는 동안에 있던 안개는 없었고 초라한 신사가 세워져 있었다. 그리고 신사 앞의 경내에 조금 전까지 내가 뒤를 따라가고 있던 하얀 고양이를 안은 소녀가 서 있었다.

허벅지 부근에서 잘린 진홍색 기모노. 목에 커다란 방울이 하나 달린 염주를 걸었고 맨발로 나막신을 신고 있었다. 기모노와 마찬가지로 새빨간 곱슬기가 강한 머리카락이 발치까지 닿았고, 머리 위에는 반투명한 깃옷이 두둥실 떠서 빗방울이 몸에 닿는 것을 막고 있었다.

소녀의 머리에는 고양이 귀가 쫑긋 자라나 있고 엉덩이 부근에서는 가늘고 긴 꼬리가 흔들거리며 뻗어 나와 있었다.

소녀는 안고 있던 고양이의 머리를 한 번 쓰다듬고는 묘하게 어른스러운 말투로 말했다.

"이 녀석의 목숨을 구해준 모양이더군, 인간. 감사하마."

……아……. 그렇군. 이거 그거지? 몰래카메라지? 작은 여자애를 신이라고 믿는지 안 믿는지를 보는 거지? 나는 안 속는다고. 둥실둥실 떠 있는 저 깃옷도 실 같은 걸로 매달아 둔 거지?

소녀는 하늘을 올려다보았다.

"후우……. 그나저나 빗소리가 좀 시끄럽구나."

소녀가 손가락을 딱 튕기자 그때까지 쏟아지고 있던 모든 빗방울이 공중에서 정지했다.

정말이지……. 요새 과학의 진보는 놀랍구만…….

"그래. 이거면 되겠지. 자, 인간아. 그런 곳에서 멀뚱히 있지 말고 이쪽까지 오너라."

소녀가 손가락을 쑥 들어 올리자 내 몸이 두둥실 떠오르며 그대로 천천히 부유한 채 신사 안으로 끌려 들어갔다.

저저저저저정말이지! 요요요요요새 과학의 진보는 놀랍구만!

……아니, 이젠 무리다. 자기 자신을 못 속이겠다. 이건 그거다. 진짜다. 응.

소녀의 앞까지 오자 부유해 있던 몸이 땅바닥으로 풀썩 낙하했다.

소녀가 말했다.

"내 이름은 아마츠 네코히메노카미. 이곳 카구라네코 신사의 주인이니라. 뱌쿠야의 목숨을 구해준 상으로 나를 네코히메 님이라고 부를 수 있는 권리를 주마."

"아, 안녕하세요. 저, 저는 니타케 코우타, 입니다……. 저기…… 뱌, 뱌쿠야라는 건……?"

"이 고양이의 이름이니라."

"……아, 아하. 그렇군요."

그렇게 말할 때의 내 얼굴은 상당히 경직되어있었을 것이다. 하지만 그건 당연했다. 눈앞에 있는 상대는 자유자재로 빗방울을 정지시키거나 만지지도 않고 타인의 몸을 띄울 수 있는 존재였다. 만약 그런 상대의 화를 돋우기라도 한다면 무슨 부조리한 벌이 기다리고 있을지 알 수 없었다.

그런 이유로 나는 잽싸게 줄행랑을 치기로 했다.

"그럼 저는 이만 돌아가겠습니다. 수고하세요."

"기다리거라. 아르바이트 시간이 끝난 학생도 아니고 그런 가벼운 인사로 돌아가려고 하지 말아라."

아르바이트 같은 것도 아시는군요…….

"너에게는 뱌쿠야를 구해준 사례를 해야 하니까 말이다. 무엇

이든 이루어줄 테니까 소원을 말해 보아라."

"아, 그런 건 진짜로 괜찮은데요……."

"그럴 수는 없다. 은혜를 갚지 않고 너를 돌려보내서는 내 평판이 나빠지지 않느냐."

"그럼 돌아가는 길이라도 알려 주시겠어요? 배웅은 안 해주셔도 되니까요."

"……하항~ 알겠다. 자기 소원을 말하는 걸 부끄럽게 느끼는 타입이로구나?"

"아뇨, 그런 게 아니라——."

"말하지 않아도 안다, 알아. 나도 명색이 신이니까 말이다. 힘이 살짝 소모되기는 하지만 네 입으로 직접 듣지 않아도 마음속에 담아둔 소원을 이루어주마."

직후에 네코히메라고 이름을 댄 소녀가 나막신으로 지면을 찼다. 그러자 그 작은 몸이 허공을 날았고 숨결이 느껴질 정도로 얼굴을 가까이 오더니 내 눈을 지그시 바라보았다.

기이하게도 소녀의 눈에서 시선을 뗄 수 없었다.

과거에 일어난 일들이 머릿속에서 영상처럼 잇따라 떠올랐다. 자신도 잊고 있던 갓난아이 시절의 기억. 어렴풋하게 남아 있던 어린 시절의 추억과 떠올리고 싶지 않은 일을 포함한 모든 기억이 응축된 것처럼 뒤끓었다.

마치 이때까지의 행실이 전부 간파되는 듯한 형용할 수 없는 공포를 느꼈다.

그리고 영상이 뚝 끊어지자 네코히메 님은 "흐음." 하고 납득하며 지면에 내려섰다.

"요컨대 그거구나. 너는 그 아야노라는 계집아이와 화해가 하고 싶은 게지?"

심장을 움켜잡힌 듯한 오싹한 감각과 눈물을 글썽이며 교실을 뛰쳐나갔던 어린 아야노의 표정. 그리고 오늘 아침에 들었던 '방해되니까 비켜' 라는 싸늘한 말과 오늘 하루 동안 보았던 아야노의 날카로운 안광이 머릿속에서 되살아났다.

말문이 막혀서 입을 떼지 못하고 있으니 네코히메 님은 "따라오너라." 하고 말하며 배전 쪽으로 걸어나갔다. 네코히메 님에게 핵심을 찔려서 넋을 놓고 있던 나는 어느 사이엔가 발치로 다가와 있던 뱌쿠야의 재촉에 겨우 그 뒤를 따라갔다.

네코히메 님은 낡은 새전함 근처까지 가더니 "여기서 기다리거라." 하는 말을 남기고 배전 밑으로 휘적휘적 기어들어 갔다.

배전 밑에서 네코히메 님의 혼잣말이 들려왔다.

"어디 보자…… 그걸 어디에 뒀더라……. 여기도 아니고……. 저기도 아니고……. 이건가? 이게 아닌데……. 으음…… 오오! 이건 예전에 읽다가 잃어버렸던 만화가 아니냐! 이런 곳에 있었구나……. 후후후……. 하하하……."

"……저, 저기요, 네코히메 님?"

"우옷?! 아, 아니다, 만화 같은 걸 보고 있던 게 아니야. 정말이다. 네 소원을 이루는데 적격인 것이 이 부근에 있었단 말이다. 거기서 얌전히 기다려라."

그로부터 한동안 발치에 몸을 눕힌 뱌쿠야의 배를 쓰다듬으며 시간을 보내고 있으니 다시 네코히메 님의 목소리가 들려왔다.

"오, 여기 있구나. 이거다, 이거. ……음? 어째서 같은 것이 두 개나 있는 게지? ……아~ 그렇지. 한쪽은 인간을 물벼룩으로 바꾸는 것이었던가……. 어라라? 그래서 어느 쪽이 물벼룩이 되는 것이었지? 으음…… 생각이 나지 않는구나. 이쪽인가? 아니면 이쪽인가? ……아니, 아마도 이쪽이겠지."

그리고 네코히메 님은 잠수했던 수영 선수처럼 "푸하." 하고 다시 경내로 돌아오더니 손에 쥔 작은 눈깔사탕을 자랑스럽게 보여주었다.

"자, 인간아. 이걸 먹거라."

"잠깐, 그거 2분의 1 확률로 물벼룩 되는 거잖아요."

"걱정할 것 없다. 이쪽은 물벼룩이 되는 녀석이 아니야. …… 아마도."

"아마도라뇨……. 그럼 먹으면 어떻게 되는데요?"

네코히메 님이 씨익 하고 입꼬리를 들어 올리며 말했다.

"이건 '하루만 이성의 속마음이 들리게 되는' 사탕이니라."

"……예? 속마음?"

"그래. 너는 아야노라는 계집아이와 화해하고 싶지만 어떤 식으로 사과하면 좋을지 알 수 없는 게지? 그럼 이걸로 상대의 속마음을 들으면 어떻게 사과하면 좋은지 일목요연하지 않느냐."

"……아뇨, 그런 건——."

필요 없다고 말하려다가 말을 삼켰다.

만약 정말로 아야노의 속마음을 들을 수 있게 된다면 아야노와의 앙금도 금방 해소할 수 있을지도 모른다.

그렇지만 정말로 그래도 되는 걸까? 우선은 먼저 아야노에게 사과해야 하지 않을까?

……하지만…… 만약…… 사과해도 용서받지 못한다면?

그래……. 나는 줄곧 그날 아야노의 뒤를 쫓아가지 않았던 것을 후회하고 있었다. 행동하지 않고 후회할 정도라면 당연히 행동하고 후회하는 편이 낫다.

내 표정을 보고 생각을 읽었는지 네코히메 님이 기다렸다는 것처럼 입을 열었다.

"결심이 섰다면 이 사탕을 단숨에 삼켜라. 그러면 너는 바로 힘을 얻을 것이야."

"예? 삼키라고요? 뭔가 좀 더럽……"

"더럽지 않다!"

"그렇지만 그 사탕, 포장도 안 되어 있었잖아요……. 상했을 것 같은데."

"상했을 것 같으냐, 이 멍텅구리야! 입 다물고 먹기나 해라!"

"…………."

나는 각오를 다지고 건네받은 사탕을 입안에 던져넣었다.

입안에 희미한 단맛이 퍼지며 사탕이 목을 매끄럽게 통과하는 감촉이 느껴졌다.

"……새, 생각보다 달고 맛있네요."

"그렇지? ……뭐, 다만 능력이 몸에 순응할 때까지는 약간의 부작용이 생기는데 금방 가라앉으니까 걱정하지 말아라."

"부작용이요? 그게 **무슨——**."

입 밖에 낸 말이 마치 귓속에서 폭발하는 것처럼 커졌다.

"**——끄윽! 끄아아! 목소리가! 내 목소리가!**"

비통한 비명마저도 머릿속에서 폭력적일 정도로 반향을 일으키며 귀 안쪽에 바늘을 꽂아 넣는 듯한 통증을 동반했다.

"**머리가! 깨질 것 같아!**"

이윽고 지면의 자갈 소리, 틀어막은 입에서 흘러나온 오열, 심장의 고동, 그 모든 소리가 들어본 적도 없을 정도로 커다란 소리가 되었고 격통의 파도가 되어 밀려들었다.

통증에 몸부림치며 흐려져 가는 의식 속에서 딸랑, 하고 울리는 방울 소리를 들었다.

"오빠, 아침이야~."

귀에 익은 여동생의 목소리였다.

"오빠~. ……응? 오빠, 오늘은 늦잠 자는 거야? 오빠~ 빨리 일어나~. 오~빠~."

몸을 흔들며 깨워서 겨우 천천히 눈이 떠졌다.

흐릿한 시야 속에 여동생인 유나의 모습이 있었다.

어깨 위로 가지런히 자른 머리카락은 끝부분이 완만하게 말려 있다. 나와는 닮은 구석이 없는 발랄한 눈이 나를 들여다보고 있었다.

"……응? 유나? ……여기 어디야?"

"차암~. 잠이 덜 깼어~? 여긴 유나와 오빠의 사랑의 보금자리야."

"오? 뭐야? 머리라도 다쳤어?"

"우와~ 왕짜증이야. 그냥 농담이잖아~."

주위를 둘러보니 아무래도 자신의 방인 듯했다.

핸드폰을 보니 날짜가 하루 지나 있었다.

어제 그 뒤에 어떻게 돌아왔더라? 아니, 그 이전에 어제 그게 정말로 현실이었나? 그냥 꿈을 꾼 게 아니었을까?

앞치마 차림의 유나가 이마를 가져다 대었다.

"……응! 괜찮네! 열은 이제 없는 것 같아!"

"열……?"

"오빠, 어제 시뻘건 얼굴로 집 앞에 쓰러져 있었어. 유나 깜짝 놀랐는걸."

"쓰러져 있었다고? 내가?"

"응. 그리고 말이지, 수많은 고양이가 오빠의 몸 위에서 놀고 있었어!"

"그게 뭔 상황이냐고……."

그보다 고양이라니……. 역시 그 일은 꿈이 아니었다는 건가?

유나는 의기양양하게 스마트폰의 화면을 나에게 보여주었다.

"봐 봐! 이게 증거 사진이야!"

"사진은 왜 찍은 건데……. 오빠가 쓰러져 있었다면 좀 더 놀래라고……. 아니, 그보다 이거 셀카잖아. 무진장 화사한 웃는 얼굴로 V 사인까지 하고 있잖아."

"에헷. 고양이가 귀엽다 보니 나도 모르게 그만."

"에헷, 은 무슨! 사진 한가운데서 내가 눈을 까뒤집고 쓰러져
있잖아. ……앗! 야! 내 옷에 발자국도 묻었어! 너 쓰러져 있는
나를 한 번 밟았던 거지?!"

"……뭐, 지나간 일은 넘어가고."

"내가 할 말이거든?!"

"아침밥 먹자, 오빠!"

2층짜리 단독 주택. 그럭저럭 넓은 이 집에서 나와 여동생인
유나는 단둘이 생활하고 있었다. 아버지는 여동생이 초등학생
이 되었을 무렵에 사고로 세상을 떴고 어머니는 일 때문에 전 세
계를 돌아다니고 있다.

1층 거실에 있는 테이블 한쪽에 앉아서 이미 차려져 있던 아침
밥에 젓가락을 대려고 했을 때 테이블 구석에 놓여있던 펜던트
가 눈에 들어왔다.

"어라? 너 엄마한테 받은 펜던트를 아직도 하고 다녀?"

맞은편에 앉은 유나가 대답했다.

"아니. 저번에 청소하다 찾아서 반가운 마음에 보고 있었어."

"아무 데나 뒀다가 또 잃어버리지 않게 조심해."

"또?"

"너 기억 안 나? 옛날에 그거 잃어버리고 울고불고했었다고."

"그랬던가? 기억 안 나~."

그러냐……. 기억 안 나냐……. 오빠도 열심히 찾았었는데 말이지…….

관심 없어 보이는 유나는 내버려 두고 어제 있었던 네코히메 님과의 대화를 떠올려 봤다.

'하루만 이성의 속마음이 들리게 되는' 능력……이라. 그런데 유나와 이야기를 해봐도 속마음은 안 들리는데 말이지……. 역시 그런 비현실적인 일은 일어나지 않나…….

유나는 입안 가득 계란프라이를 먹으며 텔레비전을 보고 바보처럼 눈물을 글썽이면서 웃고 있었다.

아니, 있어 봐. 어쩌면 그저 단순히 유나의 머릿속이 텅 비어있어서 그런 게 아닐까? 그런 거라면 설령 속마음을 들을 수 있는 능력이 있다고 해도 유나의 속마음은 들리지 않는다는 말 아닌가?

"야, 유나."

"응? 오빠, 왜~?"

"너 좀 똑똑해지는 게 어떠냐."

"느닷없이 너무해!"

결국 네코히메 님이 말했던 '하루만 이성의 속마음이 들리게 되는' 능력에 관해서는 아무것도 알아내지 못한 채로 깨닫고 보니 미네부치 고등학교의 정문 앞까지 와버리고 말았다.

여기까지 오는 동안 꽤 많은 여자와 스쳐 지나가거나 전철 안에 같이 있거나 했는데 속마음 같은 건 전혀 들리지 않았단 말이지……. 역시 어제 일은 꿈이었나……?

그런 생각을 하면서 미네부치 고등학교의 교문을 지나간 순간 키이이잉, 하고 찌르는 듯한 이명이 덮쳐왔다. 무심결에 멈춰서서 몸을 웅크리자 이명은 금세 가라앉았다.

방금 뭐지……. 엄청난 이명이었는데…….

《아~ 오늘 수업 들을 기분이 아닌데.》

……으응?

누군가가 말을 걸었나 해서 뒤를 돌아보았지만 해당하는 인물은 없었다.

뭐지……?

《아차~ 아침에 운세 보는 걸 깜빡했어.》 《아르바이트 끝나면 노래방 가야지.》 《큰일 났다. 숙제 안 했는데.》 《졸려…….》 《오늘은 돌아가면 반드시 공부해야지.》 《으으. 아침밥 못 먹고 왔어.》

그건 전부 여자 목소리였다. 다만 주위에 여자애들의 모습은 있어도 입을 열고 말하는 이는 한 명도 없었다.

……이거…… 설마…… 속마음인가?

생시냐……. 그런다는 건 어제 그 일도 현실이었다고……?

어, 어쩌지……. 뭐였더라, 네코히메 님이 말하기를 이 능력은 하루밖에 효과가 없다고 했었던가……. 그, 그래서 나는 효과가 있는 동안에 뭘 하면 되는 거더라……?

뇌리에 나를 노려보는 아야노의 싸늘한 표정이 떠올랐다.

그, 그랬지……. 아무튼 이대로 교실에 가서 아야노에게 제대로 사과를 해야 해! ……만약 용서해주지 않더라도 이 능력으로 속마음을 들어서 다시 옛날 같은 친구 사이로 돌아갈 계기를 찾아낸다면…….

그렇게 생각하고 교실로 향하려고 하자 또다시 주위를 걷는 여자들의 속마음이 귀에 들려왔다.

"《그보다 그 선생 진짜 재수 없어.》"

……응?

"《어제 봤던 걔 사복 엄청 촌스러웠지.》" "《또 SNS에 험담을 써야지.》" "《으아, 얘 오늘도 향수 냄새가 지독하네.》" "《빨리 걸으라고 돼지야.》"

……아니, 잠깐.

"《최악이야……. 바람피우던 걸 남친에게 들켰어.》" "《오, 괜찮은 남잔데.》" "《오늘 생리 와서 나른해…….》" "《다음에도 아르바이트하는 가게에서 돈을 슬쩍해야지》"

이런 건 들으면 안 되는 내용이잖아…….
좀 더 곰곰이 생각해 봤어야 했다.
타인의 속마음을 듣는다는 행위가 어떠한 것인지를.

"아, 아마도…… 이 부근이 맞을 텐데……."
그 뒤에 나는 곧바로 학교를 뛰쳐나와서 어제 뱌쿠야라는 이름의 고양이에게 이끌려서 갔었던 신사를 찾아다녔다.
'하루만 이성의 속마음이 들리게 되는' 능력은 사람이 가져도 될 것이 아니었다. 하루가 끝나기를 기다리고 있을 수도 없었다. 지금 당장 네코히메 님과 만나서 이 황당한 능력을 없애 달라고 해야 한다.
"야옹."
"……응?"
울음소리가 들린 발치를 보자 하얀 고양이 한 마리가 내 다리에 머리를 비벼 댔다.
"너 뱌쿠야지?! 마침 잘됐어! 네코히메 님이 있는 곳으로 데려다줘!"

"야옹."

뱌쿠야는 어제처럼 앞서 걷지는 않고 마치 사람처럼 앞다리를 살짝 들어서 왼쪽을 가리켰다.

그쪽을 보자 뭔가 낡아 빠져 보이는 신사의 기둥문이 시야에 들어왔다.

"응? 아니, 그게 아니라. 이런 낡아 빠진 신사 말고. 어제 갔었던 높은 계단이 있고 대나무숲이 무성하고 아무튼 좀 더 깔끔했던…… 이름이 뭐였더라…… 맞다, 카구라네코 신사!"

"야옹."

뱌쿠야는 바로 곁에 있던 이끼 낀 돌기둥 위로 사뿐히 뛰어올랐다.

"응? ……으응?"

자세히 보니 그 돌기둥에는 분명하게 '카구라네코 신사'라고 새겨져 있었다.

"……서, 설마……. 이 낡아 빠진 신사가…… 내가 어제 네코히메 님과 만났던 신사라는 거야?"

그곳에는 그렇게 고생했던 높은 계단도 없을뿐더러 대나무숲은커녕 길 너머 맞은편에는 편의점까지 있었다.

3단밖에 안 되는 돌계단을 올라가서 당장에라도 무너져 내릴 듯한 지저분한 기둥문을 지나 안쪽에 있는 거미줄투성이 신사 앞에 멍하니 섰다.

"고작 하루 만에…… 왜 이 꼴이 된 거지……."

머릿속이 새하얘져서 아무런 생각도 못 하고 있으니 배전의

문이 스르륵 열리며 안에서 네코히메 님이 얼굴을 빼꼼히 내밀었다.

"네, 네코히메 님?! 다행이다……. 하마터면 어제 본 건 전부 환상이었고 질 나쁜 저주에 걸렸다는 식의 패턴이라고 생각할 뻔했어요!"

네코히메 님은 그대로 문 너머에서 미안해하는 듯한 표정을 지었다.

"……그건 연출이었다. 나도 조금 정도는 허세를 부리고 싶을 때가 있어."

"연출이라니……. 뭐, 그래도 다행이에요. 실은 말이죠, 어제 저에게 주셨던 능력 있잖아요. 그 하루만 이성의 속마음이 들리게 된다는 능력 말이에요. 그걸 지금 당장 없애주십사 해서 찾아온 거예요."

네코히메 님은 어째서인지 땀을 뻘뻘 흘리며 눈을 이리저리 굴렸다.

"……아, 아~ 그거 말이지. 응. 그 능력 말이지."

"예! 없애주세요!"

"……그, 그러지 말고 일단은 이리로 올라와서 앉는 게 어떠냐. 이야기는 그러고 나서 듣자꾸나."

"아뇨, 괜찮아요! 지금 당장 없애주세요!"

"으응? 으응……. 그게 말이다. 뭐랄까. 으으음. 무엇부터 설명하면 좋을지……."

네코히메 님은 미안하다는 듯이 시선을 피하며 말했다.

"미안하구나. 그 능력 말인데 한동안 없애지 못하는 것 같아."

"……예?"

"………."

"…………없애지 못한다고요……?"

"……그래."

"……농담……이시죠?"

"그게 진담이란다……."

"……진담이십니까……."

"……그래. 뭐, 그럼 그렇게 알고 있거라."

문이 스르륵 닫히며 네코히메 님이 배전 안으로 돌아가고 말았다.

그렇구만. 한동안 없애지 못하는 건가. 흐음.

나는 곧장 흙발로 배전에 올라가서 문을 박찼다.

"알긴 뭘 그렇게 알아!"

네코히메 님은 방 안쪽에서 몸을 움츠린 채 파들파들 떨고 있었다.

"아, 아니, 그게…… 말하자면 길다만……."

"모조리 털어놓으시죠."

"으, 으으음……. 그게 뭐랄까……. 너에게 준 사탕이 있지 않으냐? 그게 실은 '하느님 홈쇼핑'에서 산 물건이라서 말이다."

"……하느님 홈쇼핑?"

"이거다."

네코히메 님이 보여준 스마트폰의 화면에 내가 먹은 사탕의

광고가 실려 있었다.

　스마트폰도 가지고 계십니까…….

　『이 사탕을 먹으면 고객님도 바로 인기 만점!』『이성의 마음이 알고 싶나요? 그렇다면 이 상품입니다!』『이걸로 고객님에 대한 신앙심도 폭풍 상승!』『구매한 이용자 모두가 만족하고 있습니다.』『이걸 먹고 애인이 생겼어요.』『고객님에게 상품을 소개받은 다른 이용자가 구매하면 놀랍게도 금액의 10%가 고객님의 계좌로!』『해당 상품은 수많은 유명 신들께서 애용하고 계십니다.』『우선은 무료 체험부터!』

　……아~ 그렇구만. 흐으음…….

　"완전히 사기잖아! 이딴 걸 사는 녀석이 어딨냐고요!"

　"……에헤헤. 내가 사버렸네?"

　"사버렸네? 는 무슨!"

　"……면목이 없구나."

　"……그래서 능력을 없애지 못한다는 말은 무슨 얘긴데요."

　"그, 그게 아니라! 없애지 못하는 건 아니다. 어디까지나 '한동안' 없애지 못하는 것뿐이다!"

　"……사실이겠죠?"

　네코히메 님은 방구석에 둔 나무상자를 부스럭부스럭 뒤적이며 말했다.

　"으으음……. 어디서부터 말하면 좋을지……. 아, 그렇지. '질투의 신' 이야기를 너에게 조금 해줘야겠구나."

　"'질투의 신'이요?"

"그래. '질투의 신'이란 옛날부터 자신을 제외한 모든 것에 질투하지 않으면 성이 차지 않는 별종인 신이었다. 다른 이를 아주 끝도 없이 질투했지. 그런 녀석이었다. 질투 말고 다른 감정은 지니지 않은 거겠지."

"그 '질투의 신'이라는 신이 어쨌다는 건데요."

"그자의 질투에는 제한이 없다만 특히 연애에 빠진 이들에 대해서는 한층 더 강한 질투심을 품고 있었다. ……그리고 그 녀석은 자신의 질투를 억누르지 못하고 마침내 다른 이에게 상처를 주기 위해 신물(神物)을 만들어냈지."

"서, 설마……."

"그래. 그게 바로 네가 마음대로 먹어버린 그 사탕이니라."

"…………아니, 네코히메 님에게 받았는데요."

"어, 어이쿠, 그랬던가? 하하하."

이 신, 은근슬쩍 자기 책임을 전부 나에게 떠넘기려고 하잖아…….

네코히메 님은 뒤적이던 나무상자에서 한 장의 종이를 꺼내며 말했다.

"이건 내가 그 사탕을 하느님 홈쇼핑에서 샀을 때 함께 딸려온 취급 설명서다. 그런데 이쪽은 아무래도 가짜 설명서였는지 오늘 아침에 이것과는 별개의 진짜 취급 설명서가 도착했지 뭐냐. ……그게 이거란다."

네코히메 님은 나무상자 뒤에서 꺼낸 전화번호부 급으로 두꺼운 책자를 부둥켜 들고 와서는 눈앞에 턱 놓았다.

"완전히 위험물 취급이잖아요!"

"게다가 책자 내용이 전부 암호로 적혀있어서 아직 해독 중이다."

"누구 놀리는 것도 아니고!"

네코히메 님은 설명서를 팔락팔락 넘기면서 말했다.

"뭐, 그래도 걱정할 건 없다. 네가 먹은 그 사탕 말인데 아무래도 먹은 녀석의 연령과 직업에 따라 효과가 다소 달라지는 모양이야. 요컨대 모든 페이지를 읽을 필요는 없다는 말이지. 어디 보자…… 고등학교 2학년 남자의 항목은………… 이 부분이로구나."

펼친 페이지를 들여다보니 지렁이 같은 선이 그려져 있을 뿐이어서 나로서는 도무지 종잡을 수가 없었다.

"그, 그래서요? 거기에 뭐라고 적혀있는데요?"

"아직 초반부밖에 해석하지 못했다만……. 크흠. '해당 상품을 구매해주셔서 대단히 감사합니다. 해당 상품을 섭취하신 모든 고객님은 이성의 속마음이 들린다는 근사한 초능력을 가지게 됩니다. 그렇지만 능력 사용에 일부 주의사항이 있으므로 이하의 항목 『고등학교 2학년 남자의 경우』를 정독하고 이해하신 뒤에 이용하시기를 추천합니다.'"

"이하의 항목? 그 부분은 아직 해석 못 하셨어요?"

"아니, 처음 세 항목은 이미 해석했다만…… 그, 그러니까…… 그게…… 말이다……."

"왜 그러세요? 뜸 들이지 말고 알려주세요."

"……그, 그래. 그럼……."

네코히메 님은 쓰읍, 하고 숨을 들이마신 뒤에 속사포처럼 말했다.

"주의사항 첫 번째, 『사용자는 사랑 고백을 받으면 죽는다』."

…………………………………….

…………응?

죽어……?

"네, 네코히메 님? 저기, 방금 뭐라고──."

네코히메 님이 내 말을 자르며 이어서 말했다.

"주의사항 두 번째, 『이 능력은 현재 다니고 있는 학교를 졸업할 때까지 사라지지 않는다. 중퇴 및 전학 시 죽는다』."

"저, 저기요…… 제 질문에 좀──."

"주의사항 세 번째, 『이 능력이 관계없는 인간에게 알려지면 죽는다』."

"아니, 또──."

"이상이다. 여기까지 듣고 뭔가 질문은 있느냐? 없다면──."

"예?! 아, 예! 있어요! 질문이 있습니다!"

"……무어냐?"

"……저기…… 그게, 많이 있는데요……. 이, 일단은 말이죠……………… 저 죽어요?"

"……애당초 생사란 개념상의 존재에 지나지 않으며 그 육체가 스러지더라도 정신은──."

"아니, 그런 건 됐고요!"

"……그만……."

"예? 뭐라고요?"

"……그만 봐주지 않겠느냐."

"예?!"

"그만 봐주지 않겠느냔 말이다!!"

"예?!"

"나라고 좋아서 실수한 게 아니다! 그걸 꼬치꼬치 추궁하고 말이야! 너는 악마냐!"

에에엑…….

"아, 아니…… 그러려던 건……."

"애당초! 네가 자기 힘만으로 문제를 해결하려고 했다면 이러한 사태가 되지는 않았을 것 아니냐! 안이하게 능력에 기댄 네 잘못도 있지 않으냐!"

"으……. 그건…… 뭐…… 그렇긴 한데요……. 그 이전에 저는 아직 상황을 전혀 이해 못했는데요……."

"……그럼 내가 다시 처음부터 설명해주마. 그러니 너무 화내지 말아라. 알겠지? 화내면 안 된다?"

"예, 뭐……."

네코히메 님은 크흠, 하고 헛기침을 하더니.

"……방금 말한 대로다. 너는 이제 학교를 졸업할 때까지 계속 그 능력과 함께하지 않으면 안 된다. 그리고 만에 하나로 누군가에게 사랑 고백을 받기라도 한다면 너는 그 자리에서 죽는다."

"아니, 왜 그렇게 되는 건데요! 죽어? 죽는다니?! 웃기지 말라고요! 제가 먹은 건 이성의 속마음이 들리게 되는 사탕이었잖아요!"

"그래. 그 말대로다. 하느님 홈쇼핑에서는 '당신의 사랑을 응원하는 캔디' 라는 이름으로 팔리고 있었다."

네이밍 센스가 끔찍한데……

"그런데 어젯밤에 하느님 홈쇼핑을 운영하는 '장사의 신' 이 '당신의 사랑을 응원하는 캔디' 가 '질투의 신' 이 만든 위험물이라는 사실을 눈치챈 것이다. 그래서 '장사의 신' 의 신고로 하느님 홈쇼핑에 악의적인 물건을 유통한 '질투의 신' 은 체포되었고 '질투의 신' 의 집에 남겨져 있던 진짜 취급 설명서가 오늘 아침에 유일하게 그 사탕을 구입한 나에게 보내진 것이지."

신들의 세계에서도 체포 같은 게 있는 겁니까. 아니, 근데 구매자가 댁뿐이라는 말은 피해자가 저 혼자라는 거잖아요.

"저 두꺼운 취급 설명서에 따르면 그 사탕의 정식명칭은 '당신의 사랑을 응원하는 캔디' 가 아니라 '청춘 중인 녀석들 전부 죽어버려라 캔디' 더구나."

"악의뿐이잖아!"

"그치?"

"그치? 라뇨……"

이 신, 조금이라도 책임을 느끼긴 하는 걸까……

네코히메 님은 으차, 하고 그 자리에서 일어서더니.

"아무튼 어찌되었든 누군가에게 사랑 고백을 받지 않으면 문제없다는 것이다. 너는 딱히 사귀고 있는 상대도, 자신을 좋아해 줄 상대도 없지 않으냐? 그렇다면 지금은 그렇게 마음 쓰지 않아도 되겠지."

"……그렇긴 한데 대놓고 그런 소리를 들으니 가슴이 아픈데 요……."

"나에게도 너를 그런 몸으로 만들어버린 책임이 있으니 상담은 언제라도 받아주마. 지금의 나는 신사 밖으로 나가지 못한다만 할 수 있는 만큼은 도움도 주겠다. 그러니 오늘은 이만 돌아가거라. 나도 좀 피곤하구나."

"……그, 그러십니까."

"그럼 다음에 보자꾸나."

네코히메 님은 그 자리에서 뛰어올라 한 바퀴 빙글 돌았다 싶더니 다음 순간에는 감쪽같이 사라져버렸다.

남겨진 나는 먼지 쌓인 낮은 천장을 올려다보며 혼잣말했다.

"……신 같은 건 엿이나 먹으라지."

아침을 맞이한 나는 태평하게 이를 닦으며 생각에 잠겨 있었다.

저번에는 느닷없이 능력을 없애지 못한다거나 고백받으면 죽는다는 등의 이야기를 듣고 허둥댔지만 네코히메 님의 말대로 잘 생각해 보면 내가 누군가에게 고백받는다는 건 있을 수 없는 일이었다. ……뭐, 응. 그게 현실이지.

그렇지만 정말로 타인의 속마음을 들으면서 졸업할 때까지 학교를 다닐 수가 있을까……? 속마음을 들으면 죄악감이 엄청나게 드는데 그게 매일 이어진다니…….

깊은 한숨을 내쉬자 복도 쪽에서 유나가 고개를 빼꼼히 내밀었다.

"저기, 오빠 아직이야? 유나도 세면대 쓰고 싶은데."

"아, 미안. 다 끝났어."

"음~ 아, 맞다. 이제 몸은 괜찮아? 어제도 학교 쉬었잖아."

"어어, 하루 자고 일어났더니 괜찮아졌어."

카구라네코 신사에 두 번째로 방문한 날은 바로 귀가해서 혹시 모르니 다음 날도 학교를 쉬었다. 실은 전부 네코히메 님의 착각이고 능력이 발현되고 하루가 지나면 처음 예정대로 능력이 깔끔하게 사라질지도 모른다고 생각했기 때문이다.

나와 교대하듯이 세면대 쪽으로 오는 유나와 엇갈리자 그 목소리가 들려왔다.

"《아, 오빠 도시락에 햄버그스테이크 넣는 거 깜빡한 것 같은데……. 뭐, 됐나.》"

그러나 실제로는 이런 상황으로, 하루가 지나도 속마음은 여전히 들려왔다.

엊그제 아침에는 유나의 속마음은 들리지 않았었는데 학교 정문을 지났을 때 이명을 느끼고 집에 돌아와 보니 유나의 속마음도 똑똑히 들리게 되어 있었다. 아마도 이건 나에게 주어진 능력에 '학교 문을 지날 것' 같은 발동조건이 포함되어 있었던 거겠지.

나는 부엌으로 가서 접시 위에 방치되어 있던 햄버그스테이크를 자신의 도시락통에 담으며 고찰을 재개했다.

이러한 사실로도 알 수 있듯이 나는 아직 능력의 전모를 제대로 모르고 있었다. 속마음이 들리는 유효범위는? 유효범위는 사람에 따라 차이가 있나? 능력을 계속 사용하면 어떻게 되지?

어느 사이엔가 옆에 와있던 유나가 칫솔을 문 채 물었다.

"오빠? 왜 그래? 근심 어린 얼굴을 하고."

"아니…… 딱히 아무것도 아니야."

《오빠…… 혹시 아직 몸이 안 좋은 걸까?》

유나, 너 의외로 오빠 생각을 해주는구나…….

《아니면 혹시 어제 오빠의 푸딩을 마음대로 먹은 걸 들켰나? 이런…….》

"너 어제 내 푸딩 먹었지?"

아무튼 지금은 이 능력을 좀 더 자세히 알아야 했다.

그날 나는 평소와 같은 시간에 집을 나섰다. 그렇지만 역 안 플랫폼의 여기저기에서 날아드는 속마음에 현기증을 느끼고 30분 정도 역의 화장실에 피난해 있었기 때문에 학교에 도착했을 때는 지각하기 직전의 시간대였다.

설마 속마음을 듣고 현기증을 느끼다니 이건 예상 못 했는데……. 아직 이 능력이 몸에 익지 않은 건지, 아니면 원래 그런 성질의 능력인 건지. ……결론을 내리기에는 아직 이른가. 이 부분은 경과를 관찰할 수밖에 없었다.

정문을 지나 신발장에서 신발을 갈아 신고 계단을 오르며 마음을 굳게 먹었다.

아무튼 네코히메 님의 이야기가 사실이라면 학교를 졸업할 때까지는 이 능력이 사라지지 않는다는 것 같으니 지금은 속마음을 듣는다는 죄악감에 짓눌리고 있을 때가 아니었다.

거기에 여자의 속마음이 들린다는 이 능력은 익숙해지면 장점밖에 없지 않나? 불필요한 트러블 같은 것도 피할 수 있을 테니.

아…… 하지만 지나치게 처신을 잘해도 안 되겠지. 첫 번째 주의사항인 『사용자는 사랑 고백을 받으면 죽는다』라는 항목도 조심해야 하니까…….

그렇게 생각하다가 혼자서 작게 웃고 말았다.

아니, 아무리 그래도 그럴 리는 없나. 나를 좋아하게 될 괴짜는 없다. 역시 지금 주의할 점은 타인의 속마음을 듣는 행위 자체에 익숙해지는 것이다. 그리고 잘 순응한다면 그 뒤에 아야노와 화해할 방법을 모색하면 된다.

교실의 문 앞에 도착해서 크게 한 번 심호흡했다.

걱정할 것 없다. 나는 잘할 수 있다. 여자들이 속으로 무슨 생각을 하고 있건 신경 쓰지 않게 노력만 하면 된다.

문손잡이에 손가락을 걸고 천천히 열었다. 그러자 교실 안에 있던 여자애들의 속마음이 노도와 같이 밀려들어 왔다.

"《오늘도 따분하네.》" "《쟤 또 남자랑 같이 있네…….》"
"《배고파…….》" "《아르바이트 찾아야지.》" "《그 인간 절대로 용서 못 해.》" "《오늘은 화장이 영 별로야.》"

……조, 좋아. 일단은 허용범위다. 다행인걸…….

좀 음험한 속마음도 들려오지만…… 분명 조만간 익숙해질 것이다. 지금은 그저 돌입할 뿐!

마음을 굳게 먹으며 교실 안으로 한 발짝 내디디자 돌연히 한층 커다란 속마음이 뒤쪽에서 들려왔다.

"《아! 코우다! 다행이야! 학교 왔구나! 이틀이나 쉬어서 걱정했어…….》"

응? 코우?

거기에 이 목소리는 어디선가 들은 적이 있는 듯한…….

머뭇머뭇 뒤를 돌아보자 거기에는 여자애 한 명이 서 있었다.

매끄럽게 내리뻗은 검은 머리칼에 언짢은 듯이 치켜 올라간 눈.

그 인물은 다른 누구도 아닌 내 소꿉친구인 유메미가사키 아야노였다.

아야노는 여전히 마치 벌레라도 보는 듯한 눈으로 나를 노려보고 있었는데 그 표정에서는 상상도 되지 않을 정도로 앳되게 느껴지는 속마음이 들려왔다.

"《조, 좋았어! 오늘이야말로 반드시 코우에게 고백하는 거야!》"

…………고백?

…………뭐요?

상황을 따라가지 못하는 내 뇌에 네코히메 님의 한마디가 둔기처럼 덮쳐들었다.

　'주의사항 첫 번째, 『사용자는 사랑 고백을 받으면 죽는다』.'

제2장 『사랑에 빠진 소꿉친구로부터
　　　주도권을 잡는 방법을 알려 드립니다.』

이건 내가 초등학생이었던 시절의 이야기다. 아직 아야노가
전학하기 전 일이다.

인기척 없는 초등학교의 교실에서 아야노는 홀로 책상 위에
펼친 노트에 묵묵히 연필을 놀리고 있었다.

"뭐야, 아야노. 또 소설 쓰고 있어?"

말을 붙이자 아야노의 손이 딱 멈추며 창을 통해 들어오는 석
양빛에 물든 눈이 나를 보았다. 그 모습이 어딘가 환상적으로 보
여서 나는 익숙할 터인 소꿉친구의 얼굴을 잠시 홀린 듯 보았다.

아야노는 내 모습을 확인하고는 시선을 다시 노트로 되돌리며
조용히 입을 열었다.

"소설을 쓰고 있으면 말이지, 엄마가 떠올라."

차분한 아야노의 말투는 어딘가 어른스러운 분위기를 자아내
고 있었다.

아야노의 앞자리에서 의자를 빌리며 등받이를 끌어안는 듯한
자세로 앉았다.

아야노네 어머니의 화제를 이대로 이어나가도 괜찮은지 생각

하고 있자 아야노는 노트에 문장을 적어나가며 띄엄띄엄 말을 이었다.

"코우는 말이야, 엄마가 줄곧 집에 돌아오지 않아서 쓸쓸하지는 않아?"

"……한 번씩 연락은 오고 집에는 유나가 있으니까. 번거로운 일은 많지만…… 뭐, 지금은 괜찮은 것 같아."

"그래……?"

아야노는 들고 있던 연필을 고쳐 쥐고는 그걸로 노트 구석을 톡톡 두드렸다.

"엄마가 집을 나간다는 건 정말로 갑작스럽게 알게 되었어. 밤중에 말이지, 아빠와 엄마가 뭔가 말다툼을 했는데 나는 방에서 자고 있다가 깨버려서 방 밖을 보러 나갔어."

나는 톡톡거리며 노트에 닿을 때마다 조금씩 심이 갈려 나가는 연필 끝을 바라보고 있었다.

"엄마 아빠가 나를 봤고, 아빠가 나에게 방으로 돌아가라고 했어. 바로 전까지 엄마와 이야기하던 때와는 전혀 다른 평소와 같은 다정한 목소리로."

초점이 잡히지 않은 검은 점이 노트 구석을 천천히 침식했다.

"하지만 나는 아빠 말을 듣지 않았어. 그럴 게 엄마가 집을 나가려고 한다는 것을 왠지 모르게 알 수 있었으니까……. 그래서 말이지, 엄마에게 물었어. 왜 집을 나가느냐고."

그때까지 톡톡거리며 위아래로 움직이고 있던 연필이 노트에 닿은 채로 정지했다.

"그랬더니 엄마가 말이지, 이렇게 말했어——."

뚝, 하고 둔탁한 소리가 나며 연필의 심이 엉뚱한 방향으로 꺾였다.

"내가 소설가라서야, 하고."

아야노는 심이 분질러진 연필을 움켜쥐고 한층 더 힘을 담아 노트에 대고 눌렀다.

"있잖아, 코우……. 소설이란…… 가족보다도 중요한 걸까……?"

아야노의 손을 만지자 아야노는 겨우 연필을 움켜쥐고 있는 것을 자각했는지 화들짝 정신이 든 것처럼 손을 펼쳤다.

나는 책상 위에 떨어진 연필을 주워들었다.

"글쎄……. 그럼 아야노는 왜 소설을 써?"

"……그야 뻔하잖아——."

아야노가 굳센 시선으로 나를 보았다.

"나는 그냥 알고 싶은 거야. 엄마가 가족을 버리면서까지 소설을 쓰는 이유를."

주워든 연필을 살며시 아야노에게 건넸다.

"이유가 어떻든 아야노가 소설을 쓰겠다면 나는 응원할 거야."

"……코우는 이런 나라도 응원해주는 거야? ……나는 자기 생각만 하고 읽은 사람을 전혀 생각하고 있지 않은데……."

"상관없지 않아? 왜냐면 나는 아야노가 쓴 소설을 좋아하거든."

"……그렇, 구나."

"응. 그러니까 또 재미있는 소설을 쓰면 나에게도 보여줘."

"⋯⋯으, 응. 알았어."

아야노는 쑥스럽다는 듯이 들고 있던 연필을 필통에 담았다.

"아, 아무튼 이 소설은 곧 다 쓰니까 읽고 나서 평소처럼 감상을 들려줘. ⋯⋯근데 이거⋯⋯ 내용이 좀 그럴지도 모르는데⋯⋯."

"내용? 내용이 왜?"

내가 물어보자 아야노는 얼버무리듯이 고개를 가로저었다.

"아무것도 아니야. 신경 쓰지 마."

"궁금해지잖아⋯⋯."

"그보다도 감상 부탁할게."

"⋯⋯뭐, 그건 상관없는데⋯⋯."

"후후후. 약속이야."

그때의 나는 알 수 있을 리가 없었다.

아야노가 쓴 소설의 감상을 전하는 게 다음으로 마지막이 되리라는 것을.

자신의 방. 침대 위.

꿈을 꿨다. 내가 아직 초등학생이었던 시절의 꿈이다.

당시에 아버지도 없고 어머니는 일 때문에 빈번히 집을 비우는 우리 남매에게 있어서 마치 가족처럼 스스럼없이 대해주는 아야노의 존재는 컸다.

　그렇지만 그 소설을 계기로 나는 아야노에게 상처를 주고 말았고 그대로 사과하지도 못한 채 아야노는 전학을 가버렸다.

　그리고 지금에 와서 재회했다 싶었더니 이번에는 마치 오물이라도 보는 듯한 싸늘한 시선을 받게 되었다…….

　옛날 일 때문에 아야노가 나를 끔찍하게 싫어하고 있다고…… 그렇게 생각하고 있었다…….

　그랬던 게 어째서…….

　"《조, 좋았어! 오늘이야말로 반드시 코우에게 고백하는 거야!》"

　아야노의 속마음이 내 머릿속에서 맴돌아서 뭐가 뭔지 알 수가 없게 되었다.

　그 고백이라는 말은 요컨대 그런 거지……?

　아니, 그건 말도 안 되잖아. 그치만 아야노는 나를 엄청나게 싫어하고 있다고. 어째서 아야노가 싫어하는 나에게 고백하겠다고 생각하는 건데. ……그래. 분명 잘못 들은 거다. 틀림없이 그럴 것이다.

　……그렇지만 만약 그게 잘못 들은 게 아니었다면?

　…………아, 진짜 모르겠다.

　나는 대답이 나오지 않는 물음을 머릿속에서 몇 번이나 되풀이해보고는 뒤집어쓰고 있던 이불을 집어 던지고 침대 위에서 머리를 부여잡았다.

지난 며칠간 나는 집에서 밖으로 한 걸음도 나가지 않았다.

좌우간 이대로 틀어박혀 있으면 출석 일수가 부족해져서 『학교를 중퇴하면 죽는다』라는 룰에 저촉되고 만다. 어떻게든 이 상황을 타파해야 하는데…….

"후후후."

응……?

"아하하."

뭐지? 아래층이 이상하게 소란스러운데.

유나가 친구라도 데리고 온 건가?

"차암…… 아하하…… 그렇지……."

떠들썩한걸…….

"그런데 오빠는 실은 방에서 몰래…… 아하하! 그치~?! 진짜 웃겨~!"

자세한 내용은 들리지 않지만 육친이 내 험담을 하는 것 같다!

저 대화를 이 이상 이어가게 할 수는 없다!

나는 방금 일어났습니다만? 하고 말하는 듯한 잠에서 덜 깬 표정을 지어내고는 서둘러서 계단을 달려 내려갔다.

복도를 나아가 거실 문을 열자마자 하품하는 시늉으로 견제했다.

"유나, 잘 잤어?"

실내를 들여다보니 오픈 키친에서 저녁 식사 준비를 하는 유나의 모습이 보였다.

"아! 오빠, 일어났어? 마치 자신의 험담이 들려와서 그걸 막기 위해 방금 일어난 척하며 여동생과 여동생의 친구가 노는 현장에 돌입한 오빠, 같은 얼굴을 하고 있네?"

넌 초능력자냐! 거기에 역시 내 험담은 했던 거냐고!

"아, 아니…… 딱히 그런 건 아니거든……. 진짜로 방금 일어났거든……. 어어? 치, 친구가 왔었구나. 흐으음, 그건 몰랐네………… 어…… 어?"

부엌 안쪽. 유나의 건너편을 들여다보니 그곳에는 어째서인지 교복에 앞치마 차림의 아야노가 있었다. 덧붙여서 말하자면 프라이팬을 들고 본격적으로 요리에 매진하고 있었다.

"아, 아야노?!"

아야노가 이쪽을 힐끗 훔쳐보자 우리 사이에 끼어들 듯이 유나가 껑충껑충 뛰었다.

"오빠! 왜 아야노 언니가 돌아온 걸 유나에게 안 알려준 거야?!"

"아니, 그게……. 미안. 이것저것 일이 있다 보니 말할 기회를 놓쳤어……."

"이 바보야!"

돌직구 험담도 참아줘…….

"그보다도…… 아야노가 왜 우리 집에 있는 거야?"

"왜 그런 걸 따져! 모처럼 아야노 언니가 우리 집에 놀러 와서 저녁밥까지 차려주고 있는데!"

"놀러……?"

유나 너머로 아야노를 보자 아야노는 담담히 프라이팬을 흔들면서 매서운 눈초리로 이쪽을 노려보았다.

"《어어어, 어쩌지?! 역시 갑자기 집에 찾아가는 건 지나쳤나?! 으으…… 하, 하지만 코우와는 이것저것 하고 싶은 이야기도 있고……. 줄곧 학교를 쉬길래 걱정도 되었고……. 아니, 그건 그렇고 코우도 역시 엄청나게 어른스러워졌어! 옛날에는 울보였는데! 어떡하지?! 또 긴장해서 얼굴이 굳어버릴 것 같아!》"

혹시 맨날 나를 노려봤던 건 긴장한 탓이었나?

앞으로 평범하게 이야기를 나누면 조만간 익숙해진다거나 그럴까……?

"저기…… 아야노, 오랜만이야."

"…………그래. 오랜만이야, 코우타. 여전히 운수가 나빠질 듯한 얼굴이네."

……응? 좀 가시가 있는 듯한……. 거기에 코우타라니……. 마음속으로는 나를 코우라고 부르면서…….

"《차아아암! 최악이야! 그냥 코우라고 부르고 싶었는데! 부끄러워서 코우타라고 불러버렸어! 아아아아아! 거기에 운수가 나빠질 듯한 얼굴이라니 뭐야?! 코우는 세상에서 가장 근사하고 보기만 해도 힐링되는 효과가 있는데! 생각에도 없는 말을 내뱉어 버렸어!》"

나에 대한 평가가 너무 높다만…….

그나저나…… 이 녀석, 표정과 속마음이 전혀 일치하지 않는데……. 이거 정말로 아야노의 생각인 건가? 설마 내 선입견이나 바람 같은 게 그대로 상대의 속마음처럼 들려올 뿐이라는 진상은 아니겠지.

프라이팬에 있는 고추잡채를 유나가 냉큼 한 입 훔쳐먹었다.

"으음~! 무진장 맛있어! 역시 아야노 언니! 요리의 천재!"

"이, 이 정도는 누구나 할 수 있어."

고추잡채가 완성되었는지 아야노는 가스레인지의 불을 껐다.

"……그래서 아야노가 왜 우리 집에서 요리를 하고 있는 건데?"

"……어쩌다 보니 그렇게 되었어. 오랜만에 이쪽에 돌아왔으니 유나에게는 제대로 인사를 해두고 싶어서 귓갓길에 들렀는데 유나가 내 요리를 먹고 싶다고 해서……."

"우리 여동생이 뻔뻔스러워서 죄송합니다……."

"……상관없어."

아야노는 걸치고 있던 앞치마를 벗으며 내 얼굴을 힐끔힐끔 훔쳐보았다.

"《으아아아아아! 어, 어쩌지?! 오랜만에 코우와 이야기를 나누고 있어! 꿈꾸는 거 아니지?! 이거 꿈 아니지?! ……아, 안돼! 지금 얼굴을 똑바로 보면 분명 헤실거릴 거야!》"

……으으음. 역시 이거 아무리 생각해봐도 아야노의 속마음은 아니지? 그도 그럴 게 지금도 여전히 무표정이고……. 그 사탕, 불량품이었던 거 아닌가?

"오빠오빠! 오빠도 한 입 먹어봐!"

"어? 아니, 나는 나중에——."

"빼지 말고! 자!"

"읍?!"

입안에 강제로 넣어진 고추잡채를 하는 수 없이 천천히 씹었다. 입안에 피망의 쓴맛과 적당히 매콤달콤한 양념의 맛이 퍼져나갔다.

"음! 진짜네! 맛있어!"

"우후후~. 그치~?"

"왜 네가 의기양양한 건데……. 아니, 그나저나 진짜 맛있는걸. 아야노 요리를 잘했었구나."

아야노가 손에 든 앞치마를 접었다.

"그렇게 칭찬할 것 없어."

그리고 시선을 피하듯이 등을 홱 돌렸다.

아야노는 여전히 무표정인가…… 응?

등을 돌린 아야노의 정면에는 유리로 된 문이 닫힌 식기 선반이 있었는데 아야노의 얼굴이 그 유리에 전부 비치고 있었다.

그 표정은 이때까지의 무표정과는 다르게 마치 요리를 칭찬받은 것이 기뻐서 참을 수 없다는 듯한 기색으로 입가가 헤실거렸고 뺨이 새빨갛게 물들어 있었다.

"《코, 코우에게 칭찬받았어! 에헤헤……. 어, 어쩌지 웃음이 나오는 걸 참지 못하겠어…….》"

이 속마음은…… 정말로 아야노인가?

하지만 어째서 그렇게 내 평가가 높은 거지?

아야노는 나를 싫어하던 게 아니었나?

"저기, 아야노……."

"왜?"

돌아본 아야노는 다시 평소와 같은 무표정으로 돌아와 있었다.

"아, 아니…… 아무것도 아니야."

"아무것도 아닌데 부르지 말아 주겠어?《아무것도 아닌데 이름을 부르다니 뭔가 가족 같아서 기뻐! 좀 더 불러줘!》"

"어어…… 미안."

대체 뭐가 어떻게 돌아가는 거야……?

결국 아야노도 함께 저녁을 먹게 되어서 테이블 맞은편에 앉은 아야노를 보며 며칠 전에 교실에서 들었던 아야노의 속마음을 몇 번이고 떠올려 보았다.

'《조, 좋았어! 오늘이야말로 반드시 코우에게 고백하는 거야!》'

지금은 고백하려는 듯한 기색은 없는 듯한데…….

"뭐 용건 있어? 그렇게 빤히 바라보면 밥 먹기 거북한데."

"아! 미, 미안……."

"《우후후, 내가 만든 고추잡채를 먹는 코우가 귀여워~.》"

저기요…… 그렇게 빤히 바라보면 밥 먹기 거북한데요…….

그 뒤로 아야노와 유나가 여자들끼리 떠들기 시작해서 화제에
끼지 못하는 내가 조금 소외된 기분을 느끼기 시작했을 때였다.

"그래서 코우타. 몸은 이제 괜찮은 거야?"

"응? 어어……."

그러고 보니 학교를 쉬고 있었지…….

"괜찮아. 이제 완전히 컨디션이 돌아왔어."

"그래? 그거 다행이네. ……그리고 저번에 그건 뭐였던 거야?"

"그거?"

"……내가 처음에 반에서 자기소개 했을 때 갑자기 내 앞을
가로막았었잖아. 그거 뭐였어?"

"……그, 그건——."

　옛날 일을 사과하고 싶었기 때문이라고 말하려다가 말을 삼켰
다.

　줄곧 사과하고 싶었을 텐데 마치 그 일을 전부 잊은 듯한 아야
노를 보고 있으니 이대로 떠올리지 못했으면 좋겠다는 생각이
자연스럽게 들었다.

"——그건 말이지…… 아야노가 돌연히 전학을 와서 좀 놀랐
던 것뿐이야……."

"놀란 건 이쪽이야. 너무 놀란 나머지 차가운 태도를 보이고
말아서 죄악감이 남았었는데……."

"아하하……. 미, 미안했어."

"……뭐, 됐어. 《실은 그 뒤에 사과할 기회를 엿보고 있었는데
코우가 줄곧 앞자리 애와 이야기를 나누고 있었으니까…….》"

종일 노려봤던 건 그런 이유였었나…….

아야노가 살짝 눈을 내리깔았다.

"《사실은 코우 쪽에서 말을 걸어줬으면 했어……. **코우는 이제 나 같은 건 아무래도 좋은 걸까…….**》"

──윽?! 뭐, 뭐지?! 아야노의 속마음이 갑자기 크게 들려서 두통이?! 머, 머리가 깨질 것 같아!!

"코우타? 저기, 괜찮아? 얼굴이 새파란데…….."

"아, 아니…… 좀…….."

"《코우 혹시 아직 몸이 안 좋은 걸까?》"

토, 통증이…… 응? ……어라? 이제 괜찮은 것 같은데……. 두통도 가라앉았고……. 뭐였던 거지?

그렇지만 방금 두통은 내가 그 사탕을 먹고 정신을 잃었을 때의 통증과 똑같았다. 네코히메 님은 일시적인 부작용이라고 했었는데…….

역시 방금 두통도 그 능력 때문……이겠지? 그렇다면 무슨 조건으로 두통이 발생하는 거지?

"오빠, 정말로 괜찮아?"

유나가 걱정스럽다는 듯이 내 얼굴을 들여다보았다.

"어, 어어. 괜찮아. 요새 계속 쉬다 보니 갑자기 다음 시험이 불안해졌을 뿐이야."

"불안? 그치만 오빠, 시험 때는 언제나 벼락치기 했었잖아."

"……마, 마음을 고쳐먹은 거라고."

젓가락을 움켜쥔 아야노가 진지한 얼굴로 이쪽을 빤히 바라보았다.

"《코우에게 공부를 가르쳐주고 싶어! 코우에게 공부를 가르쳐주고 싶어!》"

다음 기회에 부탁드리겠습니다…….

저녁 식사를 끝내고 대접에 수북이 담은 쿠키를 먹으며 각자 차를 마시고 있을 때 유나가 몸을 앞으로 내밀며 물었다.

"그러고 보니 아야노 언니, 옛날에 소설 썼었지? 지금은 안 써?"

이 녀석……. 내가 교묘하게 피하고 있던 화제를 아무렇지도 않게 꺼내고 있잖아…….

"계속 쓰고 있어. 마침 그 이야기를 하려던 참이었고."

아야노가 방 한쪽에 둔 가방에서 한 권의 문고본을 꺼내더니 테이블 위에 놓았다. 그 책의 표지에는 '해안선에서 너를 그릴 때' 라는 제목이 적혀있었다.

"아, 이 책 그거지? 최근에 여고생들 사이에서 인기인 연애소설. 미즈키가 추천했었어."

"내가 쓴 책이야. 집에 많이 있으니까 한 권 줄게."

"……뭐라고요?"

"저자인 우타니 타케코는 내 필명이야."

"……진짜로?"

내가 입을 벌리고 있으니 유나가 흥분한 기색으로 의자에서 일어섰다.

"아야노 언니, 프로 소설가가 된 거야?! 대단해~!"

"아직 한 작품뿐이라서…… 앞으로 어떻게 될지는 몰라."

"그래도 대단해! 그치, 오빠?!"

"어, 어어…… 정말로 놀랐어……."

아야노가 차를 한 입 마셨다.

"실은 담당 편집자인 사이코 씨라는 사람에게 조만간 토크쇼와 사인회에 나가자는 말을 들었어."

"아야노 언니의 사인회?! 나도 가고 싶어! 오빠도 갈 거지?!"

"응, 물론이지."

설마 소꿉친구가 사인회를 여는 날이 올 줄이야…….

"그나저나 신인 작가가 벌써 사인회 같은 걸 하는 거야?"

"그 사인회에서 열리는 토크쇼의 테마가 신인 작가와 대작가의 대담이거든. 신인 작가 둘과 대작가 둘이 무대 위에서 이야기를 나누는 모양이야. 그리고 나는 그 신인 작가 중 하나로 뽑힌 거고. 그래서 그렇게까지 소설이 평가받은 건 아니야."

"그래도 충분히 대단하다고 생각하는데……."

대접에 쌓아놓은 쿠키가 어느 사이엔가 전부 사라졌고 유나가 입 안에 쿠키를 가득 담고 "더 있었나?" 하고 자리에서 일어났다.

"살찐다."

"아니거든요~. 유나는 먹는 만큼 운동하니까 안 찌거든요~."

"운동? 또 클럽 활동 도우미라도 부탁받았어?"

"응. 다음에 유도부 연습을 도와달라고 부탁받았어."

"너 저번에는 야구였잖아. 유도까지 할 줄 알아?"

"유나는 오빠와는 달리 운동 신경이 아주 좋으니까~."

"나, 나는 두뇌파라고…….."

"홋."

이 녀석, 친오빠를 비웃어?!

문득 다시 아야노에게 시선을 되돌렸다가 어딘가 긴장한 표정으로 변해있는 것을 깨달았다.

꿀꺽, 하고 아야노의 목이 울리며 잠시간 침묵이 찾아왔다.

속마음에 귀를 기울여 보았지만 아무것도 들리지 않았다. 요컨대 이건 무언가를 생각하느라 입을 다문 게 아니라 다음 말을 꺼내기 위한 각오를 다지고 있는 것이겠지.

그리고 아야노가 입을 열었다.

"그 토크쇼에 카이도 이치카도 나와."

카이도 이치카. 거물 소설가로, 소설에 관심이 없는 사람이라도 한 번은 그 이름을 들어봤을 것이다. 카이도 이치카가 쓴 소설은 하나같이 히트했고 영화, 드라마, 애니 등의 다양한 매체를 통해 전 세계로 퍼져 있었다.

그리고 친딸을 버린 아야노의 어머니이기도 했다.

아야노가 말을 이었다.

"내 소설은 그 사람의 발끝에도 미치지 못해. 다가가면 다가갈수록 그 사실을 지긋지긋할 정도로 깨닫게 돼……. 그렇지만 나는 마침내 다다랐어. 그 사람이 우리 가족을 버리면서까지 선택한 세계에."

아야노가 얼마나 열심히 노력해서 여기까지 왔는지 나는 짐작도 되지 않는다. 그렇지만 똑바로 이쪽을 바라보는 눈에서는 그 강한 의지의 일부를 엿볼 수 있었다.

"······연락은 안 와?"

"집을 나간 뒤로 한 번도 온 적 없어. 전화도, 문자도 말이지······.《단 한 번도······.》"

아야노······ 혹시 쓸쓸한 건가? 화가 났다고 생각했었는데······. 하지만 그런가. 아야노는 옛날엔 어머니만 졸졸 따라다녔으니까.

"그렇구나······."

거기까지 말을 끝낸 아야노가 후우, 하고 작게 숨을 내쉬었다.

"《코우와는 그 밖에도 여러 가지로 하고 싶은 이야기가 있지만······. 뭐, 근황 보고를 할 수 있었던 것만으로도 다행인가.》"

그때 유나가 양손 가득 과자를 끌어안고 만면의 웃음을 지은 채 돌아왔다.

유나가 과자를 테이블 위에 쏟았다.

"그러고 보니 말이야, 아야노 언니. 오늘은 아저씨가 일 때문에 못 돌아오신댔지?"

"응, 맞아."

"그러면 말이야, 우리 집에서 자고 가!"

······뭐라고?

이야기를 나눠본 느낌으로는 지금 당장 아야노에게 고백받을 걱정은 없어 보이지만……. 조금 전의 알 수 없는 두통 문제도 있으니 가능하면 지금은 조금 거리를 두고 싶은데…….

유나의 제안에 아야노가 허둥댔다.

"아, 아니, 하지만 그건 좀……."

좋아. 여기서는 아야노에게 편승할 수밖에 없다.

"마, 맞아, 유나. 느닷없이 그런 말을 하면 민폐잖아."

"오빠는 조용히 하고."

"……넵."

와아……. 유나도 그런 무서운 얼굴을 할 줄 알았구나…….

유나가 아야노의 양손을 꽉 쥐었다.

"내일 쉬는 날이니까 괜찮잖아! 응? 아야노 언니!"

"으, 으으음……."

"응?! 응?!"

"……그럼 오늘만……."

"만세!"

언제부터였을까……. 이 집의 실권을 여동생이 쥐게 된 건…….

◇ ◇ ◇

오후 11시.

옆방에서 유나와 아야노의 대화가 드문드문 들려왔다.

"그래서 있지, 오빠가──."

"으아……. 그게 정말이야?"

"정말이라니까? 게다가 오빠는 실은——."

"뭐어?! ……나, 남자는 다들 그래?"

"글쎄? 그래도 그런 건 우리 오빠만 그렇지 않을까?"

"대, 대단하네……."

또 내 험담을 하고 있다…….

제기랄……. 어째서 우리 여동생은 나를 디스하는데 주저가 없는 거냐…….

……아니, 잠깐만. 왜인지는 모르겠지만 아야노는 내 호감도가 높았고 잠시였지만 학교에서는 나에게 고백하겠다는 터무니없는 생각을 했었다. 그런 아야노의 내 호감도가 내려가면 고백받을 위험성이 줄어들어서 내 안전은 확보되는 것 아닌가?

"쿡쿡. 그래서 있지, 오빠는——."

"으아아……. 그건 좀 심한 것 같은데……."

젠장! 역시 납득 못하겠다!

그 뒤로도 한동안 두 사람의 잡담은 이어졌고 나는 방의 불을 끈 뒤 침대 위에 드러누워서 이불을 뒤집어쓰고 속을 삭였다.

…………

……하지만 자려고 누워도 말이지.

옆방에 아야노가 있다고 생각하니 뭔가 긴장이 되어서 잠이 안 오는걸…….

그러고 보니 아까 유나와 둘이서 목욕하러 들어갔었던 모양인데 옷은 어쨌으려나. 몸집이 작은 유나의 옷을 빌린다고 해도 아야노가 입기에는 작을 테고……. 그렇다면 저녁 먹을 때 입고 있었던 교복을 그대로 다시 입은 건가?

……아니면 설마 유나의 작은 옷을 억지로…….

아니, 지금은 그 모습을 상상하는 건 그만두자. 더더욱 잠이 안 올듯하니까.

달각. 저벅저벅. 찰칵. ……쏴아아.

그런 소리에 눈을 뜬 건 심야 세 시가 지났을 무렵이었다. 침대 위에 누운 채 의식만이 서서히 각성하기 시작했다.

유나가 화장실에라도 간 건가? 아야노가 와 있어서 신경 쓰지 않게 일찍 잤던 탓인지 이상한 시간에 눈이 떠졌는걸……. 뭐, 내일은 쉬는 날이니 이대로 다시 잠이 올 때까지 깨어 있어도 상관없나.

이윽고 다시 한번 물을 내리는 소리와 가벼운 발소리가 다가오는 기척이 느껴졌다.

저벅저벅. …………. ……찰칵.

음?

어라? 방금 열린 거 내 방문 같았는데…….

《코우 잘 자고 있네.》

으응?! 아, 아야노?! 너 내 방에서 뭐 하는 거야?!

침대 바로 옆에 있는 아야노의 기척을 느끼면서 나는 필사적으로 자는 척을 했다.

"《코우의 잠든 얼굴이 귀여워……. 후후후. 내가 이렇게 보고 있다는 것도 모르고.》"

알거든?!

"《아…… 그나저나 난 뭐 하는 걸까……. 빨리 유나 방에 돌아가야 하는데……. 만약 코우의 잠든 얼굴을 몰래 보러온 걸 들킨다면 부끄러워서 죽어버릴지도 몰라…….》"

그럼 빨리 돌아가 달라고!

그렇지만 여기서 내가 일어나면 나중에 거북해질 것 같고…….

……그건 그렇고 아야노는 결국 목욕하고 나서 어떤 옷을 입은 거지? 설마 정말로 유나의 옷을……?

…………아주 살짝 눈을 떠볼까.

이쪽이 깨어 있다는 것을 들키지 않게 눈을 슬쩍 떠서 아야노의 모습을 확인했다.

그러자 파자마 차림으로 차마 봐선 안 될 거 같을 정도로 헤실거리는 아야노가 바로 옆에서 나를 지그시 내려다보고 있었다.

젠장! 평범한 파자마잖아! 이상은 유나의 작은 파자마를 입어서 배꼽이 드러난 아야노의 모습이었는데! 그 파자마, 유나가 입던 게 아니잖아! 어디서 구한 거야, 망할!

……아니, 이게 아니지. 그런 갈등을 할 때가 아니었다.

아야노는 여전히 내가 깬 것을 깨닫지 못하고 있었다.

"《어라? 방금 코우가 살짝 눈을 뜬 듯한……. 잘못 본 거겠지? ……빨리 돌아가야 하지만…… 조금만 더 코우의 잠든 얼굴을 감상하고 나서 돌아가도 문제는 없겠지?》"

문제 있거든! 넌 윤리관을 어따 팔아먹은 거야?!

여기서 내가 깼다는 게 발각되면 내일부터 아야노와 거북한 사이가 될지도 모른다……. 나로서는 아야노에게 고백받는 건 피해야 하지만 옛날과 같은 친구 관계로는 돌아가고 싶으니 그건 가능하면 피하고 싶었다.

그렇다면 여기서는 뒤척이기 작전이 유효하겠지.

작게 앓는 소리를 내며 몸을 크게 뒤척인다. 이 행동으로 흥분해서 사고회로가 나가버린 아야노에게 어쩌면 내가 깨어나 방에 침입한 걸 들킬지도 모른다는 공포심을 느끼게 하자. 뇌가 현실로 돌아오면 자주적으로 방에서 나갈 것이다.

완벽했다. 아야노를 내쫓을 뿐만 아니라 아야노가 내 방에 침입했다는 사실마저도 어둠 속에 묻어버릴 수 있다. 한 치의 빈틈도 없는 완벽한 계획이었다.

좋아! 정해졌으면 뒤척이기 작전을 실행하자!

풀썩.

응? 뭐지? 방금 풀썩하고 움직인 느낌은?

뭔가 뺨 근처에 가는 실 같은 게……. 그리고 침대가 약간 기울어진 것 같기도…….

아……. 그렇군. 이거 그거구만요?

아야노 씨, 침대에 앉아서 내 얼굴을 들여다보고 있구만요?

"《코우의 잠든 얼굴 귀여워~. ……지금이라면 뽀뽀해 버려도 들키지 않으려나?》"

다 들리거든?!

"《그나저나…… 또 이렇게 코우네 집에 놀러 오다니 정말 꿈만 같아……. 오랜만에 학교에서 코우를 봤을 때는 혼자 들떠서 그대로 고백해버릴까도 생각했지만 서두르지 않아서 다행이야……. 만약 그렇게 고백해서 실패해버리면 또 이렇게 코우와 놀지도 못하니까.》"

고백받은 시점에서 나는 죽지만 말이지…….

그건 그렇고 역시 이상한걸…….

나는 아야노를 화나게 했을 텐데 아야노는 어째서 이렇게 나를 좋아하는 거지?

……으으음, 모르겠다.

아무튼 여기서는 뒤척이기 작전을 실행해서 아야노를 방 밖으로 내쫓는 게 최우선이었다. 예정보다도 접근전이 되기는 했지만 딱히 문제는 없을 것이다.

찰칵.

어라? 방금 뭔가 옆방에서 소리가…….

저벅저벅.

그리고 복도를 걷는 소리…….

잠깐만…… 이거 혹시…….

"《어어어, 어쩌지?! 유나가 방에서 나왔어!》"

진짜 어쩔 건데?!

"《코우의 방에 멋대로 들어온 걸 들키면 큰일이야! 빨리 여기서 나가야 해! 하, 하지만 방에서 나가는 모습을 들키면 아

웃……. 심야에 코우의 방에 몰래 들어간 변태로 낙인찍힐 거
야…….》"

자각은 있었냐고.

"아야노 언니~? 어딨어~?"

복도에서 잠이 덜 깬 유나의 목소리가 들려왔다. 아무래도 방
에 아야노가 없다는 것을 깨닫고 찾으러 나온 모양이었다.

"아야노 언니~?"

하지만 이건 기회였다. 유나는 아야노를 찾으러 방에서 나왔
다. 그렇다면 아야노가 있을 확률이 가장 높은 1층 화장실을 보
러 갈 게 틀림없다. 요컨대 그 타이밍을 노려서 내 방에서 탈출
하면 유나와 맞닥뜨리지 않고 여기서 나갈 수가 있다.

유나는 아직 잠이 덜 깬 모양이니 아야노가 방으로 돌아간 뒤
에 '응? 계속 여기서 자고 있었는데?' 하고 말하는 듯한 얼굴로
일관하면 얼버무릴 수 있을 터였다.

"《유나는 분명 먼저 화장실로 찾으러 가겠지? 그럼 그 틈에
돌아가면…….》"

맞아, 아야노. 그거야.

유나의 발소리가 천천히 방 앞을 지나갔다.

여기서 유나가 방문을 열면 내가 아야노를 방으로 끌어들였
다고 오해할지도 모른다……. 그렇게 되면 오빠로서의 입장
이…….

유나의 발소리가 방 앞에서 딱 멈췄다.

설마…… 들어올 생각인가?!

아야노, 혹시 모르니 방구석에 숨어있어 줘!

"《들어오면 안 돼! 들어오면 안 돼! 들어오면 안 돼! 아아아아 앗?!》"

틀렸어! 머리가 전혀 안 돌아가는 모양이잖아?!

최악의 사태를 상정했지만 문 앞에서 멈춰있던 유나의 발소리가 다시 움직이면서 그대로 계단 쪽으로 향했다.

다, 다행이다……. 역시 화장실 쪽으로 갔나……. 그럼 이 사이에 아야노가 유나의 방으로 돌아가면 아무런 문제도…….

탕탕탕!

어어?! 유, 유나의 발소리가 엄청난 기세로 이쪽을 향해 다가오잖아?! 왜?!

"《끝났어……. 나는 이걸로 평생 유나에게 변태라는 시선을 받으며 살아가게 될 거야…….》"

포기하지 말라고!

……큭, 어쩔 수 없지!

유나는 내 방 앞까지 오더니 노크도 하지 않고 곧장 문을 열었다.

눈을 살짝 떠보자 유나가 눈을 반짝이며 방 안을 유심히 둘러보고 있었다.

하지만 방 안에 아야노의 모습이 없다는 것을 확인하자 유나는 "칫." 하고 혀를 차며 작게 중얼거렸다.

"……있었으면 재밌었을 텐데……."

재미없거든?!

그대로 아쉽다는 듯이 방문을 닫은 유나의 발소리가 아래층으로 사라졌다.

다행이다……. 겨우 유나에게 지금 상황을 들키지 않았어……. 근데 이거 어쩌지…….

내 이불 안에서 아야노가 눈을 동그랗게 뜬 채 굳어 있었다.

왜 이렇게 되었냐면 유나가 문을 열기 직전에 내가 순간적으로 아야노를 내 침대 안으로 끌어당겨 유나로부터 아야노의 모습을 감췄기 때문이다.

"《……어라? 코코, 코우의 침대 안? 응? 어떻게 된 거지? 혹시 코우가 깨어 있었나? 응? 으응? 언제부터?》"

'코우 잘 자고 있네' 즈음부터 깨어 있었습니다만.

아직 집 안을 배회하고 있는 유나에게 들키지 않게 가능한 작은 목소리로 말했다.

"저기, 아야노?"

"예?!"

"조용히!"

"……예."

"……저기…… 그게…… 아야노는 잠결에 내 방에 들어왔잖아? 그런데…… 내 방에 아야노가 있는 걸 유나에게 들키면 괜한 오해를 할지도 모르니까. 그래서 순간적으로 숨긴 건데…….."

"……어? 어어? 어라? 여기 유나의 방 아니었어? 어라아? 이상하네?"

그 어설픈 연기는 뭐냐…….

뭐, 그건 아무래도 좋지. 여기서는 그런 걸로 하고 사태를 빨리 수습해야 한다.

"아무튼 지금 유나는 1층에 있으니까 빨리——."

그렇게 말하다가 뒷말을 집어삼켰다.

언제나 쓰고 있는 침대 안에 불안한 표정을 짓고 있는 여자애가 있다면 누구라도 평상심을 잃을 것이다.

아야노는 옛날과는 비교가 안 될 정도로 어른스러워졌고 키도 꽤 자랐다. 그렇지만 끌어안아 보니 어깨도 아담하고 놀랄 정도로 가냘프게 느껴졌다.

"——빨리…… 저기…… 그…….."

아야노 쪽도 뺨을 붉게 물들이고 이쪽을 지그시 바라보고 있었다.

"《가, 가까워! 코우의 얼굴이 바로 앞에! 아앗?! 뭐지, 천국인가?!》"

애초에 뭐지 이 좋은 냄새……. 같은 샴푸를 쓴 거 맞지? 그런데 왜 이렇게 좋은 냄새가 나는 거지? 어라? 아야노는 실은 천사였나? 신의 사자였나?

허둥대고 있으니 아야노가 내 가슴에 머리를 가져다 대었다.

"코, 코우타……."

으엉?! 설마 고백하려는 건 아니지?! 고백할 거 아니지?!

"코우타…… 나…… 줄곧 하고 싶었던 말이 있었어……."

아까 고백하지 않아서 다행이라며 마음속으로 말했었으니 괜찮겠지?!

"있잖아……."

어쩌지?! 귀를 막으면 고백받아도 문제없으려나?! 아니, 확실하게 고백을 저지하려면 아야노의 입을 막아야 하나?!

그런 걱정을 하는 나를 아랑곳하지 않고 아야노는 뜻밖의 말을 입에 담았다.

"아무 말도 없이 전학을 가버려서…… 미안해……."

"……어?"

고백이 아니었나……?

"그때 아빠 일 때문에 갑자기 전학을 가게 되었어……. 그 사실을 너희에게 보고할 만큼의 시간은 있었고 지금까지도 연락하려고 했다면 할 수 있었어……. 하지만…… 말이 나오지 않아서……."

초등학교 시절에 나는 아야노에게 상처를 주었고 그 뒤로 아야노는 사라졌다.

어쩌면 그게 말을 하지 못한 원인의 하나일지도 모른다고 머리 한구석으로 생각했다.

"……신경 쓰지 마. 그건 나도 똑같아."

"코우타도, 똑같아……?"

"……그 뒤로 줄곧 후회했었어. 어째서 좀 더 아야노를 생각해주지 못했었는지……. 어째서 바로 아야노를 쫓아가지 않았는지……."

"…………코우타?"

"나는…… 나는…… 줄곧 아야노에게——."

그때였다.

나와 아야노가 뒤집어쓰고 있던 이불이 단숨에 걷혔다.

화들짝 놀라서 고개를 들어보니 양손으로 이불을 걷어치운 유나의 모습이 있었다.

유나는 나와 아야노의 모습을 확인하자마자 놀랄 정도의 속도로 속으로 생각했다.

"《침대 안에서 서로 달라붙어 있는 두 사람. 하나같이 흐트러진 옷. 문에서 가까운 쪽에 아야노 언니가 누워 있으니 이불 안으로 파고든 건 아야노 언니, 혹은 오빠가 끌어당겼을 가능성이 커. 적어도 오빠가 덮친 건 아닌 것 같아. 아야노 언니는 스스로 이불 속으로 파고들 정도로 대담한 성격 같지는 않고 아무리 오빠라도 거부하는 상대를 침대로 끌어들이지는 않겠지. 그렇다면 아야노 언니가 잠결에 실수로 오빠의 방에 들어왔고 유나에게 들킬 뻔하자 오빠가 당황해서 침대 안으로 끌어들였다고 상상하는 게 타당해. 응. 정상참작의 여지는 남아 있어.》"

유나의 머릿속 재판은 몇 초 만에 이루어졌다.

유나는 침대에 누워있던 아야노를 끌어내서 그대로 질질 끌고 갔다.

마치 남의 집 고양이처럼 얌전히 끌려가는 아야노와는 반대로 유나는 꺼림칙할 정도로 환하게 웃으며 나를 향해 이렇게 말했다.

"오빠, 저질이야."

"어엉?!"

정상참작 아니었어?!

다음 날 아침. 거실로 가자 이미 유나와 교복 차림의 아야노가
의자에 앉아 있었다.

"아, 안녕히 주무셨습니까……."

굽신굽신 인사하자 유나가 싸늘한 눈으로 나를 흘겨보았다.

"어, 응. 잘 잤어?"

어라? 화, 화났나? 역시 화가 났나?

"저기…… 유나, 실은 어제는…… 그게——."

"오빠."

"예……?"

"배고픈데."

아침밥을 차리라는 말이지요?

"……바, 바로 대령하겠습니다."

"응. 부탁할게. 《어제 일은 아야노 언니에게 자세히 들어서 유
나의 생각대로였다는 건 알지만 이걸 약점 삼아서 일주일 정도
는 전부 오빠에게 밥을 차리게 해야지~.》"

우리 여동생은 언제부터 이런 성격이 된 걸까……. 옛날에는
좀 더 내향적이었는데…….

유나 옆에서 아야노가 미안하다는 듯이 눈을 내리깔고 있었다.

"《코우 미안해……. 나 때문에……. 내가 코우의 잠든 얼굴

이 보고 싶어서 몰래 방에 들어간 탓에…….》"

　내 말이!

◇　◇　◇

　그 뒤로 주눅 든 채 아침 식사를 끝내자 아야노가 서둘러서 가방을 챙겼다.

　"미안해, 아침밥까지 얻어먹어서……."

　"괜찮아, 아야노 언니! 어차피 우리 집은 유나와 오빠밖에 없으니까 아야노 언니라면 매일 와도 대환영이야!"

　"《매일 코우의 잠든 얼굴을 마음껏 볼 수 있다니……. 괜찮은데?》"

　참아주세요.

　"그럼 나는 아야노를 집까지 바래다줄 테니까 유나는 집 보고 있어."

　"……어? 집까지 바래다준다고? 아야노 언니를? 왜?"

　"왜냐니……. 뭐, 아직 밝은 시간대니까 이상한 사람이 어슬렁거리지는 않을 것 같지만 그래도 보통은 바래다주지 않아?"

　"……풉. 그, 그러네. 위험하니까 일단은 바래다주는 것도 괜찮을 것 같아."

　뭐지? 이상하게 즐거운 표정으로 히죽거리고 있는데…….

　아야노 쪽을 보니 아야노는 안절부절못하며 손가락을 꼼지락거리고 있었다.

"뭐, 굳이 바래다준다면 그러도록 할까. 어차피 코우타도 집에 있어봤자 할 일도 없을 테고. 《코우가 나를 걱정해주고 있어! 기뻐!》"

이 녀석 여전히 표정과 속마음이 일치하지 않는구만…….

어젯밤에는 그래도 지금보단 귀염성이 있었는데…….

그러고 나서 아야노를 데리고 함께 현관을 나서니 어째서인지 웃음을 참는 표정의 유나가 손을 살랑살랑 흔들며 배웅했다.

"그, 그럼 오빠. 잘 다녀와. 너무 늦지는 말고. 푸흡."

그러니까 넌 왜 그렇게 즐거워 보이는 건데…….

"……다녀올게."

"응~ 잘 다녀와~."

조금 앞에서 아야노도 똑같이 손을 흔들었다.

"신세 졌어. 다음에 보자, 유나."

"응! 또 언제라도 놀러 와~."

탁, 하고 현관문이 닫힌 뒤에 아야노의 옆에서 함께 걸었다.

"뭔가 유나가 이상했는데…….."

"어? 그랬던가? 《코우의 얼굴밖에 안 보고 있었어…….》"

사람이 말하는 건 잘 듣지 않을래……?

느긋한 아야노의 발걸음에 따라 이쪽도 속도를 맞춰서 천천히 걸었다.

"아야노는 어디 살아? 전에 살던 아파트?"

"아니. 거기는 원래 임대 아파트였으니까. 이번에는 아버지가 대출받아서 단독 주택을 샀어."

"그래? 어딘데?"

"저기야."

"저기?"

아야노가 손가락으로 가리킨 곳에는 우리 집 옆에 이전부터 있던 빈집밖에 없었다.

"……무슨 말인지 이해가 안 된다만."

"그러니까 저기라고, 저기."

"……아니, 저기는 빈집인데……."

"그러니까 그 빈집으로 이사를 왔다는 말이야. 어젯밤에 파자마를 가지러 일단 집에 돌아갔었는데 몰랐어?"

아~ 어쩐지 처음 보는 파자마를 입었다 싶었더니…….

그나저나 진짜로 옆집인 거냐고…….

"이웃이니까 앞으로 잘 부탁할게."

"……자, 잘 부탁합니다."

문득 옆을 보니 우리 집 현관 앞에서 쿡쿡거리며 나를 비웃고 있는 유나의 모습이 있었다.

"돌아오다가 길 잃으면 안 된다, 오빠?"

"잃겠냐!"

그날 오후. 카구라네코 신사의 경내.

아야노 녀석, 설마 옆집에 이사를 왔었을 줄이야……. 앞으로 힘들어지겠는데…….

점점 더 이 능력에 대해서 자세히 알아야겠는걸. 능력을 알아보기 위해서는 인파 속에 장시간 있거나 아야노와 유나로 실험해보는 게 가장 손쉬운 방법이지만 그래서는 동시에 위험도 동반된다. 지금은 적어도 어제 아야노와 대화 중에 발생한 두통의 원인만이라도 밝혀낼 수 있다면 좋으련만…….

기둥문을 지나자마자 어디선가 다가온 뱌쿠야가 "야옹." 하고 내 품에 뛰어들었다.

골골거리는 뱌쿠야의 배를 벅벅 쓰다듬어주었다.

"오오, 뱌쿠야. 잘 지냈어?"

"야옹~!"

"그래그래. 그거 다행이네. 그건 그렇고 네코히메 님은 어뎠어? 슬슬 주의사항을 전부 해독하셨으려나?"

"…………."

뱌쿠야, 너는 어째서 그렇게 슬픈 얼굴을 하는 거니.

불길한 예감을 느끼면서 주위에 인기척이 없는 것을 확인한 뒤에 신발을 벗고 배전 안으로 들어갔다.

방 중앙에는 부드러워 보이는 복슬복슬한 쿠션이 놓여있었고 네코히메 님이 그 위에서 몸을 말고 새근새근 잠들어 있었다.

"네코히메 님. ……네코히메 님~?"

"……음냐……."

귀가 쫑긋쫑긋 움직여서 나도 모르게 만져보고 싶은 충동어 사로 잡혔지만 꾹 참고 네코히메 님의 몸을 흔들었다.

"네코히메 님. 네코히메 님. 일어나 주세요."

"으어엉……?"

네코히메 님이 잠에 취한 눈으로 상반신을 일으키자 몸에 두르고 있던 깃옷도 허공에 두둥실 떠올랐다.

"무어냐……?"

"주의사항을 해독해주신다고 한 건 어떻게 되었나요?"

"으응? ……아…… 너로구나……. 어어, 뭐더라…… 니부? 니부 뭐시기……."

"니타케예요. 니타케 코우타요. 졸지 마시고 정신 좀 차려주세요."

"어어, 그래그래. 그거그거. ……그래서 무슨 용무냐?"

"무슨 용무긴요. 해독은 어떻게 되셨어요? 새로운 주의사항은 알아내셨나요?"

"……오, 오오. 그거 말이구나. 그래. 문제없고말고."

네코히메 님은 두꺼운 취급 설명서를 바닥 위에 펼치더니 그 안의 한 문장을 가리켰다.

"이 부분에 새로운 주의사항이 적혀있었다."

"오오! 그래서 뭐라고 적혀있었는데요?"

"주의사항 네 번째, 『사용자에 대한 이성의 호감도가 급격히 저하되면 부정적인 감정이 비대화 되고 그에 비례해서 속마음의 음량이 커지며 사용자에게 두통이 발생한다. 악화되면 죽는다』라는구나."

또 죽는 거냐…….

"……요컨대 간단하게 말해서 이성의 호감도를 너무 떨어트리면 죽는다는 건가요?"

"그래. 그런 것이겠지. 아마도 이건 사탕을 사용한 자가 누군가에게 고백받아서 죽을 정도라면 처음부터 미움받는 편이 낫다고 생각해서 일부러 그러한 행동을 취해 고백의 위기를 줄이려는 것을 막기 위한 항목일 게야."

"뭐하러 그런 짓을……. 이 이상한 능력을 만든 '질투의 신'은 청춘 중인 녀석들이 미운 거잖아요. 그렇다면 사용자가 자신의 의지로 미움을 사서 청춘과 멀어지면 그걸로 목적이 달성되는 것 아닌가요?"

"……아니, '질투의 신'은 그런 성격이 아니다. 노린 사냥감을 서서히 괴롭혀서 마지막에는 상대가 죽여달라고 애원하게 하는 것을 좋아하는 변태지."

"왜 그런 위험한 녀석이 신인 건데요……."

"신이란 대체로 그런 법이란다."

"…………."

아무튼 이걸로 아야노와 대화 중에 두통이 덮쳐왔던 이유가 확실해졌다.

그때 아야노는 교실에서 내가 아야노에게 말을 걸지 않았던 것을 떠올리고 불만스럽게 생각했다. 그 결과로 부정적인 감정이 속마음의 음량을 크게 만들었고 두통이 되어 덮쳐온 것이다.

그렇지만 그때는 두통이 금방 가라앉았으니 이 주의사항은 그렇게까지 위협적인 건 아닐지도 모르겠다. 어디까지나 내가 아야노에게 일부러 미움을 사려는 것을 막기 위해 만든 항목일 테니까.

『사용자에 대한 이성의 호감도가 급격히 저하되면』이라고 적혀있다는 건 상대방이 나에게 품은 호감도와 크게 관련이 있다는 말인가?

예를 들면 내 호감도가 낮은 이성이 차가운 태도를 취해도 두통이 발생하지는 않지만 호감도가 높은 이성이 똑같은 태도를 취했을 때는 두통이 발생한다거나.

그렇다면 지금 경계해야 할 대상은 어째서인지 내 호감도가 기이할 정도로 높은 아야노 한 사람이겠는걸.

문득 펼쳐져 있는 취급 설명서에 시선이 갔다.

"그래서 네코히메 님. 취급 설명서의 다른 부분에는 뭐라고 적혀있었나요?"

"음? 무슨 말이냐."

"아니, 그러니까요. 암호라서 읽지 못하지만 뭔가 그 밖에도 이것저것 적혀 있잖아요. 물론 전부 해독해주신 거죠?"

"아직이니라."

"……아직?"

"너는 바보인 게냐? 나는 조금 전까지 낮잠을 자고 있었잖느냐. 그 상태로 어떻게 해독을 하라는 거냐."

"제 목숨보다도 낮잠을 우선시하지 말아 달라고요!"

네코히메 님은 언짢다는 듯이 콧방귀를 뀌고는 그대로 바닥에 놓아둔 쿠션으로 뛰어들었다.

"나는 아직 낮잠을 더 자야 하니 이만 돌아가거라."

정말로…… 제대로 된 신이 없구만.

"아니, 저 지금 진짜로 위험하다니까요! 저를 싫어한다고 생각한 아야노가 어째서인지 저를 무진장——."

"다 안다, 다 아니까 더 말하지 마라!"

"다 안다니……. 아직 아무 말도 안 했는데요……."

네코히메 님은 자신의 꼬리로 내 발치에 굴러다니고 있던 수정구를 가리켰다.

"그걸로 네 행동을 모조리 감시하고 있고 너를 통해 계집아이의 속마음도 듣고 있다. 그래서 무슨 일이 일어나고 있는지는 파악하고 있으니까 일일이 보고하지 말아라."

"그러십니까……."

내 사생활이여, 안녕히…….

"……저, 저기, 혹시 아야노의 제 호감도가 그렇게 높은 건 그 이상한 사탕 때문은 아닌가요?"

"아니, 그럴 리는 없다. 그 사탕은 사용자 이외의 제삼자에게 직접적인 영향을 주는 부류의 것이 아니니까. 그러니 네가 그 아야노라는 계집아이에게 사랑받고 있는 건 원래부터 그런 게다."

"하, 하지만…… 저는 옛날에 심한 말을 해서…… 미움받았을 텐데요……."

"그런 걸 내가 어떻게 아느냐. 그쪽은 알아서 하거라. ……나는…… 이제……."

"네코히메 님? 여보세요……? ……잠들었잖아."

◇ ◇ ◇

주말이 지나고 나는 겨우 학교에 갈 결심을 했다.

아무튼 이대로 쉬고만 있어도 해결되는 건 없다. 저번 태도를 봐서 아야노가 지금 당장 나에게 고백하는 일은 없을 것이다. 그렇다면 이 이상 호감도가 올라가지 않게 조심하며 생활하면 문제는 없을…… 터.

집을 나선 직후에 어디선가 목소리가 들려왔다.

《코우다! 이제야 나왔어! 그, 그럼 가자!》

철컥하고 옆집 문이 열리더니 아야노가 모습을 드러냈다. 아야노는 내 모습을 확인하고는 마치 살기를 담은 것처럼 도끼눈을 했다.

《인사를 하자! 인사를 하는 거야! 아아, 차암! 긴장돼!》

저번에 실컷 대화했으면서 왜 며칠 안 본 것만으로 그렇게 긴장을 하는 거냐. ……아니, 그보다 얼굴 무섭구만!

《인사를 하는 것뿐이야! 인사만 하면 돼!》

이대로 물어 죽일 듯한 표정인걸……. 하는 수 없지…….

"……조, 좋은 아침이야, 아야노."

아주 잠시 눈썹을 씰룩거린 아야노가 아무렇지도 않은 표정으로 머리카락을 쓸어올렸다.

"어머나, 좋은 아침이야, 코우타. 우연이네."

뭐가 우연이냐. 너 틈새로 이쪽을 보며 매복하고 있었잖아.

아야노는 철면피를 깔고 그대로 발걸음을 맞춰서 내 옆을 걷기 시작했다.

"《만세~! 오랜만에 코우와 함께하는 등교야~! 이예이~!》"

아침부터 기운이 넘치시는구만…….

◇ ◇ ◇

그럭저럭 붐비는 전철 안. 나와 아야노는 나란히 서서 손잡이를 잡고 있었다.

이런 사람이 많은 곳은 아직 익숙해지질 않는걸. 속마음이 여기저기서 날아든다…….

그런 가운데 옆에 있는 아야노의 속마음은 한층 크게 들렸다.

"《아아……. 코우가 이렇게 가까이에 있다니……. 우후후. 앞으로는 매일 코우와 함께 등교할 수 있겠어.》"

매일은 참아줬으면 한다만…….

……그나저나 이 상황은 속마음이 안 들렸다면 험악한 분위기라고 착각했을 것 같은데……. 대화도 없고 시선을 맞추면 피하고……. 그렇지만…….

"《우후후. 코우가 멍하니 있네. 지금이라면 빤히 바라봐도 안 들키겠지?》"

이런 생각을 하면서 아야노가 내 옆얼굴을 뚫어지도록 바라보고 있었다. 그렇지만 그 모습은 차창에 반사되어 내 눈에도 똑똑히 비치고 있었다.

엄청나게 노려보고 있는걸…….

"《아, 방금 전철이 흔들렸을 때 코우와 어깨가 살짝 닿았어! 후후후. 운이 좋은걸?》"

그나저나 이 녀석의 속마음이 참 귀엽네. 긴장을 풀면 넘어갈 것 같다…….

아야노가 내 손을 신경 쓰며 힐끔힐끔 보았다.

"《코, 코우의 손을 멋대로 쥐면 들키려나……?》"

당연히 들키지.

나를 뭐라고 생각하는 거냐.

◇ ◇ ◇

학교에 도착해서 교실에 들어가자 그때까지 가까이에서 걷고 있던 아야노가 빠른 걸음으로 자신의 자리로 향했다.

나도 아야노의 뒤를 이어서 자신의 자리에 앉자 앞에서 밝은 목소리가 날아들어 왔다.

"코우타! 오랜만이야!"

"어어, 미즈키. 오랜만."

"몸은 이제 괜찮아?"

갸우뚱.

여전히 귀여운걸……. 치유된다…….

"으헤헤. 몸? 어어, 응. 괜찮아괜찮아. 전혀 문제없어."

"그렇구나! 그럼 다행이네! ……그런데 왜 그렇게 헤실거리고 있어?"

"원래 이런 얼굴이야. 신경 쓰지 마."

미즈키가 아야노 쪽을 힐끗 훔쳐보았다.

"《방금 코우타와 유메미가사키 양이 교실에 같이 들어왔는데 함께 등교했나? 두 사람이 소꿉친구 사이라는 건 전에 들었는데 혹시 그런 관계인 걸까? ……아니, 그럴 리는 없나. 코우타니까. ……그래도 나중에 놀려야지!》"

"야, 이상한 오해하지 마. 아야노가 우리 옆집에 이사를 온 거라고. 그래서 우연히 함께 왔을 뿐인데——."

"응?!"

미즈키는 어째서인지 황급히 자신의 입을 가렸다.

"내, 내가 입 밖에 냈어?!"

"입 밖에 내고 자시고……."

…………어라? 그러고 보니 조금 전에는 미즈키의 입이 움직이지 않았던 것 같은데…….

그렇다는 건 나는 미즈키의 속마음을 듣고 대답을 해버렸다는 말인가?

미즈키는 당황한 기색으로 말을 이었다.

"미, 미안해! 그냥 농담한 것뿐이야! 코우타를 놀릴 생각은 없어!"

…………아니, 잠깐만.

내 능력은 이성의 속마음이 들리는 것 아니었나?

하지만 미즈키는 여자 같은 얼굴을 하고 있어도 남자인데……?

또다시 미즈키의 목소리가 귀에 들려왔다.

그러나 이번에도 역시 미즈키의 입은 일절 움직이지 않았다.

"《저질러 버렸네⋯⋯. 머릿속에서 생각하던 말을 나도 모르게 입에 담은 모양이야⋯⋯. 좀 더 조심해야지. ⋯⋯이런 식이어서는 실은 내가 여자라는 것도 언젠가 무심코 말해버릴지도 모르고⋯⋯. 위험해라.》"

너 방금 뭐라고 그랬냐?!

제3장 『남장 소녀와도 관계를 쌓아갑니다.』

사이온지 미즈키는 여자다. Yes or No.

그 진위를 확실히 알아보려고 쉬는 시간이 올 때마다 미즈키와 이것저것 잡담을 해봤지만 모든 대화에서도 확신에는 이르지 못했고 대답을 내놓지 못한 채 4교시 체육 시간을 맞이했다.

평소에 우리가 수업을 받는 북교사에서 약간 떨어진 곳에 있는 체육관. 최근에 지어져서 내부 시설도 충실했다. 샤워장도 있고 탈의실도 있고 실내 수영장도 있다.

그리고 그런 체육관의 입구 부근에서 뻗은 복도를 똑바로 나아간 곳에 있는 남자 탈의실 앞까지 오자 미즈키가 걸음을 멈췄다.

"그럼 나는 평소대로 화장실에서 갈아입고 올 테니까 먼저 체육관에 가 있어."

"……어, 그래."

지금까지 미즈키는 한 번도 다른 남자애들과 함께 탈의실에서 옷을 갈아입은 적이 없었다. 그냥 부끄럼이 많은 것뿐이라고만 생각했는데 어쩌면 정말로…….

아니, 그런 황당한 일이 있을 리가.

나는 1학년 때부터 미즈키와 줄곧 함께 있었다고. 그 정도면 여자라는 걸 눈치채지.

확실히 미즈키는 잘록한 허리가 묘하게 요염하고, 목소리도 높고, 얼굴도 무진장 귀엽고, 가까이에 있으면 희미하게 달콤한 향기가 나지만…… 그렇다고 해서…….

………….

아니, 지금은 깊게 생각하는 건 그만두자.

체육관의 경기장.

남자와 여자는 같은 경기장 안에서 수업을 받지만 남자와 여자의 구획 사이에는 천장에서부터 녹색 그물이 쳐져 있어서 서로에게 방해되지 않게 되어 있었다.

본격적으로 농구 수업을 시작하기 전에 2인 1조가 되어 준비 운동을 하게 되었다.

미즈키가 당연하다는 듯이 잰걸음으로 쪼르르 다가왔다.

"자, 코우타. 준비 운동할 시간이야!"

"……어, 어어."

미즈키가 여자라니…… 역시 말도 안 되지……?

미즈키는 내켜 하지 않는 나를 억지로 바닥에 앉히고는 그대로 내 허벅지를 살짝 잡았다.

"그럼 다리를 쭉 펴봐."

미즈키의 손가락이 체육복 너머로 허벅지를 매만지는 감촉이 느껴졌다.

시키는 대로 다리를 전방으로 뻗자 미즈키가 내 두 어깨에 체중을 실었다.

"코우타는 몸이 딱딱해. 좀 더 제대로 준비 운동을 해야지."

"……그러게."

"응? 왜 그래? 뭔가 평소보다 더 어두운데."

"아니, 딱히……."

"그래?"

분명 옆에서 본다면 특별하지 않은 일상의 한 페이지 같겠지.

그렇지만 속마음이 들리는 나에겐 일상이라고 말하기 힘든 상황이었다.

"《후후후. 그래도 역시 코우타는 조금 어둡고 조용한 부분이 좋단 말이지. 의외로 대화도 통하고 함께 있어도 피곤하지 않고. 친구란 정말 좋아.》"

아, 아니지. 미즈키가 정말로 여자라고 판단하기에는 아직 이르다.

미즈키의 속마음은 끊임없이 들려오지만 애초에 내 독심 능력은 이성의 속마음밖에 듣지 못한다고 한 건 그 적당적당한 성격의 네코히메 님이다. 뭔가가 잘못되어서 동성의 속마음이 들리기 시작해도 이상하지는 않을…… 터.

"《그나저나 코우타는 여전히 둔감하단 말이지. 내가 이렇게 가까이 붙어도 여자라는 걸 전혀 눈치채지 못하는걸. 뭐, 정체를 숨기고 있는 나로서는 고마운 일이지만.》"

아…… 아직…… 여자라고는…….

"자, 끝났어. 그럼 다음은 코우타가 해줘."

"……어?"

"왜 그래? 이번에는 코우타가 내 등을 눌러줘야지."

"나보고 누르라고……?"

"그 반응은 뭐야? 나는 준비 운동을 할 필요도 없다는 거야?"

"아니, 그렇지는 않은데……."

"그럼 빨리 해 줘."

다리를 쭉 뻗고 재촉하는 미즈키의 두 어깨에 손을 올리고 천천히 체중을 싣자 미즈키의 상반신이 그대로 무릎에 딱 닿았다.

"여전히 몸이 부드럽네……."

"그렇지~?"

미즈키가 상반신을 크게 접다 보니 어깨에 대고 있던 손이 어느 사이엔가 등을 누르는 모양새가 되어 있었다.

……미즈키가 정말로 여자라면 속옷은 어떻게 한 거지?

보기에는 가슴은 안 나왔는데 천이라도 감은 건가? 아니면 뭔가 가슴을 작게 보이도록 하는 속옷 같은 걸 입었나? 만약 그런 걸 입고 있다면 옷 위에서라도 만져보면 알 수 있으려나.

"아하하! 자, 잠깐! 코우타!"

"……어? 왜?"

"등! 등을 너무 만지작거리잖아! 간지러워!"

"아! 미, 미안!"

나는 뭘 하는 거지…….

화들짝 손을 떼니 뺨이 빨개진 미즈키가 "코우타도 차암." 라고 조금 쑥스럽다는 듯이 뺨을 부풀렸다.

귀엽다는 말은 분명 미즈키를 위해 존재할 것이다. 틀림없다.

역시 이런 반응을 보니 미즈키는 여자일지도 모른다는 생각이 자연스럽게 들었다.

그러나 그건 동시에 내가 1년 동안이나 미즈키와 함께 있으면서도 미즈키를 무엇 하나 알아주지 못했다고 증명하는 꼴이 되기도 한다.

자신의 그런 박정한 녀석이라고는 생각하고 싶지 않아서 나는 미즈키에게서 슬그머니 시선을 돌렸다.

◇ ◇ ◇

농구는 잘하는 편도 못하는 편도 아니었지만 팀워크라는 것과 전혀 연이 없는 나에게는 좀처럼 패스가 돌아오지 않았다.

다만 그렇다고는 해도 모두가 필사적으로 땀을 흘리고 있는데 멀뚱히 서 있기만 해서는 빈축을 사므로 일단은 공이 있는 쪽으로 터덜터덜 달리고는 있었다.

농구라는 건 나에게는 왕복 달리기나 다름없었다.

그런 가운데 사건이 일어났다.

"야, 괜찮아?!"

남자애 중 누군가가 그렇게 소리쳤다. 그리고 목소리가 들린

쪽을 보니 미즈키가 오른 다리를 부여잡은 채 웅크리고 있었다.

황급히 왕복하던 것을 중단하고 앉아 있는 미즈키 쪽으로 달려갔다.

"괜찮아? 다리 접질렸어?"

미즈키는 고통으로 얼굴을 찡그리면서도 필사적으로 웃음을 지어 보였다.

"아, 아하하. 점프하다가 착지에 실패했어……. 괘, 괜찮아! 별것 아니야!"

미즈키는 그렇게 말하며 일어서려고 했지만 오른 다리를 바닥에 내디딘 순간 또다시 그 자리에 털썩 주저앉고 말았다.

걱정되었는지 체육 선생님도 다가와서 미즈키의 발목을 유심히 확인했다.

"염좌 같은데. 냉찜질하면 통증은 금방 가라앉을 것 같지만 일단은 양호실 가서 쉬어라. 어, 이 반의 양호위원은……."

"예." 하고 남자애 하나가 손을 들었다.

"이이다구나. 그럼 사이온지를 양호실까지 업어서 데려다주렴."

"알겠습니다."

다리를 부여잡고 그 대화를 듣고 있던 미즈키의 표정이 새파래졌다.

"《어어어, 어쩌지?! 업히면 밀착되잖아! 그렇게까지 하면 여자라는 걸 들켜버려! 들킬 게 분명해!》"

그 말대로 미즈키가 아무리 겉으로는 가슴을 감추고 있어도 등에 업으면 위화감이 생길지도 모른다.

미즈키가 여자라는 확인은 아직 없지만 이 정도로 분명하게 속마음이 들려서는 내버려 둘 수도 없겠는걸……

여기서는 내가 미즈키를 업고 보건실까지 데려다주는 역할을 맡는 게 가장 좋은 방법이다. 만일 정말로 미즈키가 여자였다고 하더라도 나라면 그 위화감을 깨닫지 못한 척해줄 수 있다. 일단 이 자리에서 일이 터지지는 않는다.

그렇지만 문제는 어떻게 그 역할을 맡느냐였다.

아무런 이유도 없이 미즈키를 양호실까지 데려다준다고 한다면 땡땡이를 치려는 것으로 여겨져서 제지당할 가능성이 있었다. 나도 몸이 안 좋은 것으로 하는 건? ……아니, 그래서는 미즈키를 업고 가는 것 자체를 막을 것 같다. 그렇다면 깜빡한 물건이 있어서 가져오는 김에…… 하고 말하는 것도 무리겠지. 체육 시간에 깜빡할 만한 건 체육복이나 운동화 정도밖에 없는데 나는 이미 둘 다 착용하고 있었다.

그렇다면 여기서는——.

"이이다."

내가 부르자 이이다가 어리둥절한 표정으로 멈춰 섰다.

"어?"

"내가 대신 미즈키를 양호실까지 데려다줄게."

"……뭐? 왜?"

동급생 몇 명과 체육 선생님도 나와 이이다의 대화를 의아한 표정으로 바라보고 있었다. 만약 여기서 말실수라도 한다면 땡땡이를 치려는 것으로 오해해서 내 제안은 기각될 것이다.

그러나 나는 이 자리에 있는 모두가 납득할 수 있는 제안을 지니고 있었다.

"이이다, 네가 나보다 농구를 잘하잖아. 네가 빠지는 것보다 내가 빠지는 편이 팀한테도 좋고. 안 그래?"

그 자리에서 내 말을 듣고 있던 모두가 납득한 표정으로 고개를 끄덕이면서 '확실히 너는 있든 없든 상관없지' 하고 말하는 듯한 시선으로 나를 보았다. ……아니, 정말로 그렇게 생각했는지는 알 수 없지만.

이이다는 고민 없이 "그럼 부탁할게." 하고 말하며 그대로 원래 자리로 돌아갔다.

내 빈틈없는 완벽한 제안 덕분에 체육 선생님도 문제시하지는 않았다. 그야 그렇겠지. 나는 결코 땡땡이를 치려는 게 아니니까. 정밀한 전력 분석에 따른 완벽한 취사선택을 한 것뿐이다. 지금이라면 팀워크의 중요함을 알 것 같다.

미즈키에게 다가가니 미즈키가 살짝 어색한 표정으로 말했다.

"……코우타도 언젠가 농구로 활약할 날이 올 거야. 분명."

동정하지 마!

"됐으니까 업히기나 해."

"어? 아니, 그건…….《코우타라면 둔감하니까 밀착해도 들키지는 않겠지만 만에 하나라는 것도 있고…….》"

그만 좀 둔감하다고 하지……?

"《어, 어쩌지…….》"

"빨리!"

"으앗?!"

마지막까지 결단을 내리지 못하는 미즈키를 강제로 업고는 그대로 천천히 출입구를 향해서 걸었다.

《이, 이런! 방금 가슴이 닿았을지도…….》

미즈키가 걱정한 대로 내 등에는 작지만 봉긋하게 솟은 부드러운 가슴이 닿아서………… 닿아서………….

…………?

………………?

아무래도 미즈키가 남자일 가능성을 버리는 건 아직 이른 듯했다.

《코우타가 둔감해서 다행이야. 이 반응으로 봐서 눈치채지는 못할 것 같아.》

일단 미즈키를 양호실에 데려다주고 미즈키의 옷을 가지러 돌아갔다가 다시 옷을 전해주러 양호실로 왔다.

양호실 문을 열자 안쪽 침대에서 다리를 흔들거리고 있던 미즈키와 눈이 마주쳤다.

"아, 옷 가져와 준 거야? 고마워, 코우타."

"어. ……응? 양호 선생님은?"

"뭔가 볼일이 있다면서 나가셨어."

미즈키의 발목을 보니 붕대가 감겨 있었다.

"다리 괜찮아?"

"응. 역시 그냥 염좌래. 아까 얼음으로 찜질해주셔서 많이 좋아졌어. 2, 3일 지나면 통증도 완전히 가실 거래."

"그래? 심한 게 아니라서 다행이네."

교복이 든 옷 주머니를 건네고 체육관 입구에 놓여있던 미즈키의 신발을 바닥에 두었다.

"고마워."

그렇게 말하는 미즈키의 이마에 땀이 흥건히 맺혀 있는 게 보였다. 그제야 양호실이 밖보다 상당히 덥다는 것을 깨달았다.

"그나저나 여기 양호실 덥지 않아? ……으엑. 난방을 틀어놨네……."

"끄고 싶은데 에어컨 리모컨이 어디 있는지 안 보여서……."

"그냥 창문 열면 되잖아."

"그치만 난방을 튼 채로 창문을 열면 전기세가……."

"다친 애가 그런 것까지 신경 쓰지 마. 잘못한 건 이런 계절에 난방을 틀어두고 나간 선생님이지."

창문을 드르륵 열자 실내와는 다른 차가운 바람이 날아들었다.

침대에 앉아 있는 미즈키가 기분 좋다는 듯이 편안한 말투로 말했다.

"후우~ 살 것 같아. 역시 좀 더 빨리 창문을 열 걸 그랬어. 덕분에 땀투성이야."

"바깥바람은 차니까 빨리 옷 갈아입어. 안 그러면 감기 걸린다?"

"그러게~."

"그럼 나는 이만 체육관으로 돌아갈게. 너무 늦으면 혼날 것 같으니까."

"응. 여러 가지로 고마워."

그렇게 양호실을 나서서 체육관으로 향하다가 바로 걸음을 멈췄다.

아, 맞다. 미즈키도 땀을 흘렸으니까 뭔가 마실 거라도 사다 줄까.

교내의 자판기에서 페트병 차를 사 들고 양호실로 되돌아갔다.

"미즈키, 마실 거 사 왔는데——."

양호실 문을 연 다음 순간에 나는 확신했다.

미즈키는 틀림없는 여자고 나는 1년이나 미즈키와 함께 있었으면서 그 사실을 깨닫지 못한 박정하고 구제할 길이 없는 둔감한 녀석이었다는 것을.

왜냐하면 하필 미즈키가 침대 위에서 조금 전까지 입고 있던 체육복과 셔츠를 벗고 있었기 때문이다.

드러난 새하얀 살결에서는 땀방울이 반짝였고 등에 업었을 때는 느끼지 못했던 두 개의 작은 봉우리가 확실하게 보였다.

틀림없는 가슴이었다.

기분 좋은 표정으로 손을 들어 얼굴을 부채질하고 있던 미즈키는 나와 눈이 마주치자 "아." 하고 한마디 말하고는 그대로 굳어버리고 말았다.

들고 있던 페트병이 바닥에 떨어져서 소리를 내며 굴러갔다.

"어…… 그 뭐냐…… 미즈키…… 저기……."

"……코우……타?"

"미, 미안…… 그게…… 차, 차를…… 차를 사 와서……."

화들짝 놀라며 눈이 커진 미즈키가 황급히 이불을 당겨서 가슴을 가렸다.

"《들켰어들켰어들켰어들켰어! 코우타에게 내가 여자라는 걸 들켜버렸어! 어쩌지어쩌지어쩌지?! 집안의 관례로 남자인 척하지 않으면 평범한 학교에 다니지 못한다는 건 설명을 해도 분명 이해해주지 않을 텐데?! 그럼 뭐라고 하지…….》"

미즈키 씨, 뭐 하는 가정에서 자란 겁니까…….

"《정말 어쩌지?! 여자란 걸 들키면 전학 가야 하는데?!》"

전학을 가야 한다니…… 진짜로?

"《모처럼 친구도 생겼는데 전학 가는 건 절대로 싫어!》"

………….

어, 어떻게 하지……? 미즈키가 여자라는 건 이제 확정 사실인데 그 사실을 들키면 전학을 가야 한다니…….

집안의 묘한 관례인 듯한데 나로서는 미즈키와는 숨기는 것 없는 평범한 친구 사이로 지내고 싶다……. 하지만 그렇게 되면 여자라는 것을 들킨 게 되어서 전학을 가야 하고…….

젠장! 어쩌면 좋지?!

미즈키의 눈에 서서히 눈물이 고이기 시작한 것을 보고 반사적으로 입이 열렸다.

"미, 미즈키 말이야, 의외로 옷 입고 있을 때는 말라 보이는 타입이구나!"

미즈키가 멍하니 입을 벌린 채 이쪽을 보았다.

"……어?"

큭, 순간적으로 미즈키의 정체를 깨닫지 못한 척한 건데 역시 무리였나……. 아니, 이제 와서 물릴 수는 없어! 이대로 밀어붙이자!

"그래도 전혀 신경 쓸 정도는 아니라고 생각하는데. 그런 녀석 꽤 있잖아."

《호, 혹시 코우타는 내가 여자라는 걸 눈치채지 못한 걸까?》

조, 좋았어! 그거야! 미즈키는 나에게 둔감한 녀석이라는 선입견을 가지고 있어! 그러므로 내가 둘러대는 말도 믿을 거야! 그리고 내가 앞으로도 미즈키의 정체를 잠자코 있으면 미즈키가 전학을 갈 필요도 없고 우리는 계속 친구로 지낼 수 있어!

자, 미즈키! 내 말을 믿어!

《저, 정말로 눈치채지 못한 걸까? 아무리 코우타가 둔감하다고 해도……. 그, 그래도 아까 업혔을 때도 전혀 눈치채지 못했었고……. 설마 정말로…….》

좋아. 그래. 그대로 믿어.

《잠깐만. 그렇다면 내가 지금 이상하게 가슴을 가리고 있으면 반대로 수상하지 않을까?》

……응?

"《코우타가 내 정체를 깨닫지 못했다면 여기서는 나도 평소대로 당당하게 행동해야 해!》"

자, 잠깐만요, 미즈키 씨?

"《그렇다면──.》"

미즈키는 그때까지 가슴을 가리고 있던 이불을 치워서 또다시 가슴을 노출시키더니 얼굴이 빨개진 채 어색한 말투로 잡아뗐다.

"……그, 그러게 말이야, 실은 코우타 말이 맞아. 가슴께에 군살이 붙어서 부끄럽다 보니 언제나 화장실에서 옷을 갈아입었던 거야~."

이, 이 녀석 가슴을 드러내놓고 뭔 소릴 하는 거지…….

이런……. 가슴 탓인지는 모르겠지만 뭔가 미즈키가 야하게 보이기 시작했는데…….

동요한 걸 미즈키가 알게 되면 정체를 눈치챘다는 것을 들키게 된다…….

여기서는 아무렇지도 않은 척 행동해야…….

"……아, 아하하. 여, 역시 그렇구나. 그, 그럼 나는 이만 체육관으로 돌아갈게. 아, 맞다. 받아, 이거 차야."

"와, 와아, 고마워! 《코우타의 태도가 평소보다 더 이상한데…….》"

평소에도 이상하다는 거냐!

"《어쩌면 역시 내가 여자라는 걸 눈치챈 걸까? ……화, 확인해 봐야 해!)"

미즈키는 자리를 뜨려고 한 내 손을 힘껏 당기더니 내 손바닥을 억지로 자신의 가슴에 눌러댔다.

으아아아아악! 부드럽잖아!

"자, 잠깐, 미즈키?!"

반사적으로 손을 떼려고 힘을 주자 가슴에 눌린 손가락이 미즈키의 가슴에 파묻혔다.

미즈키의 입에서 목소리가 새어 나왔다.

"⋯⋯으응!"

엉? 그 야한 목소리 뭐야? 어엉?

미즈키는 의도치 않게 나와버린 교성을 얼버무리듯이 침을 삼킨 뒤에 수치심으로 당장에라도 넘어갈 듯한 표정을 지었다.

"그, 그렇지? 이, 이⋯⋯ 이렇게 살이 붙어버렸어~《으아아아아! 부, 부끄러워서 죽을 것 같아! 그, 그치만 만약 내가 여자라는 걸 눈치챘다면 동정인 코우타는 당황해서 분명 손을 뗄 거야!》"

엑?! 어떻게 내가 동정이라는 걸 아는 거야?!

그리고 그런 소리를 들으면 도망치고 싶어도 도망칠 수 없잖아!

지, 진정하자⋯⋯. 진정하자⋯⋯. 이 궁지를 극복하면 전부 잘 풀릴 거야⋯⋯.

"으응⋯⋯ 아⋯⋯."

전부⋯⋯ 잘⋯⋯.

"⋯⋯하아하아⋯⋯ 으응⋯⋯."

⋯⋯⋯⋯⋯.

"⋯⋯⋯⋯아앙⋯⋯ 으응!"

야한 목소리 좀 내지 마!

내 손은 가만히 있었잖아! 미즈키가 눌러대고 있을 뿐이잖아!

그럼 목소리 좀 참으라고!

아아⋯⋯ 이제 틀렸다⋯⋯. 이 이상은 서 있지 못하겠어⋯⋯. 주로 하반신 때문에⋯⋯.

그렇게 되면 내가 미즈키의 정체를 눈치챘다는 걸 들키고 만다⋯⋯.

젠자앙⋯⋯. 이거 언제까지 이어지는 거야. 빨리 납득 좀 해 줘⋯⋯.

⋯⋯마, 맞다. 이럴 때는 소수를 세는 거야.

어, 그러니까⋯⋯ 1, 2, 3⋯⋯⋯⋯ 어라? 1이 소수였던가?

소수 카운트 작전을 한 보람이 있었는지 미즈키가 겨우 내 손을 놓아줬다.

《아⋯⋯. 부끄러웠어⋯⋯.》

내가 할 말이거든?!

미즈키가 아무렇지도 않은 척하며 말했다.

"아, 아하하. 농담이야, 농담. 이상한 짓 해서 미안해. 《아무래도 정말로 내가 여자라는 사실은 들키지 않은 모양이야.》"

"저, 정말이지. 재미없다고~."

심장의 고동이 장난 아니다만⋯⋯. 그리고 빨리 옷 좀 입어, 옷 좀.

나는 미즈키가 옷을 입는 것을 기다리지 않고 그대로 몸을 돌리고 미즈키에게서 거리를 벌렸다.

"그럼 이따 보자~."

"응. 이따 봐~."

문을 탁 닫자 안에서 미즈키의 속마음을 새어 나왔다.

"《으아아아아아아! 나는 뭘 한 거지?!》"

이불을 차고 계시는군…….

…………………그건 그렇고.

여자의 가슴은 작아도 충분히 부드럽구나.

그날의 방과 후에 그 황당한 취급 설명서에 새로운 발견은 없었는지를 알아보기 위해 카구라네코 신사를 방문했다.

여전히 초라한 신사로 참배객도 없이 고양이 몇 마리가 경내에서 뛰놀고 있었다.

주위에 인기척인 없는 것을 확인하고 배전의 문을 스르륵 열었다. 그러자 안에는 작은 수박 정도 크기의 공을 즐거운 듯이 튕기며 놀고 있는 네코히메 님의 모습이 있었다.

신이란 다들 이런가?

"저기요, 네코히메 님…….""

말을 걸자 그때까지 공에 열중하고 있던 네코히메 님의 털이 곤두섰다.

"냥?! 이, 이봐라! 들어올 때는 노크를 하지 못하겠느냐!"

네코히메 님이 가지고 놀던 공이 발치로 굴러와서 바로 주워 들었다.

"놀고 계신 걸 보니 취급 설명서 해독은 전부 끝나신 거죠?"

놀던 중에 방해받은 탓인지 네코히메 님은 불만스럽다는 듯한 표정으로 쿠션 위에 털썩 앉았다.

"해독이라고? ……흥. 빈손으로 와놓고 요구만 해대는구나. 이래서 인간은 마음에 들지 않아."

애초에 댁 때문에 이렇게 된 거잖아!

다만 이 이상 삐져버려도 성가실 뿐이니까…….

"알았다고요. 다음에 올 때는 고양이 통조림이라도 가지고 오면 되잖아요."

"고양이 통조림~?"

솔깃하기는 한지 꼬리가 좌우로 살랑살랑 흔들렸다.

"고양이 통조림도 좋지만 기왕 가지고 올 거라면 그걸로 하거라, 그걸로."

"그거요?"

"얇고 기다란 봉지에 든 액상 간식 말이다."

이 녀석, 어디서 츄르의 존재를 안 거지…….

"……알았어요. 알았어. 사 올게요."

"므흐흐."

침이나 닦아라.

"그래서 뭔가 새롭게 알게 된 건 있어요?"

네코히메 님은 깃옷으로 입가의 침을 벅벅 닦고는 "그래." 하고 고개를 끄덕였다.

"솔직히 말해서 해독 쪽은 질려버려서 전혀 진전이 없구나."

"이보쇼!"

순간적으로 손에 들고 있던 공을 네코히메 님에게 집어던지자 네코히메 님은 몸을 홀쩍 뒤집으며 놀라운 순발력으로 받아쳤다.

"냐하하! 그런 패기 없는 어설픈 공으로는 몇 년이 지나도 나를 꺾지 못한다! 좀 더 진심으로 던져봐라!"

"끄으응……. 보자 보자 하니까!"

공을 다시 주워들고 이번에는 지금까지의 온갖 원망을 전부 담아서 있는 힘껏 네코히메 님에게 집어던졌다.

하지만 혼신의 공도 네코히메 님은 눈 깜짝할 사이에 쳐냈다.

"냐하! 내 신체 능력이 어떠냐! 고양이 신의 힘을 통감하거라! 그리고 나를 떠받들어라! 냐하하하하!"

"큭. 신앙을 강매하다니……."

이번에는 바로 앞에서 던져주려고 공을 주워들다가 어느 사이엔가 네코히메 님이 바닥에 납작 엎드려서 마치 사냥감을 노리는 고양이 같은 자세로 꼬리를 흔들고 있는 것을 깨달았다.

"자자! 빨리 다음 공을 던져라!"

"네코히메 님…… 설마 놀아주길 바라는 거예요?"

"냐?! 그그그, 그럴 리가…… 그럴 리가 없지 않으냐!"

"자요, 네코히메 님. 던집니다~?"

네코히메 님은 완만한 곡선을 그리며 날아온 공에 앞뒤 안 보고 달려들더니 공을 찰싹찰싹 쳐 내기 시작했다.

"이, 이게?! 몸이! 몸이 멋대로 움직이는구나!"

"본능이네요."

"이대로는 신의 위엄이!"

"신의 위엄? 그런 게 있어요? 틀림없이 저번에 사기당했을 때 내다 버리신 줄 알았는데요."

"이놈이?!"

"네코히메 님, 한 번 더 던져 드릴게요."

"그, 그만 됐다! 그만하거라!"

"자요."

"냐하하! 와아~! ──큭?! 안 되겠구나! 이젠 스스로 참을 수가 없어!"

그렇게 네코히메 님을 가지고 놀기만 하다가 하루가 끝났다.

그로부터 며칠이 지난 어느 휴일.

사람이 많은 역 앞의 햄버거 가게에서 전면이 유리로 되어 있는 카운터석에 앉아 갓 튀긴 감자튀김을 입안에 집어넣었다.

유리 너머로 보이는 큰길의 좌우로 사람들이 끊임없이 흘러갔고 여성이 지나갈 때마다 속마음이 귀에 드문드문 들려왔다.

"《배고픈데…….》" "《이대로 하면 생각보다 빨리 돌아갈 수 있을 것 같네.》" "《졸려…….》" "《저녁은 뭐 먹을까.》" "《아,

힘 빠져.》"《오늘도 날씨가 좋네.》"《돈 뽑아야지.》"《점심은 햄버거나 먹어야겠네.》"《화장실 가고 싶어!》"

처음에는 속마음이 들리는 것에 죄악감을 느끼거나 끝도 없이 들리는 속마음에 어질어질하기도 했지만 매일 듣고 있으니 계속 틀어둔 텔레비전을 보는 듯한 기분이 되어서 지금은 특별히 아무런 느낌도 들지 않게 되었다.

알지도 못하는 사람들의 속마음보다도 아는 사람의 속마음을 듣는 쪽이 신경을 써야 해서 피곤하단 말이지. ……그나저나 배고프다는 사람이 많은걸.

내가 휴일의 대낮부터 햄버거 가게에 죽치고 앉은 채 인간 관찰 같은 것을 하는 데는 이유가 있었다.

한마디로 말하자면 이성의 속마음을 듣는 능력을 연구하기 위해서였다.

이 독심 능력에 대해서 줄곧 신경 쓰였던 두 가지 의문이 있었다. 우선 첫 번째는 이 능력의 유효범위였다.

이쪽은 기본적으로는 육성으로 들리는 정도의 거리로 생각해도 될 것이다. 덧붙여서 투과율이 낮은 차폐물이 사이에 있으면 속마음이 잘 들리지 않는 경향이 있었다. 반대로 투과율이 높은 차폐물이라면 속마음도 육성처럼 똑똑히 들려왔다.

간단히 말하자면 일반적인 벽과 문 같은 게 있으면 속마음은 잘 들리지 않고 유리나 창문이라면 육성처럼 들린다는 말이다.

다만 이 법칙에는 예외가 있었다.

그 예외란 아야노가 며칠 전에 내가 등교하는 것을 현관문 너머에서 매복하고 있을 때를 말한다. 그때 들려왔던 아야노의 '《코우다! 이제야 나왔어!》'라는 속마음. 그건 현관문을 사이에 두고도 선명하게 들렸었다.

그리고 요전에도 양호실에서 미즈키와 이런저런 일이 있은 다음에 문을 닫았음에도 불구하고 미즈키의 속마음이 들려왔다.

여기서 그 이유를 설명하기 위해 독심 능력의 두 번째 의문점으로 옮겨가도록 하자.

요컨대 그건 속마음의 성량이 전부 제각각이라는 점이다.

이 부분에는 처음엔 내 호감도와 관련이 있는 게 아닐까 생각했는데 이렇게 새삼 관찰해보니 아무래도 그렇지는 않은 모양이었다.

예를 들면 조금 전에 들려왔던 몇 가지 속마음 중에서는 '《오늘도 날씨가 좋네.》'라는 속마음의 성량이 가장 작았고, '《화장실 가고 싶어!》'라는 속마음의 성량이 가장 컸다.

그 밖에 알기 쉬운 예를 들자면 '《옷에 보풀이 생겼어…….》' '《오늘 아침 운세가 7위였었지…….》' '《민들레는 언제 피더라?》'라는 속마음의 성량은 작았고, '《지갑 잃어버린 것 같아!》' '《만세! 콘서트 티켓 당첨되었어!》' '《회사 때려쳤다! 잘들 해보시라지!》'라는 속마음의 성량은 컸다.

요컨대 속마음의 성량은 그 사람이 느끼는 감정의 크기와 비례한다는 말이다.

그래서 나를 보고 흥분한 아야노의 속마음이나 자신의 행동을 깊게 후회한 미즈키의 속마음은 문을 사이에 두고도 선명하게 들려온 것이다.

아야노 씨는 대체 얼마나 오랫동안 현관문 뒤에 붙어있었던 건지…….

뭐, 오늘은 그런대로 수확이 있었으니 이 뒤에는 근처 서점에라도 들른 다음에 집으로 돌아갈까…….

그렇게 생각하며 자리에서 일어서려고 했을 때 눈앞의 유리창을 톡톡, 하고 노크하는 소리가 들려왔다. 그리고 고개를 들어보니 그곳에는 천사가 서 있었다.

아니, 미즈키가 서 있었다.

"코우타, 안녕! 이런 곳에서 만나다니 우연이네! 그쪽으로 가도 돼?"

낙낙한 하프팬츠와 티셔츠. 거기에 간소한 보디백을 매고 있었다.

미즈키와는 지금까지도 곧잘 학교 밖에서 놀았었지만 미즈키가 여자라는 것을 자각하고 나서 처음으로 본 사복에 어째서인지 조금 긴장이 되었다.

이제 돌아가려던 참이었지만 이쪽으로 온다면 막을 이유는 없었다.

"어. 옆자리 비었어."

미즈키는 귀엽게 손을 한 번 흔들고는 빙글 돌아서 가게 안으로 들어와 다시 내 앞으로 오더니 한 번 더 손을 흔들었다.

"안녕!"

조금 전에도 들은 말이었지만 조금의 손색도 없이 귀여웠다.

"아, 안녕."

따라서 인사하자 미즈키가 기쁜 듯이 밝은 표정을 지었다.

"후후후. 안녕, 하고 인사하는 게 안 어울리는 사람도 다 있구나."

대단한걸…… 사람은 이렇게 귀여워질 수 있는 거였나…….

미즈키가 가방을 테이블에 두며 말했다.

"이런 곳에서 뭐 해? 혼자야?"

"어, 혼자야. 혼자면 안 되냐."

"아하하. 여전히 배배 꼬였네."

"미즈키는 이런 곳에서 뭐 하는데. 그러는너도 혼자잖아."

"흐흥~ 나는 분명한 목적을 가지고 왔거든~."

"그렇게 말하면 나만 목적도 없이 여기 있는 것 같잖아. 내가 해파리냐."

"해파리면 그나마 낫지. 귀염성이 있어서."

"그렇게 말하면 나한테는 귀염성이 없는 것 같잖아. ……뭐, 실제로 없기는 하지만. 그래서 결국 뭐 하러 온 건데?"

"산책하러!"

"목적이라고는 전혀 없잖아."

◇ ◇ ◇

"기다렸지~?"

미즈키가 들고 온 쟁반에는 햄버거, 감자튀김, 음료가 담겨 있었다.

"빨리 왔네."

"코우타는 뭐 안 먹어?"

"좀 전에 먹었어. 콜라도 아직 남아 있고."

"그래? 아, 맞다. 어차피 다음 예정 없지? 그럼 함께 노래방 가자! 노래방!"

"남을 멋대로 한가한 것처럼…… 뭐, 상관없지만."

"와~!"

미즈키의 정체가 여자라는 것을 안 뒤로 이전과 완전히 똑 같……지는 않아도 지금도 좋은 친구 사이로 지내고 있었다.

미즈키가 자신의 정체를 숨기고 있다지만 나도 속마음이 들린 다는 사실을 숨겨야 하니 피차일반이었다.

거기에 역시 미즈키는 좋은 녀석이고 함께 있으면 즐거운 내 절친이었다.

"그러고 보니 최근에는 괜찮아?"

미즈키가 햄버거를 한 입 먹으며 대답했다.

"뭐가?"

"그 왜…… 너 저번에 도촬을 당했었잖아."

"아~. 으음……. 뭐, 괜찮지 않을까? 그 뒤로 아무 일도 없고. 뭐야? 걱정해주는 거야?"

"뭐…… 조금은…….."

"코우타가 나를 그렇게 소중히 생각해주었다니……."

"그야…… 친구니까."

"흑흑……. 코우타, 나 감동해서 눈물이 나올 것 같아……. 그러니 그런 나를 돕는 마음으로 부탁 하나 들어주지 않을래?"

"무슨 부탁?"

"대신 방송 당번을 해주세요."

"거절하마."

"너무해! 우리 친구잖아!"

"친구에게 방송 당번을 떠넘기려고 하지 말라고. 그거 점심시간이랑 방과 후에 두 번이나 해야 하잖아. 무진장 귀찮아 보인다고."

"으으……. 그렇단 말이야……. 게다가 최근에는 원고 내용도 매번 조금씩 달라져서 요즘에는 방송실에서 혼자 점심을 먹으며 필사적으로 외우고 있어……."

"딱하구만……."

침울해져 있던 미즈키는 유리창 너머를 보고 눈을 동그랗게 뜨더니 짓궂게 웃으며 이쪽을 보았다.

"코우타, 저기 있는 여자애 보여? 코우타는 저런 애가 좋다고 전에 말했었지?"

"응? 누구?"

"신호 기다리고 있는 저 애."

"저 대학생 같은 여자? ……아니, 등을 돌리고 있어서 얼굴도 안 보이잖아."

"그래도 아래는 보이잖아."

"아래?"

"전에 말했었잖아? 스타킹을 좋아한다고."

옛날의 나는 뭘 고백한 거냐!

"……아, 아니, 그게, 지금은 그 정도까지는 아닌데."

"어? 그래? 그치만 스타킹이 있으면 밥을 세 공기는 먹을 수 있댔잖아!"

"그, 그런 말을 했던가?"

큭! 1학년 때는 나도 미즈키를 남자라고 생각하고 있어서 여자에게는 못 할 말까지 전부 떠들고 말았어!

"반바지에 스타킹이 끝내준다면서!"

그만!

이, 이상 내 성벽을 끄집어내기 전에 손을 써야 하는데…….

불현듯 미즈키의 가방에 달려있던 곰 모양 스트랩이 눈이 들어왔다.

"어, 어라아? 미즈키, 그 스트랩은 뭐야?"

적당히 이야기를 돌리기 위해 화제를 던진 것뿐이었는데 미즈키는 예상 이상으로 눈을 반짝였다.

"이거 아까 캡슐 뽑기를 해서 구한 거야! 무진장 귀엽지?!"

미즈키는 곰 모양 스트랩을 가방에서 떼어내더니 "잘 봐 봐!" 하고 나에게 건넸다.

평범한 곰 모양 스트랩인데……. 귀엽기는 하다만…….

미즈키가 불안한 얼굴로 말했다.

"……어라? 혹시…… 별로 안 귀여워?"

갸우뚱.

"귀여워."

"그치~?!"

미즈키의 웃는 얼굴을 마음속의 카메라로 촬영하고 스트랩을 돌려주려다가 실수로 손에서 놓치고 말았다.

톡, 하고 가벼운 소리를 내며 스트랩이 바닥에 떨어졌다.

"앗! 미안, 떨어트렸어!"

"어라라."

황급히 스트랩을 주우려고 손을 뻗자 미즈키도 마찬가지로 손을 뻗고 있어서 우리의 손이 스트랩 위에서 살짝 접촉했다.

앗, 하고 무심결에 손을 떼자 그와 동시에 미즈키도 손을 당겼다.

"……저기…… 미, 미안."

"아, 아니야. 나야말로……."

아무리 미즈키가 사이 좋은 친구고 1학년 때부터 쭉 함께 놀았다고는 해도 그 정체가 여자라는 것을 알게 된 이상은 주의하고 있어도 자연스럽게 의식되는 순간이 있었다.

내가 다시 스트랩을 주워서 미즈키에게 건넸다.

"미안……. 어디 흠집이 생기지는 않았어?"

"괜찮아. 비싼 것도 아니고……."

"그래……?"

서로의 눈을 피하듯이 유리창 너머로 보이는 인파로 시선을 옮겼다.

"《으……. 역시 양호실에서 그 일이 있고 나서는 몸이 닿으면 나도 모르게 민감하게 반응하게 돼……. 지금까지는 좀 더 자연스럽게 행동했었는데…….》"

일단은 계속 미즈키의 정체를 깨닫지 못한 척하고는 있지만 이따금 방금 같은 일이 일어나서 어딘가 어색한 순간이 생길 때가 있었다.

미즈키는 여자라는 걸 들키면 전학을 가야 한다고 했었는데 정말로 이런 상태로 졸업까지 갈 수 있을까…….

그런 생각을 하고 있으니 돌연히 나와 미즈키 사이에 여성의 목소리가 끼어들었다.

"잠시만요."

나와 미즈키는 깜짝 놀라서 동시에 몸을 젖히며 목소리가 들린 쪽을 확인했다. 그러자 그곳에는 어째서인지 우리의 담임인 아마미야 선생님이 탐탁지 않은 듯한 표정으로 서서 이쪽을 흘겨보고 있었다.

"아마미야 선생님? 이런 곳에서 뭐 하세요?"

"그냥 하릴없이 산책하다가 여기서 휴식하고 있었는데 우연히 당신들이 보여서 말을 건 거예요. 《사실은 온종일 미즈키 아가씨를 지켜보고 있었지만요.》"

……뭐? 미즈키 아가씨?

미즈키 쪽을 보자 동그래진 눈으로 멍하니 입을 벌리고 있었다.

"《유리 씨, 무슨 일이시지……. 오늘은 집에서 쭉 쉴 거라고 했었는데…….》"

유리라니, 아마미야 선생님의 이름이었지? 게다가 방금 말투는 마치 오늘 만났다는 투잖아. 뭐지? 두 사람은 사적으로 아는 사이인가? 하지만 내가 그런 이야기를 듣지 못했다는 건 비밀이었다는 거지? 대체 왜……?

아마미야 선생님이 나를 날카로운 눈으로 쏘아보았다.

"《아가씨께서 외출하신다고 하셔서 몰래 따라와 봤더니 또 니타케 군인가요……. 미네부치 고등학교에 입학한 뒤로 아가씨는 사이온지 가에서 일하는 메이드인 저를 내버려 두고 니타케 군과 놀기만 하시네요…….》"

메이드? 그러고 보니 미즈키가 남장을 하고 학교에 다니는 건 집안의 관례 때문이라고 했었는데 혹시 미즈키는 상당히 좋은 집안의 아가씨인 건가?

아마미야 선생님은 담담한 말투로 말을 이었다.

"아까부터 저쪽 자리에 앉아서 두 분을 보고 있었는데 상당히 사이가 좋아 보이던데요. 《저도 미즈키 아가씨와 함께 놀고 싶은데!》"

혹시 아마미야 선생님이 때때로 나에게만 쌀쌀맞게 구는 건 미즈키와 자주 함께 있는 나를 질투했기 때문인가? 그렇다면 진심으로 민폐인데요…….

"……뭐, 1학년 때부터 알고 지냈으니까요. 그건 그렇고 선생님은 왜 휴일에도 정장 차림이세요?"

"그건…… 최근에 학부모님들의 클레임이 많아서요……. 그래서 일단은 학교 근처에 있을 때는 휴일에도 단정하게 입고 있어요……. 저번에도 학교 복도에서 핸드폰을 본 것만으로도 클

레임이······."

이 사람도 고생이 많나 보네······.

분명 내가 미즈키와 즐겁게 노는 모습이 눈에 걸려서 방해하러 온 거겠지.

그렇다면 여기서는 저항하지 않고 순순히 선생님이 방해하는 대로 따르는 편이 편할 것 같다.

"선생님도 함께 햄버거라도 드실래요?"

"아뇨, 괜찮아요."

"······어, 그, 그러세요······?"

어라? 이상한걸. 여기서는 분명 넘어올 줄 알았는데······.

아마미야 선생님은 "그보다도──." 하고 미즈키에게 슬쩍 무언가 귓속말을 했다.

그러자 미즈키의 안색이 서서히 새파래지더니 돌연히 당황한 것처럼 목소리를 높였다.

"저, 전혀 그렇지 않아요!《'니타케 군에게 여자라는 사실을 들킨 것 아닌가요?' 라니 유리 씨, 왜 그런 말을······. 그, 그게······ 가슴은 만져진 적이 있지만······. 그래도 그때 일은 확실하게 얼버무렸는걸!》"

그 자신감은 어디서 샘솟는 거냐.

아니, 그런 것보다도······ 안 좋은데. 아마미야 선생님이 어째서 그런 말을 하는 거지? 설마 양호실에서 있었던 일을 어디선가 보고 있었던 건가?

아마미야 선생님의 눈을 보니 평소와 같은 나른한 눈의 안쪽에서 마치 사냥감을 노리는 사냥꾼 같은 날카로운 빛이 엿보였다.

"《며칠 전에 있었던 체육 수업 이후로 아가씨를 대하는 니타케 군의 태도가 확연하게 변했어요. 나란히 걸을 때는 약간 거리를 벌렸고 만원 전철에 함께 탔을 때는 반드시 사이에 가방을 두게 된 데다가, 이때까지는 빈번히 미즈키 아가씨에게 화장실에 같이 가자고 했었는데 그게 완전히 사라졌죠. 그리고 조금전에 미즈키 아가씨와 살결이 닿았을 때의 반응. 그 손을 떼는 행동과 경직된 표정은 상대를 이성이라고 의식하고 있을 때 생기는 반응과 많이 닮았어요. 만약 니타케 군이 미즈키 아가씨의 정체를 눈치챘다면 미즈키 아가씨를 즉시 전학시켜야 해요.》"

전부 꿰뚫어 보고 있잖아…….

미즈키는 조바심으로 가득한 표정이 되어 손톱을 뜯었다.

"《어쩌지……. 코우타는 내 정체를 눈치채지 못한 게 분명한데 이대로는 유리 씨의 착각으로 전학을 가게 되어버려……. 어떻게든 오해를 풀어야 하는데……. 맞다!》"

미즈키는 쟁반 위에 있던 감자튀김을 하나 집어 들더니 고양된 얼굴로 나에게 내밀었다.

"이, 있잖아, 코우타! '감자튀김 게임'이라고 알아?"

"감자튀김 게임? 그게 뭔데?"

"두 사람이 감자튀김의 양 끝을 물고 조금씩 먹으면서 어디까지 다가갈 수 있는지를 겨루는 게임이야! 《후후후. 만약 코우타가 정말로 나를 여자라고 인식하고 있다면, 얼굴을 바로 앞까지 접근시켜야 하는 이 게임을 할 때 반드시 이상한 반응을 보일 거야! 그런 반응이 없다면 코우타에게 내 정체를 들키지 않았다는 걸 유리 씨도 납득해줄 게 틀림없어!》"

"아, 그래? 안 해!"

"즉답하지 말고! 아직 아무 말도 안 했잖아!"

"됐거든?!"

"코우타, 있잖아! 나랑 감자튀김 게임을 하자!"

"할 리가 없잖아!"

애는 왜 이렇게 어벙한 거지……? 감자튀김 게임을 하느니 마느니 이전에 남자끼리 그런 걸 하려는 녀석은 없다고……. 애초에 내가 그런 게임을 받아들이면 아마미야 선생님이 바로 제지할 텐데——.

아마미야 선생님이 땀을 뻘뻘 흘렸다.

"《이, 이런 파렴치한 제안은 미즈키 아가씨의 보호자 역할인 제가 한시라도 빨리 막아야 해요! ……하, 하지만 만약 그 감자튀김 게임이라는 걸 하다가 니타케 군이 뭔가 실수를 해서 미즈키 아가씨의 정체가 여자라는 것을 알고 있다는 게 밝혀지면 미즈키 아가씨를 전학시킬 구실이 생겨요……. 그러면 아가씨는 지금 다니고 있는 미네부치 고등학교에서 세이시로타에 여학교로 전학을 가게 될 터……. 그리고 그 세이시로타에 여학교에서는 학생이 의무적으로 메이드 한 사람을 상시 대동해야 하죠! 요컨대! 1년 내내! 줄곧 아가씨와 함께 있을 수 있다는 거예요! 이 기회를 놓칠 수는 없어요!》"

이어서 아마미야 선생님이 날카로운 시선으로 나를 보았다.

"실로 재밌어 보이는 제안 같은데 니타케 군은 한사코 하고 싶지 않은 모양이네요?"

"그, 그야 당연히……."

"왜죠?! 뭔가 특별한 이유라도 있나요?!"

"아, 아니, 그게 말이죠……."

"있나요, 없나요?! 분명하게 대답해주세요! 《아무튼 최근의 행동으로 봐서 니타케 군이 미즈키 아가씨의 정체를 눈치챘을 가능성은 상당히 커요! 그렇다면 속마음을 고백해서 미즈키 아가씨를 전학시키기 위한 초석이 되어주시죠!》"

이 정도로 욕망에 충실한 사람이었나…….

거기에 미즈키도 손에 든 감자튀김을 내 앞으로 쑥 내밀었다.

"자자! 코우타! 해보자! 감자튀김 게임! 《유리 씨의 착각으로 전학을 가는 건 절대로 싫어!》"

착각이 아니란 말이지…….

하지만 확실히 이대로 아마미야 선생님의 의심을 받으며 학교를 다니는 건 성가신데……. 이 감자튀김 게임이라는 것을 반대로 이용해서 내가 미즈키에게 전혀 반응하지 않는다면 아마미야 선생님의 의심을 조금은 경감시킬 수 있지 않을까?

이대로 계속 의심받는다면 언젠가는 정말로 실수해서 미즈키의 정체를 알고 있다는 걸 들키게 될지도 모르고……. 그렇게 되면 미즈키가 전학을…….

나는 미즈키가 손에 든 감자튀김과 미즈키의 애원하는 듯한 얼굴을 번갈아 보고 나서 하아, 하고 깊은 한숨을 내쉬었다.

"알았어……. 하면 되잖아……. 하지만 이번만이다?"

"정말로?! 만세!"

"그리고 먼저 말해두겠지만 적당한 지점에서 그만둘 테니까."

"응! 물론이지! 정말로 뽀뽀하게 되면 큰일이니까!"

그 말을 입에 담자마자 미즈키의 얼굴이 차츰 빨갛게 물들기 시작했다.

"《마마마, 맞다! 경솔하게 감자튀김 게임을 하자고 말해버렸는데, 이거 잘못하면…… 그…… 코우타와 뽀뽀하게 된다는 거지?!》"

느닷없이 의식하지 말라고! 나도 부끄러워지기 시작하니까!

"어…… 그, 그럼…… 시작할게? 《으으, 이제 와서 물릴 수도 없어!》"

"……그, 그래."

미즈키는 손에 들고 있던 감자튀김을 슬쩍 물더니 목을 이쪽으로 조금 내밀었다.

어째서 이런 바보 같은 짓을 하게 된 거지…….

뭐, 좋다. 여기서는 억지로 한다는 듯한 티를 내면서 감자튀김을 내키지 않는 태도로 물면 그럴싸하게 보일 터. 잘 풀리면 아마미야 선생님도 속일 수 있다.

아~ 하고 입을 열며 미즈키가 물고 있는 감자튀김을 입에 대려고 했지만 직전에 미즈키와 눈이 마주치자 몸이 멈추고 말았다.

"《으앗?! 이거 뭔가 무진장 부끄러워! 상대는 코우타야! 그냥 친구잖아! 이상한 분위기가 되면 안 되는데?! 으으, 다리가 떨기 시작했어!》"

계속하기 힘들구만!

옆에서 아마미야 선생님이 약간 거친 숨을 내쉬며 그런 모습을 바라보고 있었다.

"《후후후. 감자튀김 게임을 해도 어차피 미즈키 아가씨 본인이 도중에 부끄러워져서 포기하실 게 분명해요. 하지만 여기서는 구태여 막지 않고 부끄러워하는 미즈키 아가씨의 귀중한 얼굴을 감상하도록 할까요! 아아, 어쩜 이렇게 귀여우실까요! 사장님! 이거 테이크아웃 해주세요!》"

망할! 나를 보고 있지도 않잖아! 의심하던 사람은 어디 갔어요, 의심하던 사람은?!

이젠 모르겠다……. 지금의 미즈키를 설득할 수 있을 것 같지도 않으니 후딱 감자튀김을 씹어서 적당히 끝내버릴까…….

재차 입을 열고 미즈키가 물고 있는 감자튀김으로 다가가자 미즈키가 눈을 꼬옥 감으며 뺨을 붉게 물들인 채 어깨를 가늘게 떨었다.

"《차, 차암! 코우타가 어물거리니까 뭔가 뽀뽀를 기다리는 기분이 들기 시작하잖아! 부끄러워서 코우타의 얼굴을 보지 못하겠어!》"

윽?! 이 엄청나게 귀여운 생명체는 뭐지?! 아, 안 되겠어! 나도 뭔가 얼굴이 붉어지기 시작한 것 같은데?! 지금은 아마미야 선생님이 미즈키를 정신없이 보고 있어서 괜찮지만 이대로 가만히 있다가 얼굴까지 붉어진 모습을 들키게 되면 끝이야!

"《으아아아아! 코우타, 빨리 좀 해! 이 이상은 버티지 못하겠
어!》"

괜찮아! 이건 결코 뽀뽀가 아니니까! 그저 미즈키가 입에 문 감
자튀김을 나도 입에 무는 것뿐이야! 쓸데없는 생각은 하지 말자
조, 좋았어! 가자!

그렇게 미즈키의 감자튀김을 입에 물려는 순간, 어디선가 나
타난 건지 팔까지 휘두르며 전력 질주로 달려오는 아야노의 모
습을 미즈키의 등 뒤에서 발견했다.

아야노?! 얘가 왜 여기 있는 거야?! 아니, 그보다 다리 참 빠르
구만?!

아야노는 우리에게 달려오자마자 미즈키가 물고 있던 감자튀
김을 눈에 보이지도 않는 속도로 낚아채더니 이쪽을 노려보며
거친 숨을 고르면서 뜨문뜨문 말했다.

"……서, 설령 장난이고 가벼운 마음이었다고는 해도 그런
파렴치한 행동을 공공의 장소에서 하는 건 별로 보기에 좋지 못
한 것 같은데."

"죄, 죄송합니다……. 그런데 넌 어디서 나타난 거냐……."

자세히 보니 아야노의 표정은 어두웠고 살짝 고개를 숙인 게
기운이 없어 보였다.

"……딱히 코우가 어떤 여자와 사귀든 개인적인 일이라고는
생각하지만……."

어라? 뭔가 자연스럽게 코우라고 불렸는데……. 거기에 아야
노의 목소리가 떨리는 듯한……. 그리고 사귀다니?

"하, 하지만…… 역시…… 절도를 지키면서 사귀는 게 중요하다고 생각하고…… 적어도…… 좀 더 눈에 띄지 않는 곳에서 해줬으면 한다고 할까……. 《설마 코우에게 여자친구가 있었다니! 하지만 그렇겠지…… 코우는 근사하니까……. 나 같은 게 이제 와서…… 늦었겠지.》"

윽?! 또, 또 그 두통이!

"아, 아야노, 잠깐만! 너 뭔가 착각하고 있어!"

아야노의 눈에는 눈물이 살짝 고여있었다.

"……응? 착각?"

"잘 봐 봐! 얘는 여자친구 같은 게 아니야! 미즈키라고!"

"미즈키……?"

"그래! 친구! 교실에서 내 앞자리에 앉는 사이온지 미즈키야!"

물고 있던 감자튀김을 난폭하게 빼앗긴 미즈키는 아야노에게 겁을 먹은 표정이었지만 그래도 힘을 내서 어어, 하며 손을 들었다.

"아, 안녕, 유메미가사키 양."

"……사이온지 군? ……어라?"

아야노의 얼굴이 순식간에 새빨갛게 물들면서 속마음이 노도와 같이 밀려들었다.

"《그럼 여자친구가 아니라는 건가?! 하, 하, 하지만 저쪽 길에서 코우의 모습이 보여서 횡재했다는 생각에 다가와 봤더니 감자튀김을 입에 문 사람과 애정행각을 벌이고 있었는걸! 여, 여자친구와 데이트 중이라고 생각하는 게 당연하잖아! ……응?》"

아야노가 나와 미즈키를 번갈아 보았다.

"그럼 두 사람은 어째서 그러고 있었던 거야?"

"그, 그게 말이지…… 뭐랄까…… 그냥 게임을 한 것뿐인데."

"좀 더 멀쩡한 게임을 찾아보는 편이 낫지 않을까……?"

진심으로 질겁한 표정은 참아줘!

완전히 존재감이 죽이고 있던 아마미야 선생님이 아야노의 어깨를 콕콕 찔렀다.

"저기요, 유메미가사키 양."

"앗?! 선생님, 계셨어요?!"

"예, 있었어요. ……그런데…… 그거, 걸리적거리지 않나요?"

"예? 이 감자튀김 말인가요?"

"다 식어서 맛있지도 않을 테니 제가 버릴게요. 이리 주시겠어요?"

"그, 그럼…… 부탁드릴게요."

"예. 맡겨주세요. 《후후후! 미즈키 아가씨가 입에 물었던 감자튀김! 생각지도 못한 수확이네요! 나중에 몰래 애지중지해야겠어요!》"

결론, 아마미야 선생님이 위험하다.

귀가 도중.

아야노는 볼일이 있다며 시내로 향했고, 미즈키는 피곤하다며 집으로 돌아갔고, 아마미야 선생님은 어느 사이엔가 감자튀김과 함께 사라졌다.

아마미야 선생님은 내가 미즈키의 정체를 눈치챈 게 아니냐며 의심한 모양인데 저래서는 얼버무리는 건 어렵지 않을 것 같았다. 마지막 즈음에는 나를 보지도 않았었고……. 아마도 미즈키가 있으면 그걸로 만족하는 거겠지.

집 앞으로 이어지는 길로 나오자 전방에 낯선 검은 승용차가 정차한 모습이 눈에 들어왔다.

이 동네에 승용차가 세워져 있다니 웬일이지……. 거기에 저기는 아야노네 집 앞 아닌가?

자세히 보니 그 승용차의 바로 옆, 아야노네 집 앞에서 두 여성이 뭔가 옥신각신하고 있는 듯했다. 다가감에 따라 그중에서 검은 정장을 입고 보라색 테두리의 안경을 쓴 여성의 목소리가 선명하게 들려왔다.

"선생님! 여기까지 오셔놓고 그냥 가겠다고 하지 말아주세요!"

그러자 다른 한쪽, '선생님'이라고 불린 얇은 니트에 롱스커트를 입은 여성이 기어들어 가는 목소리로 반론했다.

"……그, 그렇게는 말해도……. 여, 역시…… 좀 그러니까…… 그게…………."

"선생님, 아까는 아야노와 만나겠다고 하셨잖아요!"

"그, 그치만………… 역시…… 무서운걸요……."

"무섭기는 뭐가 무서워요! 자기 딸이잖아요! 똑바로 좀 해주세요!"

"으으……."

아야노? 거기에 자기 딸이라니…….

그렇게 언쟁하고 있는 두 사람 옆을 지나칠 때 '선생님' 쪽과 눈이 마주쳤다.

어딘가 믿음직스럽지 못하지만 가늘고 예쁜 쌍꺼풀이 진 눈. 매끄럽게 뻗은 검은 생머리. 낯익은 그 얼굴에 나도 모르게 입을 열었다.

"혹시…… 하나에 아줌마?"

"……어?"

갑자기 말을 걸어온 나를 수상쩍게 생각했는지 보라색 안경을 쓴 쪽이 "너는 누구니?" 하고 사이에 끼어들었다.

"그게…… 저쪽 옆집에 사는 니타케 코우타예요. ……저기, 하나에 아줌마 맞으시죠? 아야노의 어머니이신……."

그렇게 묻자 하나에 아줌마가 깜짝 놀라 눈을 동그랗게 떴다.

"호, 혹시 코우니?!"

"예. 오랜만에 뵈어요."

"많이 컸구나! 아야노와 동갑이니까 지금은 고등학교 2학년이니?"

"예, 뭐. ……하나에 아줌마는 그대로시네요…… 젊어 보이신다고 할까……."

어린애 같다고 할까…….

"코우도 차암! 그런 칭찬을 다 할 줄 아는구나!"

완전히 친척 아줌마 같은 분위기가……. 뭐, 하나에 아줌마는 어머니와 친구 사이셔서 옛날에는 친척처럼 지냈지만…….

"하나에 아줌마, 혹시 아야노를 만나러 오신 건가요?"

그렇게 묻자 하나에 아줌마가 시선을 홱 피했다.

"……아니…… 이곳에는 우연히 왔을 뿐이야…… 이제 돌아갈 거란다……."

그러자 보라색 안경의 여성이 언성을 높였다.

"선생님!"

"윽?! 그, 그렇게 소리쳐도…… 싫은 건 싫은걸요……."

하나에 아줌마는 그렇게 말하며 도망치듯이 옆에 세워 둔 검은 승용차의 문을 열었다.

그때 일전에 들었던 아야노의 말과 그 쓸쓸해 보이는 표정이 떠올랐다.

'집을 나간 뒤로 한 번도 온 적 없어. 전화도, 문자도 말이지……. 《단 한 번도…….》'

아야노는 하나에 아줌마를 만나고 싶었던 게 분명해……. 그렇다면…….

"잠시만요! 아야노도 곧 돌아올 테니 잠시만이라도 만나주시면 안 되나요?!"

하나에 아줌마는 차 문을 연 채로 굳어버린 채 아무 말도 하지 않고 쓸쓸히 눈을 내리깔았다.

"《……나에게는 이제…… 그럴 자격이 없는걸……….》"

차 문을 닫은 하나에 아줌마는 승용차 안에서 고개를 숙인 채 한마디도 하지 않았다.

아야노의 이야기에 따르면 하나에 아줌마는 소설을 위해 가족을 버린 듯했다. 자신의 가족이 소설에 어떠한 영향을 끼치기에 하나에 아줌마가 그런 선택을 했는지는 나는 상상도 안 된다.

그렇지만 아야노의 옆에 있는 나로서는 그 선택이 잘못되었다는 것만큼은 확실하게 알 수 있었다.

하나에 씨가 승용차 안에 틀어박히자 남겨진 안경 쓴 여성이 분통 터진다는 것처럼 머리를 벅벅 긁었다.

"아야노는 집에 없나 보네. 사전에 연락할 수 있었다면……. 하지만 이 이상은 선생님을 잡아둘 수도 없으니 오늘은 이만 포기해야겠어……. 정말이지, 이대로라면 아야노가 잘못될지도 모르는데……."

아야노가 잘못된다고……?

"저기요, 그게 무슨 의미인가요?"

"……아니, 너와는 상관없는 일이야. 방금 한 말은 못 들은 걸로 해줘. 특히 아야노에게는 말하면 안 된다? 《혼잣말하는 버릇 좀 고쳐야겠어.》"

여성은 그런 말을 남기고 운전석에 타더니 그대로 천천히 승용차를 출발시켰다.

홀로 남겨진 나는 작아져 가는 승용차를 그저 바라보고 있을 수밖에 없었다.

제4장 『우선은 토크쇼에 참가해 주십시오.

　　　참가비는 물론 무료!』

다음 날.

오늘도 어제와 마찬가지로 휴일이어서 대낮부터 비닐봉지를 들고 카구라네코 신사를 찾았다.

경내에서는 여느 때와 같이 고양이들이 자유분방하게 뛰어노는 중이었다. 평소에는 잠들어 있는 네코히메 님도 오늘은 드물게 깬 채로 경내에 모인 일부 고양이들에게 둘러싸여 있었다.

네코히메 님은 손바닥 위의 동전을 세면서 주위에 있는 고양이들에게 뭔가를 이야기하고 있었다.

"53엔인가…… 그럭저럭 모아왔구나. 좋아. 그럼 다음은 옆 동네의 자판기 밑을 뒤져보고 와라! 분명 30엔은 찾을 수 있을 게야!"

"""야옹~!"""

고양이들에게 뭔 짓을 시키고 있는 겁니까…….

"아니, 네코히메 님. 땅에 떨어져 있는 동전을 고양이에게 주워 오라고 하지 마세요. 불쌍하잖아요."

"으음? 뭐냐, 코우타구나. 어쩔 수 없지 않으냐. 최근에는 새

전화에 돈을 넣는 인간도 줄었으니까. 자신이 쓸 돈을 스스로 조달하는 게 요즘 시대를 살아남는 방법이니라."

"그렇다고 고양이가 동전을 입에 물고 돌아다니면 눈에 띈다고요."

"걱정할 것 없다. 이 녀석들은 내가 직접 훈련을 시킨 고양이들이니까. 인간에게 들키지 않게 행동하는 것쯤은 손쉬운 일이다. 거기에 들키더라도 애교로 어떻게든 된다. 네가 먹은 그 사탕도 이 녀석들이 찾아온 돈으로 산 것이니라."

엉? 하느님 홈쇼핑은 일본 돈으로 결제하나?

"그래요? 그래서 그 사탕은 얼마였는데요?"

"50엔이었다."

"겁나 싸네!"

으아…… 뭔가 충격적인데. 50엔짜리 사탕 때문에 이런 성가신 상황이 된 거냐고.

모여있던 고양이들은 거리로 흩어졌지만 그중에서 발치의 뱌쿠야만이 그 자리에 머물렀다. 그 모습을 보고 네코히메 님이 눈살을 찌푸렸다.

"음? 뭐냐, 뱌쿠야여. 너는 안 가는 게냐?"

"야옹."

"뭐시라? 코우타와 함께 있고 싶으니 나중에 가겠다는 게냐? 너도 참 별나구나. 이런 인간이 어디가 좋다는 건지."

냅두시죠.

머리를 쓰다듬자 뱌쿠야가 바닥에 드러눕길래 그 무방비한 배를 싹싹 쓰다듬어주었다.

"그래그래, 뱌쿠야. 너는 참 귀엽구나. 어딘가의 신과는 다르게."

"나 보고 하는 말은 아니겠지?"

네코히메 님을 무시하고 사 온 물건을 비닐봉지에서 꺼냈다.

"자자, 뱌쿠야. 너에게는 츄르를 주마."

"야옹~!"

그걸 본 네코히메 님이 뻔뻔하게도 내가 가져온 비닐봉지 안에 손을 넣고 뒤적거렸다.

"내가 먹을 건 어딨느냐?"

"있으니까 당기지 좀 마세요…….'

네코히메 님은 내게서 빼앗은 츄르를 만족스럽다는 듯이 핥아먹으며 히죽 웃었다.

"오오~ 거리의 고양이들 사이에서 소문이 돌던 이유가 있구나. 중독되는 맛이로다~."

"아, 그리고 보니 네코히메 님. 물어보고 싶은 게 좀 있는데요."

"무어냐~? 지금만큼은 어떠한 질문에라도 대답해주마~."

왜 지금만이냐고. 평소에도 대답해달라고.

"제가 먹은 그 사탕은 '질투의 신'이 만든 거죠? 그럼 그 '질투의 신'에게 사탕의 효력을 없애는 약 같은 걸 만들어 달라고 할 수는 없나요?"

"아하……. 뭐, 그자가 그럴 생각이 있다면 당연히 만들 수 있겠지만 그다지 기대하지 않는 편이 좋을 게야."

"왜요?"

"만약 그자에게 사랑의 효과를 없애는 약을 만들어달라고 하면 그 자리에서 배를 부여잡고 웃은 뒤에 네가 죽기를 매일같이 고대하기만 할 게다."

"너무해……."

"거기에 '질투의 신' 은 성격이 최악이기는 해도 신물을 만드는 능력은 누구보다도 뛰어나서 그자가 만든 신물의 효과를 없애는 건 다른 자들에게는 무리니라."

"너무해……."

네코히메 님은 츄르를 한껏 음미한 뒤에 마침 생각났다는 것처럼 말했다.

"오, 맞다. 취급 설명서에 적혀있던 주의사항을 한 가지 더 해독했었다. 이걸로 주요 항목은 해독이 전부 끝났느니라."

"정말요?! 그, 그래서 뭐라고 적혀있었는데요?!"

"주의사항 다섯 번째, 『사랑 고백을 받기 약 10초 전부터 카운트다운이 시작된다』, 이니라."

"……카운트다운? 그게 무슨 말인가요?"

"요컨대 어떠한 상황이건 갑작스러운 고백으로 죽는 일은 일어나지 않는다는 말이다. 만약 네가 고백받을 때는 반드시 10초 전부터 카운트다운이 시작되고 숫자가 0이 되면 고백을 받는다는 게지."

"그 말은…… 요컨대 그 10초 사이에 이쪽에서 뭔가 수를 쓰면 고백을 미연에 방지할 수 있다는 건가요?"

"그래, 그런 말이다. 다만 정확하게 말하자면 10초가 아니라 ﾠ10초니라. 이 카운트다운에는, 카운트다운이 표시되는 녀ﾠ의 정신 상태가 영향을 끼치는 모양이더구나. 뭐, 그렇다고 ﾠ 해도 쥐꼬리만큼의 차이겠지만."

"그렇군요. 그래도 이건 지금까지는 없었던 살아남는 데 가장 ﾠ움이 되는 정보네요. 그런데 '질투의 신'은 어째서 구태여 사ﾠ자가 살아남을 수 있는 카운트다운 같은 걸 집어넣은 걸까요?"

"……예를 들어 네가 길을 걷다가 갑작스레 뒤에서 쏜 총에 ﾠ리를 맞고 즉사했다고 치자꾸나. 그러면 너는 죽을 때 무엇을 ﾠ낄 것 같으냐?"

"무엇을 느낄 것 같냐고 물어보셔도 말이죠…… 뒤에서 쏜 총ﾠ에 머리를 맞고 즉사한 거죠? 그럼 뭘 느낄 새도 없을 것 같은데 ﾠ……."

"그 말대로다. 이번엔 정면에서, 게다가 약간 떨어진 곳에서 ﾠ를 향해 총을 겨눈 녀석이 있다면 어떠냐?"

"……그건…… 무섭네요. 상당히."

"그래. 요컨대 '질투의 신'은 사탕을 사용한 자가 죽음의 공포 ﾠ를 맛보게끔 그 죽음에 10초라는 카운트다운을 마련해둔 게야."

"…………아, 아니, 무슨 그런 끔찍한 짓을……."

"덧붙여서 이성의 속마음이 들린다는 것도 사용자에게 고통 ﾠ을 주기 위해서니라. 타인의 속마음을 장기간 들으면 그 능력을 ﾠ보유한 인간은 차츰 정신이 병들게 되니까 말이다."

"예? 그럼 저 위험하지 않나요……?"

"걱정하지 마라. 그걸 방지하기 위해 나와 뱌쿠야가 있는 게
다. 너는 나와 대화를 나누거나 뱌쿠야의 배를 쓰다듬을 때마다
신의 가호를 받아서 정신이 정화되고 있노라."

"예?! 서, 설마 네코히메 님과 뱌쿠야에게 그런 효능이?!"

"후하하. 우리는 의외로 치유계니라."

"치유계……."

"뭐, 길가에 돌아다니는 길고양이를 쓰다듬어도 똑같은 효과
를 얻을 수 있지만 말이다."

"길고양이가 대단한 건지…… 네코히메 님과 뱌쿠야가 엄청
대단한 건 아닌 건지…… 잘 모르겠네요."

"가끔이라면 내 머리를 쓰다듬는 걸 허락해줄 수도 있다."

"아, 됐습니다."

"뭐시라?! 나는 이래 보여도 이 동네에서 가장 복슬복슬하단
말이다!"

"괜찮습니다. 뱌쿠야로 충분해요."

"끄으응……. 뱌쿠야 녀석……."

네코히메 님이 흘겨보자 뱌쿠야가 황급히 내 뒤로 숨었다.

"그렇다고 뱌쿠야한테 뭐라고 하지는 말아주세요."

이야기도 끝나서 "그럼 네코히메 님, 다음에 올게요." 하고 자
리를 뒤로하려고 하자 네코히메 님이 그때까지와는 상반된 분
위기의 엄숙한 말투로 나를 불러세웠다.

"이봐라, 코우타여."

"예? 왜 그러세요?"

"안 좋은 예감이 드는구나."

"안 좋은 예감……이요?"

"그래. 내 감은 잘 맞으니 결코 긴장을 놓지 말아라."

"……아, 알겠습니다."

◇ ◇ ◇

머릿속에 맴도는 네코히메 님의 말을 생각하며 석양으로 물든 거리를 터덜터덜 걸어서 집에 도착했다.

네코히메 님…… 뭔가 평소와는 다르게 진지했었지.

안 좋은 예감이 든다고 했었는데 뭘 말하는 걸까…….

생각에 잠긴 채 현관문을 열자 어째서인지 눈앞에 서 있던 아야노가 "어머, 어서 와." 하고 새치름하게 맞이해줬다.

그리고 그런 태도와는 반대로 아야노의 속마음이 우르르 몰려들었다.

"《코우가 이제야 돌아왔어! 조, 좋아! 사이코 씨에게 마침내 전달받은 사인회 순번표를 코우에게 가장 먼저 건네주는 거야!》"

설마 네코히메 님이 말한 안 좋은 예감이란 게 이건가……?

"……다녀왔어."

아야노는 흰색 티셔츠에 평소의 인상과는 다른 귀여운 프릴이 달린 미니스커트를 입고 있었다.

거기에 스타킹까지.

큭?! 아야노, 너! 네코히메 님에게 충고까지 받은 나를 유혹할

셈이냐?!

"코우타? 아까부터 왜 바닥만 보고 있어?"

"엉?! 아, 안 봤는데?!"

"그래? 하지만 아래쪽을 빤히 보고 있었는데……. 《바닥 말고는 매트와…… 내 다리 정도밖에——.》"

"아! 맞아, 봤어! 바닥을 유심히 보고 있었어! 우리 집 바닥은 언제봐도 세련되었단 말이지~."

"……그래? 무슨 말인지는 잘 모르겠지만……."

큰일 날 뻔했다……. 역시 스타킹이야. 내 의지와는 반대로 뚫어지게 보고 말았다…….

"오늘도 저녁 먹고 갈래? 이따가 카레 만들 건데."

"응. 잘 먹을게……. 《사인회에 와달라고 해야 하는데! 하, 하지만…… 뭔가…… 부끄러워!》"

숙맥이냐.

어째서 저녁 먹고 가라는 말에는 바로 대답하면서 나를 사인회에 부르는 건 부끄러워하는 거냐고.

"《아윽…… 옛날부터 줄곧 첫 사인은 코우에게 해줄 생각이었다 보니 괜히 의식이 되어서 부끄러워졌어! ……어, 어떻게 코우가 사인회 이야기를 꺼내게 할 자연스러운 방법은 없으려나……. 그러면 이야기가 나온 김에 부를 수 있을 것 같은데…….》"

그런 소극적인 작전으로 괜찮은 거냐…….

아야노는 흠흠, 하고 헛기침을 하고는 어색하게 말을 꺼냈다.

"아~ 그러고 보니…… 코우타."

"……왜."

"어릴 때 노트 같은 데에 자기 이름을 멋지게 쓰려고 했었지?"

화제가 너무 뜬금없다만.

"아……. 맞아, 그런 적도 있었지."

"그런 행위를 뭐라고 하더라?"

사인이라는 말을 꺼내게 하려는 건가? 너무 티 나잖아.

네코히메 님에게 주의받기도 했으니 여기서는 적당히 화제를
돌려 볼까…….

"……중2병?"

"맞네, 그거야. 중2병. 《으아앙! 그게 아닌데!》"

"……뭐, 옛날이야기니까."

"지금은 그렇게 안 써?"

"쓸 리가 없잖아."

"……그래?《코우의 사인이 멋져서 노트도 아직 소중히 간직
하고 있는데…….》"

내 흑역사 좀 버려줘!

결국 아야노는 사인회 화제를 꺼내지 못한 채 그대로 시무룩
하게 거실로 사라졌다.

애수가 감도는 아야노의 등을 가만히 바라보며 네코히메 님의
충고를 떠올렸다.

으으음……. 어째야 하나…….

◇ ◇ ◇

"잘 먹었습니다!"

유나의 호령에 따라 나와 아야노도 "잘 먹었습니다." 하며 손을 모았다.

유나가 부엌으로 가자 아야노가 만족스럽다는 듯이 생각했다.

《코우가 만든 카레 맛있었어~. 후후후. 뭔가 신혼 생활 같아서 즐거워.》

망상이 몇 단계나 건너뛰고 있는걸…….

이어서 아야노는 반대로 분한 듯한 눈으로 이쪽을 힐끗 보았다.

《그런데 어떻게든 식사 중에 사인회 이야기를 하고 싶었는데 말도 꺼내지 못했어……. 오늘은 이만 포기하고 다음에 말할까……? 하지만 사인회까지 며칠 안 남았는데…….》

그대로 포기해주면 거절하는 죄악감을 느끼는 일도 없겠지만…… 솔직히 아야노의 사인회에는 가주고 싶었다.

그렇지만 그러면 네코히메 님의 충고를 무시하는 게 되는데…… 내일에라도 학교 끝나고 신사에 들러서 상담해볼까.

그런 생각을 하다가 어제 아야노네 집 앞에서 하나에 아줌마를 만났던 일이 떠올랐다.

아야노에게 만났던 걸 말하는 편이 좋겠지? 전에 아야노의 속마음을 들었을 때 하나에 아줌마에게서 연락이 한 번도 없었던 걸 신경 쓰고 있는 듯했으니……. ……하지만 집 앞에서 되돌아갔다고 하면 역시 상처받으려나? 으으음…….

"왜?"

"……어?"

"아까부터 빤히 보고 있잖아."

"아…… 그게…… 실은………… 저번에 하나에 아줌마를 만났어. 아야노네 집 앞에서."

아야노의 표정은 크게 변하지 않았지만 눈썹이 살짝 씰룩였다.

"……흐응. 그래서?"

"아니, 뭔가…… 바로 돌아가서서 이야기는 별로 나누지 못했어."

"그래?《나와는 한 번도 만나주지 않았으면서 코우와는 만난 거야……?》"

만나주지 않는다고? 저번에 하나에 아줌마에게서 연락이 한 번도 없었다고 했었는데 혹시 아야노 쪽에서는 연락해 본 건가?

아야노는 속이 탄 것처럼 손가락으로 테이블을 두드리기 시작했다.

아야노, 옛날부터 속이 끓으면 이렇게 펜으로 책상을 두드리곤 했었지. 이런 부분은 전혀 변하지 않았네…….

그러고 보니 하나에 아줌마와 만났을 때 함께 있던 여성분이 이상한 소리를 했었는데…….

이대로라면 아야노가 잘못될지도 모른다느니 어쩐다느니 하고.

그건 결국 무슨 의미였던 거지?

아야노의 손가락이 갑자기 멈췄다.

"《아! 맞다! 이 화제로 코우를 사인회에 부르자! 그 사람과는 사인회에서도 만나니까, 하고 말한 뒤에 아, 맞다, 그러고 보니 사인회의 순번표를 받았었지, 하는 느낌으로!》"

윽. 무덤을 파고 말았다…….

거절하는 편이 좋을 테지만…… 그래도…….

아야노는 바로 방금 속마음으로 들려온 내용을 복창했다.

"그그, 그래도 어차피 그 사람과는 사인회에서 만나니까——."

어색하기 짝이 없는 데다가 목소리까지 뒤집혔다만…….

"——아, 아! 사, 사인회라니까 말인데——."

그리고 국어책을 읽는 듯한 아야노의 말이 거기까지 이어졌을 때 아까부터 부엌을 뒤적이고 있던 유나가 이쪽으로 달려왔다.

"오빠! 긴급 사태야! 긴급 사태!"

말이 가로막힌 아야노가 울상을 하고 유나를 흘겨보았다.

정말 너무 딱한데…….

"……긴급 사태? 웬?"

"식후의 간식이 하나도 없어!"

"뭐? 그럴 리가 없잖아. 그저께 내가 채워뒀는데?"

"오빠, 그저께 채워둔 간식이 오늘까지 살아남았을 리가 없잖아."

"……너…… 전부 해치워 버린 거냐."

"그러니 오빠가 바로 사다 줘!"

"뭐?!"

◇　◇　◇

밤. 근처 편의점에서 돌아오는 길.

봄이 되어서 조금씩 따듯해지고는 있지만 밤이 되면 그런대로 쌀쌀했다.

이상한걸……. 왜 내가 사러 가야 했던 거지…….

유나가 부탁한 간식이 들어있는 비닐봉지를 든 채 뒤를 돌아 보았다.

"아야노, 빨리 가자."

가로등에 비친 주택가의 한가운데서 아야노가 터벅터벅 다가 왔다.

"그렇게 서두를 필요 없잖아. 천천히 돌아가자. 《아까는 사인 회 이야기를 꺼내기 직전까지 갔으니 운 좋게 단둘이 있게 된 지금 말해야 해!》"

영 포기를 안 하네……. 거기에 '운 좋게 단둘이' 라니…….

내가 편의점에 가게 되니까 네가 갑자기 자기도 간다며 따라왔 잖아…….

따라잡기를 기다린 뒤에 다시 걷기 시작하자 아야노가 나를 빤히 보았다.

"《조, 좋았어! 여기서 사인회 이야기를…… 응?》"

뭐지?

아야노가 흥미롭다는 듯이 내 손을 바라보았다.

"코우타도 손이 커졌구나."

뭔 말이냐, 그게…….

"그야 초등학생 때와 비교하면 커졌지."

《잠깐 만져보고 싶어…….》

그만둬라.

"…………."

"…………."

아야노가 내 앞으로 손을 내밀었다.

"손을 대 봐. 얼마나 커졌는지 확인해줄게. 《아아, 저질러버렸어! 아무리 코우의 손을 만지고 싶다지만 이런……. 하, 하지만 방금 대화에서는 전혀 부자연스럽지 않지? 코우가 변태처럼 보지는 않겠지?》"

다 들린다만?!

……뭐, 그래도 손을 맞대는 정도라면 평범한 친구 사이에도 하는 거고? 아야노가 저렇게까지 만지고 싶어 하니까? 거절할 이유도 없지? 그렇지?

아야노의 손에 내 손을 맞대자 살짝 차가워진 가느다란 손가락이 살갗을 매만졌다.

"아, 아하. 역시 많이 다르구나. 《코, 코우의 손이 엄청 커!》"

"그, 그러게."

아야노의 손은 되게 작은데?! 너무 귀엽잖아!

"《와! 대단해! 자세히 보니 손목에 혈관이 떠올라 있어! 너무

보기 좋은데?!》"

손톱도 무진장 예쁘고! 뭐지?! 장난 아니게 여자애답잖아?!

"《아으, 진짜! 손가락 깍지 끼고 싶어! 꽉 잡고 싶어! 코우 너무 좋아!》"

어?! 깍지 껴도 돼?! 꽉 잡아도 돼?! 장난스럽게 하면 괜찮겠지?! 잠시만 잡으면 문제없겠지?!

그렇게 생각한 다음 순간, 나는 황급히 손을 뗐다.

아, 안 되지, 안 돼. 한때의 감정에 빠져버리면 안 돼……. 이 이상 좋은 분위기가 되면 정말로 고백받을지도 모른다고…….

"이, 이제 됐지? 자자, 빨리 가자."

"으, 응. 그래야지. 가자.《위험해라! 하마터면 손잡을 뻔했어!》"

하마터면 손잡힐 뻔했는데…….

얕은 개울에 걸린 짧은 다리를 지나갈 때 뒤에 있던 아야노의 발소리가 멎었다.

"왜 그래?"

돌아보니 아야노는 이끼 낀 석제 난간에서 아래에 흐르는 얕은 개울을 바라보고 있었다.

"그러고 보니 옛날에 이 개울에서 코우타가 펜던트를 잃어버려서 고생했지?"

"……그랬던가?"

"응. 그래서 함께 밤늦게까지 찾았던 것 같은데…….."

"……기억 안 나는데."

"뭐어? 뭔가, 코우타가 울어서⋯⋯. 아! 유나도 있었는데⋯⋯ 유나는 웃었던 듯한⋯⋯? 으으음⋯⋯? 어라? 어땠더라⋯⋯."

확실히 옛날에 아야노가 어렴풋하게 기억하고 있는 그런 일이 있었다.

그렇지만 그건 아야노의 기억과는 조금 달랐다.

회상.

우리 아버지는 유나가 초등학생이 되고 머지않아 사고로 돌아 가셨다.

어머니가 무슨 일을 하는지는 정확하게 모르지만 수많은 사람 의 목숨을 구하는 중요한 일이고 어머니밖에 하지 못하는 일이 라고 들었다.

그리고 아버지가 돌아가신 뒤에 어머니는 선택의 기로에 섰다.

우리를 기르기 위해 수많은 사람을 못 본 척할 것인지.

아니면 수많은 사람을 구하기 위해 우리를 방임할 것인지.

고민한 끝에 의지할 친척도 없던 어머니는 우리를 지인에게 맡길 결심을 했지만 나와 유나는 그걸 거부했고 결과적으로 우 리 남매는 둘이서 살아가는 길을 선택했다.

그게 옳은 선택이라고 생각했었다. 어머니가 돌아올 장소에 서 지냄으로써 멀리 떨어져 있더라도 가족으로 있을 수 있다고 생각했었다.

그렇지만 현실은 비정했다.

아직 어렸던 유나는 때때로 집에 돌아오는 어머니가 일 때문에 다시 나가면 온종일 울었다. 인기 있는 애니메이션을 보여줘도, 학교에서 있었던 재미있는 이야기를 들려줘도, 유나는 조금도 웃지 않았다.

어머니가 집을 비운 사이에는 어머니가 고용했다는 가정부가 매일 같이 우리를 돌보러 와주셨다. 그렇지만 그때마다 어머니가 있을 곳이 없어진다며 유나가 대성통곡을 했다.

유나가 질색하길래 가정부를 보내지 말라고 어머니에게 메시지를 보내자 다음날부터 우리는 집에서 단둘이 있게 되었고 조리된 식사만 매일 집으로 배달되었다.

학교를 다니면서 세탁을 하고, 청소를 하고, 온종일 유나를 돌봤다.

어머니는 몇 번이나 가정부에게 집안일을 맡기자고 했지만 유나와 내가 그걸 거부했다.

그럴 때 어머니가 우리에게 펜던트를 하나씩 보내줬다. 행복을 부르는 펜던트라는 수상한 말을 했었다.

유나는 그 선물을 매우 마음에 들어 해서 학교에 갈 때도 목에 걸고 갔고 어머니가 없는 외로움에 마음이 꺾일 것 같으면 그 펜던트를 손에 쥐고 울음을 참게 되었다.

그리고 이전보다도 유나에게 손이 가지 않게 되어서 내 부담도 서서히 줄어들었다.

그렇지만 그런 어느 날. 유나의 동급생이 펜던트를 빼앗아서 개울에 내던진 일이 일어났다. 이유는 어둡다느니, 맨날 웃지도 않으니까 인형 같아서 꺼림칙하다느니 하는 그런 이유였다.

흐느껴 울며 그 사실을 보고하는 유나를 집에 남겨두고 나는 강으로 향했다.

운 좋게도 개울은 얕아서 들어가도 발목이 잠기는 정도였다.

나는 필사적으로 펜던트를 찾았다. 쓰레기를 치우고, 벌레에게 쏘이고, 유리에 손이 베이면서 온종일 펜던트를 찾았다. 나와 유나의 펜던트 디자인이 같았다면 대신 내 펜던트를 유나에게 줬겠지만 유감스럽게도 그렇지 않았다.

투둑, 하고 소리가 나며 수면에 파문이 일었다. 흐렸기에 비라도 내리기 시작했나 싶어서 하늘을 올려다보았다. 그렇지만 비가 내리려는 기색이 없어서 다시 개울을 보자 아까처럼 물방울이 떨어져 내렸다.

그리고 나는 자신이 울고 있다는 것을 깨달았다.

둘이서 살아가는 길을 선택한 건 자신임에도 그걸 후회하고 있다는 것을 깨달았다.

돌아가신 아버지를 대신할 수 있다고 생각했었다.

어머니와 유나의 버팀목이 되어서 앞으로도 이전처럼 생활할 수 있다고 믿고 있었다.

그래서 어머니의 지인에게 가는 것도, 가정부가 집에 오는 것도 반대했다.

그렇지만 나는 그 정도로 강하지 않았다.

아버지를 대신하고 싶다는 생각을 하지 말 걸 그랬다.

그런 뼈저리게 느껴지는 현실을 받아들이려고 했을 때였다.

"코우. 뭐 찾아?"

"……어?"

눈앞에 소녀가 서 있었다. 새하얀 예쁜 원피스를 입고 있으면서도 아랑곳하지 않고 나처럼 개울로 첨벙첨벙 들어왔다.

"……어……."

"후후후. 놀랐어? 우연히 다리 위를 지나고 있었는데 코우의 모습이 보여서 내려와 봤어."

"……누구야?"

"뭐어?! 까먹었어?! 옛날에 함께 놀았잖아! 엄마들끼리 친구여서 코우네 집에도 간 적 있었고!"

"…………?"

"진짜로 몰라……? 그, 그 왜, 우리 엄마를 하나에 아줌마라고 불렀었잖아!"

"……아! 하나에 아줌마네!"

"그래, 맞아! 아야노! 까먹지 말아줘!"

"미안……."

"됐어, 됐어. 그래서 혼자 뭐 하고 있어?"

"펜던트를 찾고 있어……. 하지만 못 찾을 것 같으니까 포기할래……."

"나도 함께 찾을 테니까 조금만 더 힘내보자."

"……아니야. 괜찮아. 지쳤고 어두워지기도 했으니까 내일에라도 다시 찾을래……."

"그럼 안 돼. 내일은 비가 온댔어. 지금 찾지 못하면 비에 떠내려갈 거야."

"……그냥 내버려 둬……."

나는 그런 말을 내뱉고 집으로 돌아갔다.

펜던트를 찾지 못했다고 하자 유나가 대성통곡을 했다. 우는 걸 보고 있자니 나도 눈물이 멈추지 않아서 둘이 끌어안고 거실에서 울었다.

똑똑, 하는 소리를 듣고 의식이 돌아와서 어느 사이엔가 잠들어 버렸다는 것을 자각했다. 다시 한번 똑똑, 하고 소리가 나서 이번에는 그 소리가 마당 쪽에서 들려오고 있다는 것을 깨달았다.

옆에서 자고 있던 유나도 눈을 비비며 그쪽을 보았다.

그러자 그곳에는 유나의 펜던트를 쥔 채 진흙투성이가 된 얼굴로 밝게 웃고 있는 아야노의 모습이 있었다.

"찾았어!"

"아야노…… 왜?"

"아니, 그러니까 내일 비 온다고 했었잖아."

"아니…… 그게 아니라………… 왜…… 그렇게까지……."

"뭘 그런 걸 물어봐? 우리 친구잖아! 친구가 곤란할 때는 당연히 도와야지! 그렇지 않아? ……뭐, 코우는 나를 까먹은 모양이었지만."

"……그건 미안했어."

펜던트를 보고 유나가 마당으로 쏜살같이 뛰쳐나갔다.

"유나의 펜던트!"

"어라? 이거 유나 거였어?"

"찾아줘서 고마워!"

"윽……. 유, 유나, 잠깐만, 숨 막혀……."

"유나를 알아……?"

"너도야……? 나 아야노야! 어릴 적에 함께 놀았잖아!"

"……?"

"으으윽……. 박정한 남매 같으니라고……. 아무튼! 나 이 근처로 이사 왔으니까! 앞으로 잘 부탁해!"

펜던트를 건네받은 유나는 이때까지 본 적도 없을 정도로 환한 웃는 얼굴로 "오빠, 봐 봐! 펜던트야!" 하며 나를 돌아보았다. 그 모습을 보니 다시 눈물이 쏟아졌다.

"……고맙다고…… 한 번 더 인사해……."

"응! 고마워!"

아야노는 쑥스럽다는 듯이 뺨에 묻은 진흙을 닦았다.

"뭘 이런 걸 가지고. ……그리고 코우도 열심히 찾았었어."

"응! 고마워, 오빠!"

그날 이후로 아야노와는 매일같이 함께 놀았다. 자주 웃게 된 유나는 학교에서 놀림 받는 일도 없어졌고 언제부터인가 스스로 솔선해서 집안일을 하게 되어서 내 부담은 나날이 줄어들었다.

아야노는 모를 것이다.

우리 남매가 아야노에게 얼마나 많은 도움을 받았는가를.

◇ ◇ ◇

현재. 다리 위.

그러고 보니 아야노는 그때도 전학을 왔었던가…….

"코우? 왜 그래? 개울만 빤히 보고."

"그냥. 아무것도 아니야."

왠지 그날 일을 말하는 게 쑥스러워져서 아야노에게는 말하지 않았다.

아야노는 아직도 끙끙거리며 그날에 있었던 일을 떠올리려고 했다.

"으으음…… 뭐였더라…….

그날부터 아야노에게는 감사한 마음밖에 없었다. 그래서 몇 년 뒤에 아야노에게 상처를 주었을 때 나는 몹시 후회했다.

다시 한번 그날로 돌아갈 수 있다면 돌이키고 싶었다. 그렇지만 그건 불가능한 일이었다.

그래서 나는 역시 지금을 소중히 하고 싶었다.

"아야노, 있잖아."

"잠시만. 여기까지 올라온 것 같아. 생각나기 직전이니까…… 으으음…….

"사인회 일정은 정해졌어?"

"……어?"

네코히메 님이 안 좋은 예감이 든다며 충분히 주의하라고 나에게 충고한 직후에 아야노의 속마음을 통해 이번 사인회의 이야기가 표면화되었다.

어쩌면 이번 사인회에서 목숨이 위험해지는 일이 생길지도 모른다. 안전책을 취한다면 역시 여기서는 사인회에는 가지 않는 길을 선택해야 하겠지.

그렇지만 나는 더 이상 아야노를 슬프게 하고 싶지 않았다.

나의 소중한 사람을 울리고 싶지 않았다.

"……아야노?"

"헉?! 어, 그게……. 으, 응. 실은 말이지, 며, 며, 며칠 전에 담당 편집자인 사이코 씨가 사인회 순번표를 보내주셨거든. 그그, 그래서 코우도── 코우타도 부를까 했어. 무, 물론 유나를 부르는 김에 같이 부르는 거지만!"

"응. 고마워. 기쁘네."

"그, 그래? 그거 다행이네. 《코우가 기쁘대! 내 사인회에 올 수 있어서 기쁘대! 어쩌지?! 또 얼굴이 풀어질 것 같아! 버티자, 버텨!》"

아야노는 표정을 바로 잡으려다가 노려보는 타입이구나…….

"그, 그리고…… 저기…… 그러는 김에…… 편의를 생각해서 제안하는 건데……."

"뭔데? 또 뭔가 있어?"

"……연락처를 교환하지 않을래?"

"연락처?"

그러고 보니 아야노는 옛날엔 핸드폰이 없었던가…….

"유, 유나와는 연락처를 교환했는데 코우타와는 하지 않으면

가 불쌍하니까……. 우리도 이제 이웃이니까 언제라도 연락
ㅏ 수 있는 편이 편하고……. 이건 어디까지나 일반적인 그런 거
ㅣ 결코 내가 코우타의 연락처를 알고 싶다는 건 아닌데……."

"뭐, 연락처 정도는……."

"그래? 그럼 그렇게 하자. 《만세~! 코우의 연락처를 땄어~!》"

그렇게 기뻐하면 쑥스러워진다만…….

다음 날. 카구라네코 신사의 배전 안.

네코히메 님은 애용하는 쿠션에 털썩 앉으며 불만스러운 얼굴
ㅌ 나를 쏘아보았다.

"어째서 내 충고를 무시한 게냐."

"……죄송합니다."

"뭐, 알아서 그 아야노라는 계집아이에게 고백받지 않게 조심
ㅏ거라. 나는 이제 모른다."

네코히메 님은 "흥!" 하고 콧방귀를 뀌며 입을 비죽였다.

"……처음에는 네코히메 님의 충고대로 하려고 했었는데
ㅛ…… 아야노의 마음을 무시하고 싶지 않아서요……."

"자신의 목숨보다도 타인의 감정을 우선한다는 게냐."

"……예."

"흥. 어차피 나는 더 도울 일이 없구나. 네 목숨이니 알아서 하
ㅓ라."

"죄송합니다……."

화를 풀지 않는 네코히메 님에게 고개를 숙이고 나가려고 하자 뱌쿠야가 걱정하는 듯한 얼굴로 내 다리에 몸을 비볐다.

"야옹……."

"걱정해주는 거야? 고마워, 뱌쿠야."

뱌쿠야의 머리를 한 번 쓰다듬어주고 나서 신사를 나서려고 하자 네코히메 님이 마지막으로 한 마디 덧붙였다.

"인간이라는 녀석들은 좀처럼 이해가 안 되는구나."

나는 한 번 더 네코히메 님에게 고개를 숙인 뒤에 그대로 신사를 뒤로했다.

◇ ◇ ◇

며칠 뒤. 쉬는 시간 중의 교실.

옆자리에 앉은 아야노가 이쪽을 빤히 훔쳐보고 있었다.

"《후후후. 코우가 사인회에 와준다고 했어. 다행이야. 옛날부터 첫 사인은 코우에게 해줄 생각이었으니까. ……그나저나 설마 코우 쪽에서 사인회 이야기를 꺼내줄 줄이야……. ……혹시지금 고백하면 받아주려나?》"

그러지 마!

"《뭐, 안 할 거지만! 지금은 코우와 평범하게 이야기를 나누는 것만으로도 즐거우니 한동안은 이대로도 괜찮을 것 같아.》"

후우…….

졸업까지…… 앞으로 2년 가까이 남았는데…….

……2년 가까이 이런 식으로 버틸 수 있으려나……?

……아니, 깊게 생각하지 말자.

부정적인 쪽으로 빠지려는 생각을 떨쳐내려고 고개를 내젓고 있으니 아야노가 이쪽으로 종이를 내밀었다.

"아, 맞다. 자, 이거."

건네받은 건 한 장의 순번표로 '순번 대기표 1번 니타케 코우타' 라고 표기되어 있었다.

"사인회의 순번표야?"

"그것밖에 없잖아. 사인회는 토크쇼가 끝나고 시작하니까 학교가 끝난 뒤에 천천히 와도 괜찮아."

다시 순번표의 일정을 확인하다가 유나가 생각났다.

"유나도 올 수 있었으면 좋았을 텐데……."

"유나는 라크로스부의 연습 시합이 있다고 했었지?"

"어. 뭔가 전부터 도우미로 참가할 약속을 했다나 봐. ……그 녀석, 아야노의 사인회와 일정이 겹친다는 걸 알고 진짜로 울더라고……."

"나도 눈앞에서 봤잖아. 달래느라 힘들었어……."

"……우리 동생이 미안. 그리고—."

나는 주위를 살피며 작은 목소리로 물었다.

"네가 소설을 쓰고 있다는 건 다른 애들에게는 비밀로 해두는 편이 좋아? 일단은 미즈키에게도 말하지 않았는데."

"딱히 비밀로 하는 건 아니야. 관계자 말고도 일부 선생님들에게도 말한 사실이고. ……그래도 비밀로 해주는 편이 편하긴 하겠어."

"알았어. ……그런데 아야노는 그다지 남들 눈을 신경 쓰지 않으니까 그런 건 숨기지 않을 줄 알았는데……."

"뭐, 나한테도 이런저런 사정이 있으니까.《코우와 비밀을 공유하고 싶어서라고 말하면 깜짝 놀라겠지?》"

가, 갑자기 애교스럽게 굴지 말아주세요……. 심장에 안 좋으니까…….

자신만 특별 취급받아서 엄청나게 기쁜 마음을 누군가에게 자랑하고 싶은 충동을 억누르며 되도록 평정을 가장했다.

"그, 그래? 사정이 있구나……."

아야노는 자신의 속마음이 나에게 들린다는 것도 모르고 머리카락을 귀 뒤로 넘기며 장난스럽게 미소 지었다.

"응. 사정이 있어."

……내 소꿉친구 너무 귀엽잖아.

◇ ◇ ◇

"그러고 보니 사인회 장소를 말해줬나?"

"장소?"

아까 받은 순번표를 내려다보며 적혀있는 개최지를 읽었다.

"츠바키자카 론타노 빌딩? 츠바키자카라면 영화관 근처인가 보네."

"응. 마타타비 서점이라는 대형 서점이 있는 빌딩이야."

"아~ 그, 1층에서 3층까지 책이 진열된 거기구나."

"맞아. 토크쇼와 사인회는 한 층 위인 4층 회의실에서 열려. 거기서 먼저 토크쇼를 하고 끝나면 다음으로 사인회. 토크쇼는 대작가 둘과 신인 작가 둘로 네 사람이 하고 사인회는 신인 둘만 회의실에 남아서 사인을 해."

잠시 말을 끊은 뒤에 아야노가 이어서 말했다.

"카이도 이치카와는 처음 토크쇼에서만 만날 수 있어."

"……그렇다는 건 사인회가 시작되는 시간에 내가 회장에 도착할 무렵에는 하나에 아줌마는 이미 돌아갔을지도 모른다는 말인가."

"그래."

"……계속 물어보고 싶었는데 아야노는 하나에 아줌마를 어떻게 생각하고 있어?"

그렇게 묻자 아야노는 곤란한 듯이 눈가를 찡그렸다.

"……잘 모르겠어."

"모르겠다고?"

"원래는 그 사람이 가족을 버리면서까지 소설을 쓰는 이유를 알고 싶어서 나도 소설을 쓰기 시작한 거니까……. 하지만 여전히 그 대답은 알아내지 못한 채야……. 그 사람이 집을 나간 뒤로 줄곧 만나지도 않았고 이제 와서 만나더라도 무슨 이야기를 하면 좋을지 모르겠어. ……그렇지만 서점 같은 데서 카이도 이치카의 이름을 볼 때마다 뭔가…… 이렇게 가슴이 옥죄여

와. 그래서 그 감정을 털어내기 위해서라도 카이도 이치카를 만나고 싶어. 만나서 이야기를 해보고 싶어. 그뿐이야."

"……그렇구나."

아야노는 불안스러운 듯한 표정을 지었지만 어딘가 기대하는 것처럼도 느껴졌다.

◇ ◇ ◇

사인회가 열리는 날. 집 앞의 통학로.

아침에 집을 나서서 조금 걷자 돌연히 목소리가 들려왔다.

"《아! 코우다! 이제야 나왔어!》"

철컥, 하고 옆집의 현관문이 열리며 아야노가 태연하게 모습을 드러냈다.

"어머나? 코우타, 안녕. 오늘도 우연이네."

오늘도 수고 많으십니다, 아야노 씨. 현관은 편안하셨는지요?

"안녕……. 최근에 자주 함께 가게 되네."

"그러게. 옆집에 살고 학교도 같으니까 등교 시간이 겹치는 것도 어쩔 수 없지."

용케 천연덕스럽게 그런 말을 하는구만…….

그대로 둘이서 역을 향해 걸었다. 최근에는 아야노와 이렇게 나란히 걷는 일도 많아져서 드문드문 무난한 대화를 나눌 기회도 늘었다.

그렇지만 오늘의 아야노는 묘하게 말수가 적었고 평소에 들려오는 들뜬 속마음도 들리지 않았다.

나는 잠시 망설인 뒤에 결국 그 화제를 꺼내기로 했다.

"오늘이지? 사인회."

그렇게 말하자 아야노도 그제야 입을 열었다.

"맞아."

표면상으로는 아무렇지도 않게 대답한 아야노의 속마음이 탁류처럼 내 고막을 뒤흔들었다.

"《마침내 오늘이야. 그 사람이 와. 어쩌지. 그 사람은 나를 어떻게 생각하고 있을까. 실수할 수는 없어. 실망시키면 어쩌지. 어째서 우리를 버린 걸까. 만나고 싶어. 무슨 말을 하면──.》"

그건 평소의 어린애 같은 아야노의 속마음이 아니라 감정 그 자체로 무질서하게 나열된 말의 집합체였다.

아야노 본인도 마음의 정리를 하지 못한 건가. ……그럴 수밖에 없지만.

"그래서 우타니 선생님. 지금 심경은 어떤가요?"

그렇게 묻자 아야노가 수상쩍어하는 표정을 지었다.

"갑자기 뭐야?"

나는 일부러 장난스럽게 말을 이었다.

"연습이야, 연습. 모처럼 토크쇼에 초대받았잖아. 그렇게 불통한 표정을 짓고 있으면 보러 온 사람들이 겁먹고 돌아갈 거라고."

"《코우…… 혹시 내가 긴장하고 있으니까 농담으로 긴장을 풀어주려는 걸까?》"

객관적으로 들으니 부끄러운데…….

아야노는 후우, 하고 숨을 한 번 내쉬었다.

"딱히 문제는 없어. 왜냐하면 나는 토크쇼와 사인회 내내 인형탈을 쓰고 얼굴을 가리고 있을 거라서."

"어? 그래?"

"응. 말 안 했었나?"

"어, 금시초문인데."

"그래? 까먹은 거 아니야? 코우타는 옛날부터 기억력이 빈약했으니까."

"빈약하다고 하지 마."

기분 전환을 시켜주고 싶었는데 아야노의 속마음은 변함이 없었고 그저 끝없이 나열되는 우울한 말들이 내 귀로 전해졌다.

뭔가 재치 있는 말이라도 해줄 수 있으면 좋을 텐데 떠오르지 않네…….

힘내? 아니, 이런 거 말고. 무리하지 마? 이것도 별론데…….

그렇게 고심하다가 눈 깜짝할 사이에 학교에 도착하고 말았다.

안 되겠다……. 결국 아무것도 떠오르지 않았어…….

젠장. 나에게 좀 더 커뮤니케이션 능력이 있었다면…….

신발장에서 꺼낸 실내화로 갈아신은 아야노가 말했다.

"나 오늘은 따로 갈게."

"응? 어디 가는데?"

"여러 가지로 준비할 게 있어서 오늘은 점심시간에 조퇴하거르. 그래서 조퇴 절차부터 먼저 끝내두려고."

"그렇구나. 고생이네."

"응. 그럼 나중에 봐."

"그래. 사인회 기대하고 있을게."

그렇게 특별할 것 없는 말을 건네자 그때까지 줄곧 들려오던
아야노의 속마음이 딱 멈췄다.

교무실 쪽으로 걸어가고 있던 아야노가 잠시 걸음을 멈추고
이쪽을 돌아보며 살짝 쑥스럽다는 듯이 말했다.

"고마워."

그리고 그대로 총총히 갈 길을 가는 아야노의 등을 바라보다
가 나도 교실을 향해 걸음을 내디뎠다.

뭐야. 마음속에 있는 말을 하는 것만으로도 충분했잖아.

점심시간.

교내에 종소리가 울려 퍼지자 식당으로 서두르는 학생들이 떠
들썩한 소리와 함께 교실 안은 도시락 냄새로 충만해졌다.

그런 가운데 아야노는 교과서와 노트 등을 가방 안에 챙기며
돌아갈 채비를 했다.

"이제 갈 거야?"

아야노는 여전히 긴장한 표정이었지만 그래도 오늘 아침보다
는 많이 부드러워져 있었다.

"응. 사인회까지는 시간이 있으니까 코우타는 천천히 와도 돼. 그리고 순번표는 까먹지 마. 그게 없으면 회장에는 못 들어가니까."

"가지고 있으니까 안심해."

교과서 등을 가방에 다 챙긴 아야노는 마지막으로 책상 안에서 붉은색 수첩을 꺼내서 교복 상의 주머니에 곱게 집어넣었다.

"나는 이만 갈게."

"그래. 나중에 봐."

"응. 나중에."

그렇게 간결한 말을 남긴 아야노는 그대로 교실을 나섰다.

직후에 아야노가 아닌 다른 여자애의 "아, 미안해!" 하는 목소리와 함께 여자애들 몇 명이 굽실굽실 사과하며 복도를 달려나갔다.

뭐지?

신경 쓰여서 문 쪽을 살펴보려고 했을 때 앞자리에 앉아 있던 미즈키가 나른하다는 듯이 기지개를 켰다.

"하아. 오늘도 방송해야 해. 귀찮아~."

"그것도 앞으로 며칠만 더 하면 끝이잖아. 기운 내."

"응……. 그러게……."

방송 당번이 그렇게 싫으냐.

미즈키와의 대화를 끝내고 다시 문 쪽을 보았지만 특별히 이상한 점은 보이지 않았다.

◇ ◇ ◇

방과 후.

칠판 위에 걸린 시계로 시간을 확인해 보니 아직 사인회가 시작될 때까지는 상당히 여유가 있었다.

지금부터 서두르면 아슬아슬하게 토크쇼에도 맞춰 갈 수 있기는 한데……. 애초에 토크쇼에 들어갈 수 있는 표는 받지 못했으니까 말이지…….

뭐, 내 얼굴을 보면 아야노가 괜스레 긴장할지도 모르니 관둘까.

그때 아직 교실에 남아 있던 미즈키가 이쪽을 돌아보았다.

"있잖아, 코우타! 방송 당번까지 조금 시간이 있으니까 그때까지 있어 주면 안 돼?"

"안 돼. 그럼 난 간다."

"쌀쌀맞긴! 조금만 이야기하다 가!"

"에잉……."

"코우타는 그럴 때가 있단 말이지……. 친구의 부탁이니까 조금은 이야기 상대가 되어줘도 괜찮잖아."

"미안하지만 이따가 볼일이 있어서."

"볼일? 무슨 볼일?"

아야노가 소설을 쓰고 있다는 건 숨겨달라고 했으니까…….

"이런저런 일이 있어. 이런저런 일이."

"흐으음. 이런저런 일이란 말이지. 《코우타의 볼일이라니까 아마 유나 일이겠지?》"

이 녀석, 내가 친구가 적다는 걸 꿰뚫어 보고 있잖아…….

그건 그렇고 최근에는 익숙해지기 시작했는지 속마음과 현실의 목소리를 제대로 구별할 수 있게 되었단 말이지.

"그래. 이런저런 일이 있어."

"알았어. 됐어, 그럼."

미즈키는 토라진 것처럼 그렇게 말하고는 책상 안에서 문고본을 한 권 꺼내서 가방 안에 넣으려고 했다.

"그거 그 책이지? 전에 읽었던."

"응. 맞아. '해안선에서 너를 그릴 때'. 그게 말이지. 책이 재미있어서 틈만 나면 몇 번이나 다시 읽게 돼."

"그 책 나도 읽었어."

이전에 아야노에게 직접 받은 '해안선에서 너를 그릴 때'를 얼마 전에 다 읽은 참이었다.

"정말로?! 어땠어?!"

"재미있었어. 뻔하지만 처음 만나는 부분이 좋았어."

"그렇지?! 그 장면 좋단 말이지~. 히로인이 어릴 적에 해안에서 잃어버린 어머니의 유품인 펜던트를 주인공이 우연히 찾으면서 이야기가 움직이기 시작한다는 전개가 운명이야, 그대로 결혼해버려, 같은 느낌이라 나도 엄청 좋아해!"

"그런데 그 책에 나오는 주인공과 히로인은 한 번씩 사이가 틀어지기는 해도 기본적으로는 애정행각만 벌일 뿐이란 말이지……."

"응응. 그래도 그게 좋아. 안심하고 읽을 수 있다고 할까, 기대를 배신하지 않는다고 할까."

미즈키는 진심으로 그렇게 생각한다는 것처럼 말하고는 떠올랐다는 것처럼 덧붙였다.

"아! 맞다!"

미즈키는 "후후후." 하고 뜸 들이는 것처럼 웃었다.

"뭔데 그래."

"코우타는 깨달았으려나? 이 책과 코우타의 관계를."

"……뭐? 나와 그 책의 관계? 무슨 의미야?"

"나 말이야, 이 책을 몇 번이나 다시 읽다가 깨달은 게 있어."

"그래서 무슨 의미냐니까."

"이거야, 이거!"

미즈키는 그렇게 말하며 표지에 적힌 '우타니 타케코' 라는 작가명을 척 가리켰다.

"그게 어쨌는데?"

"모르겠어?"

"……?"

"이 우타니 타케코 선생님의 이름을 한 글자씩 두고 살짝 바꿔보면 놀랍게도 니타케 코우타가 돼!"

우타니타케코.

니타케코우타.

그 녀석 진짜로 뭐 하는 거야?!

"……그, 그러게? ……엄청난 우연이네."

"그치?! 알아보고 나서 나도 모르게 웃고 말았어!"

웃을 일이 아니거든……. 이거 우타니 타케코가 아야노라는 걸 알게 되면 틀림없이 나와 무슨 일이 있다고 생각할 거야…….

"대단하지~?" 하고 만족스럽게 웃은 미즈키는 시계를 봤다가 아쉽다는 듯이 투덜댔다.

"아, 나 슬슬 가야겠어……. 코우타는 이제 돌아갈 거야? 20분 정도 기다려주면 나도 함께 돌아갈 수 있는데."

"나도 이제 가야 해서. 늦으면 안 되거든."

사인회까지는 아직 시간이 있지만 무슨 일이 있을지 모르니 서점에 일찍 가서 책 구경이나 할 생각이었다.

"……그래? 아쉽네. 그럼 내일 봐."

"어. 내일 봐."

사인회라……. 아야노도 집에서 자기 사인을 연습했으려나? 나도 옛날에는 자기 이름을 근사하게 쓰고 싶어서 노트에 적어보고는 했는데. ……설마 그 노트가 아야노의 손에 들어갔을 줄은 몰랐지만. 조만간 되찾아서 소각 처분을 해야겠다.

그런 생각을 하면서 교사 안을 이동해 신발장 앞에 도착했다. 잠시 미즈키와 이야기를 나누느라 시간이 지났기 때문인지 학생들은 대부분 돌아가서 교내에는 남은 학생이 드문드문 있을 뿐이었다.

신발장에서 꺼낸 신발을 바닥에 던져서 달그닥, 하는 가벼운 소리가 울린 순간 띠리리리링, 하고 주머니에 들어있던 핸드폰이 울렸다.

전화? 유나인가?

핸드폰을 꺼내서 화면을 확인해 보니 '유메미가사키 아야노'라고 표시되어 있었다.

아야노에게 전화가 오다니 신선한 느낌인걸……. 옛날에는 언제나 느닷없이 집까지 왔었으니까……. 아니, 뭐, 지금도 느닷없이 집에 오기는 하지만…….

아야노와는 최근에 매일 얼굴을 마주했지만 전화로 이야기를 한다고 생각하니 조금 긴장되었다.

"여, 여보세요?"

그렇지만 수화기에서 들려온 목소리는 아야노의 것이 아니었다.

『여보세요? 갑작스럽게 전화를 드려서 죄송합니다. 에노코로 출판 NJ문고 편집부의 키리기리 사이코라고 합니다. 니타게 코우타 씨 맞으신가요?』

사이코? 아야노의 담당 편집자가 그런 이름이었을 텐데…….

"그게…… 예. 그런데요."

『저번에 한 번 만났었는데 기억하니?』

"전에요? 저랑요?"

『그 왜, 아야노의 집 앞에서 카이도 선생님과 함께 있었는데.』

그 말을 듣고 보라색 안경을 쓴 여성이 생각났다.

"아~ 예. 그때 뵈었던."

그렇다는 말은 아야노의 담당 편집자가 아야노와 하나에 아줌마를 만나게 해주려고 했다는 건가. 그런데 왜? 아야노가 하나에 아줌마와 만나고 싶어 한다는 것을 아는 건가?

내 의문을 아는지 모르는지 사이코 씨가 말을 이었다.

『너도 아야노가 오늘 토크쇼에 출석할 예정이라는 건 물론 알고 있지?』

"예, 알고 있는데요……. 저기, 아야노에게 무슨 일이 있나요?"

『시간이 없으니 단도직입적으로 말할게. 아야노는 이대로라면 오늘 있을 토크쇼에 출연하지 못해.』

"……예?"

아야노가 토크쇼에 나가지 못한다고? 어째서? 거기에 이 사람은 무슨 의도로 나에게 전화를 건 거지?

『너는 아야노가 언제나 가지고 다니는 붉은 장정의 수첩을 본 적이 있니?』

아야노의 수첩? 저번에 미즈키가 주워서 아야노가 서슬 퍼런 기세로 빼앗았던 그거지? 그러고 보니 오늘도 아야노가 교복 상의 주머니에 넣는 모습을 보았다.

"예. 본 적 있는데요……."

『아야노가 그 수첩을 잃어버린 모양이야.』

"잃어버렸다고요……? ……저기, 그게 왜 아야노가 토크쇼

에 나가지 못한다는 이야기가 되는 건가요?”

『문제는 그 수첩이 아야노의 멘탈과 크게 관련된다는 점이야. 아야노는 이쪽에 도착한 뒤에 수첩을 잃어버렸다는 걸 깨달았는데 어지간히 중요한 내용이 적혀있었는지 몹시 당황해서 밀이지……. 이쪽으로서는 이런 상태의 아야노를 카이도 이치카와 함께 출연시킬 수는 없다는 결론에 이르렀어.』

아야노와 하나에 아줌마의 관계를 아는 사람이라면 두 사람을 많은 이들 앞에서 만나게 하는 것에 위험이 따른다는 건 상상이 될 것이다. 게다가 아야노가 평상심을 잃은 상태라면 더더욱 밀할 것도 없었다.

그렇지만 내 머릿속에는 일전에 들었던 아야노의 말이 선명하게 떠올랐다.

‘나는 카이도 이치카를 만나고 싶어. 만나서 이야기를 해보고 싶어.’

나는 그 말을 마음속에서 반추하며 수화기에 대고 소리 높여 말했다.

“아야노에게 오늘 토크쇼는 아주 중요한 일이에요. 아무리 조금 동요했다고 해도 그런——.”

『아야노를 토크쇼에 참가시키고 싶은 건 나도 마찬가지야. ……그렇지만 실제로 지금도 내가 이렇게 멋대로 아야노의 핸드폰으로 너에게 연락을 하고 있다는 사실을 아야노는 전혀 깨

닿지 못하고 있는걸. 본인은 이제 괜찮다고 했지만 아까부터 혼

잣말을 중얼거리고 있는 게 명백하게 평상심을 잃은 상태야.』

"……하지만 그렇다고 참가시키지 않는 건 너무하잖아요! 적

어도…… 적어도 아야노와 하나에 아줌마가 대화를 나눌 기회

를 만들어 주세요!"

『그렇게 해주지는 못해. 카이도 선생님은 절대로 사적으로는

아야노와 만나려고 하지를 않으시는걸. 너도 알잖니?』

그 말대로 저번에 만났을 때도 하나에 아줌마는 아야노의 집

앞까지 와놓고는 그대로 돌아가 버렸다.

『그렇지만 방법이 한 가지 있어.』

"방법이요?"

『네가 지금 바로 아야노의 수첩을 찾아서 이곳으로 가져와 주

는 거야. 그걸로 아야노가 진정하면 토크쇼에는 문제없이 출연

시킬 수 있어.』

"……수첩을 찾으라고는 해도 어디를 찾아보면 되는 건데요?"

『아야노의 이야기로는 학교에서 교실 밖으로 나올 때 다른 학

생과 부딪쳤나 봐. 어쩌면 그때 떨어트렸을지도 몰라.』

학교에 있을지도 모르는 건가……. 그렇다면 바로 찾아서 가

지고 가면…….

"시간은 얼마나 남았나요?"

『20분 정도라면 토크쇼 시작 시각을 늦출 수는 있지만 아야노

를 도중에 참가시키는 건 무리야. 요컨대 너는 지금부터 40분

남짓한 시간 안에 수첩을 찾아서 이 회장에 도착해야 해.』

"잠시만요! 여기서 회장까지는 빨리 가도 20분은 걸린다고요! 그래서는 수첩을 찾을 시간이 20분밖에 없잖아요! 거, 거기에 도중에 참가시키는 건 무리라니요?!"

『토크쇼를 보러 우리 회사의 높으신 분들이 몇 명인가 참석해. 그중에는 신인 작가가 지각하는 건 말도 안 된다며 길길이 날뛸 고지식한 사람도 있거든. 그렇게 되면 아야노가 앞으로 활동하는 데 지장이 갈지도 몰라. 그래서 지각할 정도라면 아야노는 몸이 안 좋은 걸로 해서 토크쇼와 사인회 양쪽을 결석시키는 편이 그나마 덜 나쁜 인상을 줄 거야.』

"사인회도…… 말이에요?"

『응.』

내가 사인회에 온다는 것만으로도 아야노는 펄쩍 뛸 듯이 기뻐했었다.

그걸 참가하지 못하게 할 수는 없다.

"수첩은 반드시 그쪽으로 가지고 갈게요. 바로 나갈 수 있게 기다리고 계세요."

『부탁할게.』

제한 시간은 앞으로 20분. 그때까지 아야노의 수첩을 찾아내서 학교를 나서지 않으면 토크쇼 시작 시각까지 가지 못한다.

그건 그렇고 아야노가 수첩 하나 때문에 그렇게까지 동요하다니 대체 안에 무슨 내용이 적혀있는 거지? 전에 미즈키가 수첩을 주웠을 때도 안을 보았냐며 무시무시한 표정으로 확인했었는데…….

……아니, 아무튼 지금은 그런 생각을 하고 있을 때가 아니다. 집중하자.

사이코 씨의 이야기에 따르면 아야노는 수첩을 학교에서 떨어트렸을 가능성이 크다. 아야노가 교실을 나설 때 여자애들 몇 명이 누군가에게 사과하며 복도를 달려가는 모습을 보았다. 분명 사과한 상대가 아야노였겠지…….

그렇게 생각하고 교실 앞의 복도를 보러 가봤지만 수첩 같은 건 어디에도 없었다.

어쩌면 누군가가 주워서 교무실에 가져갔을지도 모른다는 생각이 들어서 그쪽도 확인하러 가봤지만 성과는 없었다.

어떻게 하지……. 이대로 무작정 교내를 찾아다니면 금방 시간이 다 될 텐데……. 애초에 학교에서 수첩을 떨어트렸다는 건 아야노의 생각일 뿐이고 실제로는 다른 장소에서 떨어트린 거라면……. 밖으로 찾으러 가봐야 하나……?

아니지, 만약 밖에서 누군가가 수첩을 주웠고 그걸 운 좋게 경찰에게 가져갔다고 해도 본인이 아니라면 수령하는 데 위임장 같은 게 필요할 것이다. 그럴 시간은 없었다.

가는 길에 떨어트려서 그대로 방치되어 있다면 나중에 아야노에게 가면서 찾아보는 편이 효율이 낫다.

요컨대 약속한 20분이 지날 때까지는 교내를 찾아봐야 했다.

그렇지만 교실 앞의 복도와 교무실에도 수첩은 없었고 혹시 몰라서 근처 쓰레기통도 뒤져보았지만 발견하지 못했다.

아야노가 정말로 수첩을 교내에서 떨어트렸다고 한다면 떠오르는 가능성 중 한 가지는 '누군가가 주워서 그대로 들고 갔다' 이다.

만약 그랬다면 오늘 중에 찾아내는 건 불가능했다. 불가능한 것을 지금 생각해봤자 아무 의미도 없다. 그렇다면 또 다른 가능성인 '누군가가 수첩을 주웠고 그 누군가가 지금도 학교 안에 있다' 고 생각하고 행동을 해보자.

하지만 그런 인물이 실제로 있다고 해도 이 넓은 교사 안에서 어떻게 찾아내지? 한 사람 한 사람씩 물어봐서는 시간 내에 가지 못하는데…….

가장 빠르게 교내에 남은 사람들을 뒤져보는 방법은…….

……아.

맞아. 그 녀석에게 부탁해보면!

나는 서둘러서 핸드폰을 조작해 어떤 번호로 전화를 걸었다.

통화가 끝난 뒤에 바로 핸드폰을 집어넣고 교사에 둘러싸인 안뜰로 뛰쳐나갔다.

여기다. 여기라면 모든 방향을 둘러볼 수 있다.

다음은 그저 기다릴 뿐이다.

딩동댕동, 하고 익숙한 종소리가 교내에 울려 퍼지며 빈번히 발생하는 분실 사고의 주의를 환기시키기 위해 매일 같이 내키지 않는 방송을 하는 미즈키의 목소리가 들려왔다.

『여러분 오늘 하루도 수고하셨습니다. 최근에 분실 사고가 빈번히 발생하고 있습니다. 귀가할 때는 한 번 더 자신의 소지품을 확인해서 잊은 물건이 없는지 확인해 주십시오. 그리고 붉은 장정의 수첩을 본 적이 있으신 분은 지금 바로 교무실로 와주십시오. 다시 한번 말합니다. 붉은 장정의 수첩을 본 적이 있으신 분은 지금 바로 교무실로 와주십시오——.』

좋아. 잘했어, 미즈키.

내가 독심 능력으로 들을 수 있는 속마음의 성량은 발신자의 감정과 큰 관련이 있었다. 감정의 기복이 적으면 목소리는 작았고 반대로 감정의 기복이 크면 목소리가 커졌다.

만약 붉은 수첩을 가지고 있는 누군가가 아직 교내에 있다고 한다면 그 인물은 수첩을 분실물 보관함에 넣지 않고 자기가 가지고 있다는 말이 된다. 그렇다면 이 방송의 호출로도 오지 않을지도 모른다.

하지만 만일 그런 인물이 있고 방금 방송을 들었다면 수첩을 본 적 없는 대다수보다는 속마음의 성량이 조금은 커질 터였다.

여기서 아무 소리도 들리지 않는다면 다음은 속마음이 들리지 않는 남자를 대상으로 타임리미트 직전까지 물어보러 다니다가 학교 밖을 찾아보며 아야노에게 향한다.

그 뒤에도 미즈키가 같은 문장을 읽었지만 나는 귀를 기울이며 학교 안에서 확산해 가는 속마음에만 집중했다.

"《수첩? 누가 떨어트렸나?》""《피곤해.》"

이건 아니다.

내가 있는 안뜰에서는 교사 안을 걷고 있는 학생을 몇 명 확인할 수 있었고 그들의 속마음이 잇따라서 귀에 전해졌다.

"《수첩? 무슨 얘기지?》""《아…… 빨리 돌아가고 싶은데.》""《도서실이나 갈까.》""《배고파.》"

안 되겠다……. 생각보다 창문을 통해 보이는 학생의 수가 많았다. 그 때문에 그다지 크지도 않은 속마음까지 들려왔다. 이래서는 수첩을 본 적이 있는 사람의 속마음을 분간할 수 없을지도 모르겠는데……

"《보충수업 끝났다! 클럽 활동 가야지, 클럽 활동!》""《방금 방송은 뭘까…….》""《배 아파.》""《집에 가면 게임 해야지.》""《빨리 집에 가고 싶어!》"

역시 교내에 남아 있는 여자 중에서 수첩을 본 적이 있는 사람은 없는 건가……. 하는 수 없지. 다음은 속마음이 들리지 않는 남자를 대상으로 물어보려──

"《클럽 활동! 클럽 활동!》""《주먹밥이나 사러 갈까.》""《보던 책을 빨리 봐야지.》""《집에 갈래…….》""《붉은 수첩? 혹시──.》"

방금 그건…….

마지막에 아주 잠깐 어렴풋하게 들려왔던 목소리……. 그 목소리만 벽 너머에서 들려왔던 것 같은데…….

감정이 실린 속마음이라면 어느 정도는 벽을 통과해서 들려온다. 요컨대 방금 들린 속마음의 발신자는 붉은 수첩을 본 적이 있을 가능성이 컸다.

목소리는 북교사의 3층 부근에서 들려왔지만 역시 복도를 걷고 있는 사람은 보이지 않았다. 그렇다는 건 어딘가의 교실에 남아 있다는 건가?

아무튼 지금은 이 속마음의 발신자에게 걸어볼 수밖에 없다. 서둘러서 가보자.

북교사의 3층.

목소리가 들린 방향을 따라 거기까지 와보니 근처 교실에서 여학생 몇 명의 목소리가 들려왔다.

안쪽 교실에서 들려오는데……. 여기는 전부 3학년의 교실이니 조금 전 속마음의 발신자는 3학년인 건가……?

잰걸음으로 목적한 교실 앞까지 와보자 문이 드르륵 열리며 안에서 세 명의 여학생이 한 번에 모습을 드러냈다.

이 중의 누군가가 조금 전 속마음의 발신자인 건가?

여학생들은 "돌아가면 되잖아요~." "가다가 노래방 들르자, 노래방!" "그래!" 하고 담소를 나누며 다가왔다.

이대로 돌아가게 할 수는 없었다. 수첩에 대해서 물어봐야 해!

"저기요! 죄송한데 이 중에 붉은 수첩을 주우신 분은 없나요?"

말을 붙이리라고 생각하지 않았었는지 여학생들은 놀란 표정을 지은 뒤에 서로의 얼굴을 마주 보았다.

"수첩? 누구 본 사람?" "글쎄? 모르겠는데." "나도 몰라~."

누구도 수첩을 본 적이 없다고? 그럼 조금 전에 들려온 속마음은 어디에서……?

세 여학생 중 한 명이 자신들이 나온 교실을 향해 말했다.

"유리 쌤~. 수첩 본 적 없냐는데요, 수첩."

유리 쌤?

교실 안을 들여다보자 한 사람이 아직 남아 있었다.

"……아마미야 선생님?"

아마미야 선생님은 내 얼굴을 보자마자 수상쩍어하는 표정을 지으며 끌어안고 있던 출석부의 책등을 매만졌다.

"《그렇군요. 조금 전 방송은 니타케 군의 짓이었나요……. 미즈키 아가씨가 그런 방송을 하다니 이상하다고 생각했어요…….》"

아마미야 선생님이 여학생들을 향해 말했다.

"알았으니까 여러분은 빨리 돌아가세요. 그리고 아마미야 선생님이라고 부르시고요."

"예~." "유리 쌤, 안녕~." "그럼 안녕히 계세요, 유리 쌤."

"정말이지……."

저 세 사람은 수첩을 본 적이 없다고 했다. 그리고 아마미야 선생님은 조금 전 방송을 신경 쓰고 있었다. 그렇다는 건 그 속마음의 발신자는……

여학생 셋이 자리를 떠서 나와 아마미야 선생님 둘만 남게 되자 아마미야 선생님이 담담하게 입을 열었다.

"설마 교내에 남아 있는 모두에게 그런 식으로 수첩을 못 봤는지 물어보고 다녔나요?"

속마음으로 위치를 특정했다고는 할 수 없지…….

"아, 예…… 뭐…….."

"니타케 군은 달리 할 일이 없나요? 한창때 고교생 맞아요?"

"내버려 두세요……. 그래서 선생님은 붉은 수첩을 본 적이 있으세요?"

"……하아. 이거 말인가요?"

아마미야 선생님이 반쯤 질렸다는 듯이 들어 올린 붉은 장정의 수첩은 확실히 아야노가 가지고 있던 수첩과 같은 것이었다.

"그, 그거예요!"

"복도에 떨어져 있던 걸 주웠어요."

"후우, 다행이다……. 저기…… 그거 주인한테 가져다주고 싶은데 주시겠어요?"

"안 돼요."

"……안 돼요?"

"그럴 게 이 수첩은 니타케 군의 소지품이 아니잖아요?"

"아니, 그, 그렇긴 한데요! 그거 지금 바로 아야노에게 가져다줘야 한단 말이에요!"

"아야노? 아~ 유메미가사키 양 말이죠. 그렇다면 지금 바로 유메미가사키 양을 데리고 와주세요."

"본인의 허가라면 받았어요! 그러니까 부탁드릴게요!"

사실은 받은 적 없지만…….

"안 됩니다."

"왜죠?!"

"이 수첩 안에 적혀있는 내용이…… 조금 문제가 있거든요. 그러므로 이대로 돌려줄 수는 없어요. 나중에 유메미가사키 양과 직접 면담을 한 뒤에 돌려주겠어요."

"수첩 안에 대체 무슨 내용이?!"

"……니타케 군은 유메미가사키 양과 함께 있으면서 이상한 짓을 당하지는 않았나요? 괜찮은가요?"

"수첩 안에 대체 무슨 내용이?!"

망할! 아야노 너 이 자식! 수첩에 뭘 썼길래 아마미야 선생님이 이렇게까지 걱정하는 거냐고! 그 녀석 진짜로 괜찮은 건가?!

"뭐, 지금은 수첩의 내용에는 눈을 감는다고 해도 분실물은 주인에게 직접 돌려주는 게 규칙이라서요."

아마미야 선생님의 속마음이 귀에 들려왔다.

"《니타케 군에게는 미안하지만 제가 교사의 규범을 쉽게 어기면 미즈키 아가씨를 모실 자격이 없다고 판단되어 곁에 있지 못하게 될 가능성도 있어요. 여기서는 꺾일 수 없어요.》"

이대로 아마미야 선생님을 설득하지 못하면 토크쇼가 시작할 때까지 가지 못하는데…….

억지로라도 수첩을 빼앗을까? ……아니, 그런 짓을 하면 최악의 경우에는 정학이나 퇴학이 될지도 모른다. 그건 대단히 위험한 방법이었다.

여기서는 어떻게든 아마미야 선생님에게 수첩을 건네받아야 한다.

아야노와 직접 통화를 시킬까? 아니지, 사이코 씨의 이야기로 봐서 아야노는 통화를 할 수 있는 상태가 아닐 것이다.

그렇다면 좀 더 다른…… 아마미야 선생님에게 직접 명령할 수 있을 만한 인물은…….

맞다, 미즈키야! 미즈키에게 직접 선생님을 설득해달라고 하면 되잖아!

아마미야 선생님은 미즈키네 집의 메이드다. 그리고 미즈키를 애지중지하고 있다. 그러므로 미즈키를 이 자리로 불러내면 틀림없이 선생님을 잘 설득해줄 것이다.

그렇게 생각하며 주머니에서 핸드폰을 꺼내자 뭔가 함께 딸려 나온 종이가 바닥에 떨어졌다.

뭐지, 이거……?

몸을 굽혀서 종이를 주워 들어보니 그건 일전에 미즈키가 떠넘겼던 미즈키의 사진이었다.

이거 미즈키가 도촬 당한 사진이었지……. 계속 주머니에 넣어두고 있었나…….

그때 사진을 본 아마미야 선생님이 오들오들 떨기 시작했다.

"《그, 그건 제가 잃어버렸던 비장의 미즈키 아가씨 사진! 어째서 니타케 군이?!》"

댁이 도촬범이었냐고!

미즈키도 눈치 좀 채! 범인이 너희 집 사람이잖아!

땀을 뻘뻘 흘리는 아마미야 선생님을 내버려 두고 슬그머니 미즈키에게 전화를 걸어보았지만 받지 않았다.

젠장! 미즈키는 왜 또 안 받는 거야?!

이대로는 시간이 없는데……. 달리 뭔가 방법은…….

……그러고 보니 미즈키가 자신의 사진을 아는 사람이 가지고 있는 것 정도는 상관없다면서 나에게 떠넘겼었지? 요컨대 아는 사이라면 내가 아니어도 괜찮다는 건데…….

그렇다면 이 사진과 아야노의 수첩을 교환하는 건…… 무리겠군. 그런 제안을 하면 내가 두 사람의 관계를 알고 있다고 고백하는 것이나 다름없다. 그렇게 되면 자연스럽게 내가 미즈키의 정체도 알고 있는 게 아니냐는 의심이 생긴다. 햄버거 가게에서 만났을 때의 태도로 보아 아마미야 선생님은 이미 나를 의심하고 있으니 섣부른 발언을 할 수는 없었다.

아마미야 선생님은 내가 들고 있는 미즈키의 사진을 탐욕스럽게 바라보고 있었다.

"《비장의 미즈키 아가씨 사진……. 저 사진은 제 컬렉션 중에서도 최고의 한 장이었죠……. 게다가 저번에 실수로 컴퓨터 데이터를 날리고 백업도 해두지 않아서 현존하는 건 저 한 장뿐이에요. 지금은 일단 다른 사진으로 대용하고 있지만 어떻게든 저 사진을 되찾고 싶어요……. 하는 수 없죠. 니타케 군에게 생트집을 잡아서 사진을 강제로 몰수해버려야겠어요.》"

이 사람 진짜로 틀려먹은 교사구만…….

아마미야 선생님이 크흠, 하고 헛기침을 했다.

"그럼 수첩에 대한 건 여기까지 하죠. 그건 그렇고 그 사진은
——."

웃기지 말라고! 여기서 물러날 것 같아?!

"잠시만요!"

"……뭔가요. 갑자기 큰 목소리로."

"……부탁드릴게요. 그 수첩을 지금 바로 아야노에게 가져다
줘야 한단 말이에요."

"그러니까 그건——."

"부탁드립니다!"

허리 굽혀 고개를 숙이자 아마미야 선생님이 한숨 섞인 목소
리로 물었다.

"어째서…… 그렇게까지 필사적인 거죠?"

"……저는 그 녀석의 꿈을 응원해주고 싶어요. 이런 데서 좌
절하지 않았으면 해요. 그러니까 부탁드릴게요. 아마미야 선생
님. 아야노의 수첩을 돌려주세요!"

한심한 이야기였다. 아무리 상대의 속마음이 들린다고 해도
아마미야 선생님을 설득할 방법을 찾아내지 못했다. 마지막에
는 이렇게 고개를 숙이는 것 말고 할 수 있는 게 없었다.

"……미안하지만 그럴 수는 없어요. ……수첩은 나중에 본인
에게 직접——."

중간에 말을 멈춘 아마미야 선생님은 입을 벌린 채 내 등 뒤의
교실 문 쪽을 바라보고 있었다.

돌아보며 뒤쪽을 확인해 보니 그곳에는 어째서인지 미즈키가 고개를 빼꼼히 내밀고 있었다.

"미즈키?! 왜 여기 있어?!"

　순간적으로 들고 있던 사진을 주머니 안에 넣었다.

"아니, 그게, 방송실의 창문 밖으로 코우타가 달려가는 모습이 보이길래 쫓아와 본 거야."

"해, 핸드폰은?"

"어? 아…… 방송실에 두고 왔나 본데……. 그보다도 찾고 있던 수첩은 발견했어? 그거 유메미가사키 양의 수첩이지?"

"아, 아니…… 그게 말이지……."

　내가 아마미야 선생님 쪽을 보자 선생님의 손안에 낯익은 수첩이 있는 것을 미즈키도 깨달은 듯했다.

"아하, 아마미야 선생님이 주워주셨구나! 찾아서 다행이야!"

"그게…… 본인이 아니면 건네줄 수 없다고 하셔서……."

"어? 그래? ……아마미야 선생님, 수첩 못 주시나요?"

　아마미야 선생님이 눈에 띄게 동요했다.

"그, 그그, 그건, 뭐…… 그렇네요. 역시 본인이 아니면……. 《교사의 규범을 어긴 게 들키면 아가씨 곁에 있지 못하게 될지도 모르니…….》"

"부탁드려도 안 되나요?"

"으윽……. 《뭐, 뭐죠, 이 귀여운 생명체는?! 아아, 정말이지! 전부 아무래도 좋으니 지금 당장 데려가서 음미하고 싶어요! 헉?! 지, 진정하죠. 여기서는 냉정하게 행동하는 거예요!》"

아마미야 선생님이 당장에라도 울음을 터트릴 듯한 얼굴로 입술을 깨물었다.

"부, 부탁해도…… 부탁해도 안 돼요! 미안합니다!"

"……그, 그런가요. 《유리 씨, 왜 이렇게 필사적인 걸까…….》"

젠장. 미즈키라면 아마미야 선생님을 설득할 수 있으리라고 생각했는데…….

그렇다면 아마미야 선생님이 미즈키를 도촬했다는 사실을 빌미로 수첩을 돌려받는 건…… 이것도 무리인가. 애초에 아마미야 선생님이 미즈키를 도촬했다는 것을 증명할 방법이 없다. 속마음을 들었다고 말할 수도 없으니…….

뭔가 증거라도 있다면 별개지만…….

에잇! 뭐든지 좋으니까 뭔가 이 상황을 타개할 수 있는 정보는 없나?!

약해지지 말자! 떠올리는 거야! 활용할 수 있는 지금까지의 모든 기억을!

'그래도 이런 종이로 된 사진은 드물어.'

'최근에는 스마트폰이니까. ……이거 구태여 스마트폰이나 디카로 촬영한 사진을 프린트했다는 거겠지? 그런 짓을 할 필요가 있나?'

'으으음……. 왜일까?'

……응?

맞아. 어째서 아마미야 선생님은 구태여 종이로 뽑은 사진을 가지고 있던 거지? 조금 전에 속마음으로 컴퓨터 데이터가 날아갔다고 했었는데 그 말은 즉 미즈키의 사진 데이터가 컴퓨터에 저장되어 있었다는 거잖아. 그걸 굳이 프린트해야 하는 이유가 있었던 건가?

'저번에도 학교 복도에서 핸드폰을 본 것만으로도 클레임이⋯⋯.'

클레임? 그렇군. 아마미야 선생님은 처음에는 핸드폰으로 미즈키의 사진을 보고 있었다. 그렇지만 복도에서 핸드폰을 보는 모습을 학생이 보고 클레임을 건 것이다.

그래서 아마미야 선생님은 핸드폰으로 보는 게 아니라 사진으로 뽑았다는 건가⋯⋯?

아니, 이상하지 않나? 아무리 그래도 복도에서 사진을 보고 있으면 눈에 띄잖아⋯⋯. 아마미야 선생님은 미즈키의 사진을 가지고 있다는 사실을 숨기고 있었다. 특히 미즈키 본인에게는. 그렇다면 복도에서 사진을 보는 듯한 눈에 띄는 행동은 하지 않을 터.

화장실 같은 데서 몰래 보기 위해서라면 핸드폰으로도 문제는 없을 테고⋯⋯.

그렇다면 복도에서 사진을 보아도 부자연스럽지 않은 어떠한 방법이⋯⋯?

……예를 들면………………………………………………… 출석부
에 끼어두었다거나……?

그런 방법이라면 주위에 있는 학생들에게 들키지 않고 미즈키
의 사진을 음미할 수 있을 것이다.

……어라? 그러고 보니 아까 아마미야 선생님이 속마음으로
무언가…….

'──백업도 해두지 않아서 현존하는 건 저 한 장뿐이에요. 지
금은 일단 다른 사진으로 대용하고 있지만 어떻게든 저 사진을
되찾고 싶어요'

다른 사진으로 대용?

……요컨대 지금 아마미야 선생님의 출석부 안에는──.

나는 순간적으로 교탁 위에 놓여있던 아마미야 선생님의 출석
부를 낚아챘다.

그런 내 행동에 선생님이 눈살을 찌푸렸다.

"니타케 군? 갑자기 선생님의 출석부를 끌어안고 뭐 하는 거
죠?"

확률은 반반이다. 내 추리가 옳았더라도 아마미야 선생님이
사진을 보관하는 장소를 변경했다면 아웃이었다.

"……아마미야 선생님, 부탁드릴게요. 아야노의 수첩을 돌려
주세요."

"아뇨, 그러니까…… 그 전에 선생님의 출석부를……."

"마……만약 돌려주지 않으신다면 지금 이 자리에서 출석부를 펼치겠어요."

"예? 그게 무슨…… 헉?! 《크, 큰일이에요! 출석부 안에는 미즈키 아가씨의 사진이 있는데?! 이, 이대로라면—— 제가 미즈키 아가씨를 도촬했다는 사실을 본인에게 들키고 말아요!》"

좋았어!

"니, 니, 니타케 군! 지, 지, 진정하세요! 성급하게 행동하지 마세요! 아무튼 그 출석부를 천천히 바닥에 놓아주세요! 《니타케 군은 출석부 안에 아가씨의 사진이 들어있다는 걸 알고 있는 게 분명해요! 대체 어떻게?!》"

"그 이상 다가오지 마세요! 저는 진심이라고요!"

그런 우리의 모습을 보고 있던 미즈키의 속마음이 들려왔다.

"《두 사람 모두 갑자기 왜 폭탄범과 경찰관 같은 대화를 하는 거지……. 그래도 뭔가 좀 재미있어 보이네. 나도 끼워줬으면 좋겠는데.》"

거기까지! 네가 끼면 이야기가 복잡해진다고!

"아마미야 선생님, 제 요구는 하나뿐이에요. 아야노의 수첩을 돌려주세요!"

"아, 아니, 그, 그러니까요, 그건……. 《분실한 본인이 아닌 다른 사람에게 무단으로 수첩을 건네줬다는 걸 들키면 교사로서의 평가가 하락해서 미즈키 아가씨 곁에 있을 자격이 없다고 판단될지도 몰라요! 하, 하지만 만약 니타케 군이 정말로 이 자리에서 저 출석부를 펼쳐 버리면 미즈키 아가씨가 분명히 경멸

할 텐데?! 그, 그것만큼은 막아야 해요!》"

아마미야 선생님은 나와 미즈키의 얼굴을 번갈아 본 뒤에 단념한 것처럼 한숨을 내쉬었다.

"······아, 알았어요. 수첩은 돌려드릴게요. 다만 사이온지 군은 잠시 밖에 나가주시겠어요?"

"예? 저요?"

미즈키가 상황을 파악하지 못한 채 복도로 내쫓기면서 둘만 남게 된 교실에서 아마미야 선생님은 순순히 나에게 수첩을 건넸다.

"괜찮으리라고는 생각하지만······. 반드시 유메미가사키 양 본인에게 돌려주세요. 그리고 제가 무단으로 수첩을 건네줬다는 건 비밀로 해주시고요."

"예, 물론이죠. ······그보다도 이런 협박하는 듯한 방법을 써서 죄송합니다."

"이제 됐어요. 저도 너무 고집스럽게 굴었던 것 같으니까요······. 그건 그렇고 니타케 군은 출석부 안에 들어있는 것을 어떻게 안 건가요?"

이 이상 아마미야 선생님의 경계심을 부추기지 않도록 신중하게 말을 골랐다.

"아마미야 선생님은 미즈키의 팬이시죠?"

"······팬?"

"실은 아마미야 선생님이 출석부 사이에 끼워둔 미즈키의 사진을 보시는 모습을 한 번씩 목격했었거든요······. 물론 미즈키에게는 말하지 않았어요. ……제가 가지고 있던 그 사진도 실은 아마미야 선생님의 소지품이었죠?"

"……알고 있었나요. 《아무래도 저와 미즈키 아가씨의 관계를 정확하게 이해하고 있는 건 아닌 모양이네요.》"

아마미야 선생님이 수상쩍어하는 표정으로 말했다.

"하나만 묻겠는데 그 사실을 알고 있으면서도 어째서 처음부터 저를 협박하지 않았던 건가요? 그랬으면 좀 더 간단히 수첩을 되찾았을지도 모르잖아요."

처음에는 몰랐었거든요…… 하고 말할 수도 없고. 이 상황을 잘 넘기면 앞으로 아마미야 선생님의 감시가 심해지는 걸 조금은 방지할 수 있으려나…….

나는 주머니에 넣어뒀던 미즈키의 사진을 꺼냈다.

"……그게, 이 사진의 미즈키가 엄청 환한 얼굴로 웃고 있으니까요. 이런 사진을 가지고 있다는 건 정말로 미즈키를 좋아하는 사람이구나 싶었거든요……. 그래서 솔직히 협박하고 싶지는 않았어요……."

"수첩을 되찾기 위해 어쩔 수 없이 그랬다는 건가요……. 《그런 것치고는 진심으로 미즈키 아가씨 앞에서 출석부를 펼칠 기세였던 것처럼 보였는데 말이죠…….》"

무슨 말씀이신지 잘 안 들립니다만.

"뭐, 좋아요……. 그보다도 빨리 가봐야 한다면서요."

"아! 맞다! 선생님, 그럼 수첩을 주워주셔서 감사합니다!"

"아뇨……."

나는 그대로 교실을 나가려고 했지만 마지막으로 이 말은 꼭 해두고 싶어서 아마미야 선생님 쪽을 돌아보았다.

"……저기, 선생님. 마지막으로 한 가지 드릴 말씀이 있는데요."

"뭔가요?"

"…………어…… 그게 뭐랄까. 미즈키가 누군지도 모르는 사람에게 사진이 찍힌 걸 싫어했었거든요…… 그래서 저기…… 도촬 같은 건 자제해주셨으면 싶어서요……."

"……시, 싫어했다고요?"

왜 말을 더듬으시는 겁니까…….

"뭐…… 그렇네요……."

아마미야 선생님이 눈을 부릅뜬 채 오들오들 떨며 머리를 부여잡았다.

"《이, 이럴 수가! 미즈키 아가씨에게 미움받고 싶지 않아서 몰래 도촬했던 건데! 그 일로 미즈키 아가씨가 상처를 받으셨다니!》"

돌연히 아마미야 선생님이 출석부를 파닥파닥 휘두르자 출석부 안에서 대량의 사진이 잇따라 교실 바닥에 떨어져 내렸다.

오……. 출석부는 의외로 가방처럼 쓸 수도 있구나…….

그건 전부 미즈키의 사진으로 하나같이 서글퍼질 정도로 환한 얼굴이었다.

이어서 아마미야 선생님이 그 사진을 전부 긁어모았다.

"니, 니타케 군! 이 사진을 전부 미즈키 아가── 사이온지 군에게 건네주세요! 그리고 몰래 사진을 찍고 있던 스토커에게는 단단히 일러뒀다는 식으로 말해서 안심시켜주세요!"

스토커라는 자각은 있었던 거냐고…….

"하, 하지만 지금은 시간이……."

"나중에라도 괜찮으니까요! 반드시 그렇게 해주세요!"

"아, 알았습니다……."

떠맡게 된 사진을 전부 가방 안에 욱여넣었다.

"그리고 알고 있으리라 생각하지만 모쪼록 제 일은 비밀로 해주시고요!"

"그것도 알고 있어요…….."

"꼭 그렇게 해주셔야 해요?!"

"알았다니까요…….."

교실을 나서려고 하자 등 뒤에서 "아! 그리고 수첩 안은 보지 않는 편이 좋을 거예요!" 하는 목소리가 들려왔다.

도대체 수첩 안에 무슨 내용이 적혀있길래…….

교실 밖으로 나가자 얌전히 기다리고 있던 미즈키가 말을 걸었다.

"코우타? 끝났어?"

"그래, 밖에서 기다리게 해서 미안해. 네 덕분에 무사히 아야노의 수첩을 돌려받았어."

"내 덕분에? 아무것도 안 했는데?"

"뭐, 그런 게 있어, 그런 게."

"흐으음. 그러면 함께 돌아가자!"

"미안한데 지금은 서두르고 있거든! 내일 같이 가자!"

"뭐어~? 차암. 그럼 내일 봐~."

학교에서 역으로 가는 길.

"이런! 완전히 늦었어!"

아야노의 수첩을 되찾은 뒤에 쉬지 않고 달리며 남은 시간을 계산해보았지만 아무리 빨리 가도 10분 이상 늦어지는 건 확정이었다.

"전화도 안 받고…… 그쪽은 어떻게 된 거지……."

모처럼 수첩을 찾아냈는데 이러면——.

"——?!"

그러던 중에 길가에 떨어져 있던 빈 캔을 밟고 요란하게 아스팔트 위를 구르고 말았다.

"아야야야……. 젠장……. 저번에도 고양이를 구하다가 넘어졌더니만…… 응? 수첩이 어디 갔지?!"

주위를 둘러보니 길옆의 도랑에 아야노의 수첩이 떨어져 있어서 나는 황급히 그쪽으로 달려갔다.

"큰일 날 뻔했네……. 여기까지 와놓고 넘어지는 바람에 수첩을 잃어버리면 울지도 못한다고…… 응? 어라? 수첩의 잠금쇠가 풀려서 안의 내용이……………… 으엉?! 이, 이건?!"

◇ ◇ ◇

아야노가 있는 츠바키자카 론타노 빌딩은 지상 24층 높이의 오피스 빌딩으로, 외벽 전체가 유리로 둘러싸여 있었다.

빌딩에서 가장 가까운 역에 도착한 전철에서 뛰어내린 뒤 인파 사이를 빠르게 달려서 내가 빌딩에 도착한 건 약속한 시각을 10분이나 지났을 무렵이었다.

핸드폰으로 시간을 확인하며 빌딩 입구까지 달렸다.

젠장. 역시 시간 내에 오지 못했나…… 토크쇼는 이미 아야노 없이 시작했을지도 모르겠는걸…….

그런 생각을 하고 있으니 갑자기 빌딩 입구 쪽에서 목소리가 들려왔다.

"니타케 코우타 군?"

그쪽을 보니 보라색 안경을 쓴 정장 차림의 여성이 서 있었다.

이 사람은 아야노의 집 앞에서 하나에 아줌마와 함께 있었던…….

"저기…… 혹시…….”

"사이코야. 키리기리 사이코.”

"아, 역시……. 안녕하세요…….”

가볍게 인사를 끝낸 뒤에 송구한 마음에 나도 모르게 시선을 피하고 말았다.

"그…… 죄송합니다. 늦어버려서……. 저기…… 토크쇼 쪽은……?”

"괜찮아. 토크쇼는 아직 시작되지 않았으니까."

"예? 그래요? 하지만 벌써 약속 시각이 10분이나 지났는데……. 혹시 사이코 씨가 시작 시각을 더 미뤄주신 건가요?"

그렇게 묻자 사이코 씨는 한숨을 내쉬며 고개를 가로저었다.

"아니, 그런 건 아니고 실은 저것 때문에 토크쇼의 개시가 늦춰졌어."

"저것 때문에?"

사이코 씨가 가리킨 빌딩 안을 보니 경비원 몇 명이 몇십 마리나 되는 고양이들에게 둘러싸여서 우왕좌왕하고 있었다.

"……고양이?"

"그래. 저 고양이들이 어째서인지 빌딩 안을 뛰어다녀서 지금 내부가 정신없는 상황이야. 뭐, 덕분에 토크쇼 개시가 늦춰져서 다행이긴 한데 저 고양이들은 어디서 나타난 걸까?"

설마…… 네코히메 님이? 늦을 것 같은 나를 위해서 고양이들로 시간을 벌어준 건가?

자신은 모르는 일이라며 나보고 알아서 하라고 했었으면서……. 네코히메 님…….

네코히메 님에게 감사하며 속으로 절을 하고 있었더니 경비원을 둘러싸고 있던 고양이 중 한 마리가 내 모습을 확인하고는 꼬리를 세웠다. 이어서 그 고양이가 "야옹~!" 하고 크게 울자 울음소리에 호응하는 것처럼 빌딩을 도처에서 고양이 무리가 모여들기 시작했다.

와, 엄청나게 많은데. ……어라? 저 녀석들 왜 내 쪽으로 달려오는 거지? ……어? 아니, 잠깐——.

어째서인지 이쪽으로 돌진해온 고양이 무리는 눈앞까지 오자
마자 내 몸에 우르르 뛰어들기 시작했다.

"야! 뭐, 뭐 하는 거야?!"

그대로 몸이 고양이들에게 깔려서 들고 있던 가방을 바닥에
떨어트렸다. 그러자 고양이들은 이번에는 그 가방에도 몰려들
더니 작은 입으로 재주 좋게 가방 안에서 내 지갑을 꺼냈다.

"내 지갑이?!"

그리고 또다시 재주 좋게 지갑을 열더니 안에서 지폐 몇 장을
입으로 꺼냈다.

"내 돈이?!"

지폐를 손에 넣은 고양이들은 만족한 것처럼 울더니 그대로
무리를 이끌고 거리로 사라졌다.

아…… 그렇구만. 네코히메 님, 이건 유료 서비스군요…….

마지막으로 낯익은 하얀 털의 뱌쿠야가 홀로 내 옆까지 오더
니 고개를 꾸벅 숙이고 무리가 사라진 쪽으로 달려갔다.

뱌쿠야…… 너도 힘써줬구나.

그 자초지종을 보고 있던 사이코 씨가 놀란 목소리로 말했다.

"고양이에게 강도당하는 사람은 처음 봤어. 의외로 박력이 있
는걸?"

"재밌게 보신 듯해서 다행이네요……."

"그래서 네가 여기 왔다는 건 물론 가지고 온 거겠지?"

내가 주머니에 넣어둔 아야노의 수첩을 건네자 사이코 씨는

내용을 확인하려고 커버의 잠금쇠에 손가락을 대었다.

"앗! 잠깐만요! 아야노가 수첩의 내용을 보는 걸 싫어했었어요. 그러니까 안을 보지 말고 본인에게 직접 건네주실 수는 없나요?"

아니, 그보다는 진심으로 안 보는 편이 낫거든요…….

"……그것도 그렇네. 아, 맞다. 온 김에 너도 아야노가 있는 곳까지 와줄래? 남자친구인 네가 말을 걸어주면 아야노도 많이 진정될 테니까."

"……남자친구?"

"응? 아니야? 하지만 아야노가 언제나 네 이야기만 하는걸. 핸드폰 대기화면에 네 사진도 있던데?"

"그, 그렇군요……. 대기화면이…….

그 녀석 너무 조심성이 없는 것 아닌가?

그나저나 그렇구나. 사이코 씨가 나에게 전화를 걸었던 이유는 나를 아야노의 남자친구라고 생각했었기 때문이었나.

"그보다도 사이코 씨, 제가 좀 사정이 있어서 지금은 아야노와 만날 수가 없어서요."

"응? 왜?"

내가 아야노의 수첩을 찾아왔다는 걸 알게 되면 아야노의 호감도가 오를 것 같으니까 말이지……. 네코히메 님에게 충고를 받았으니까 되도록 그런 행동은 피하고 싶었다.

그리고 만에 하나라도 내가 수첩의 내용을 보았다는 걸 들키게 되면 엄청난 사태가…….

"아무튼 안 돼요. 그러니까 제가 수첩을 가지고 왔다는 건 비밀로——."

거기까지 말했을 때 빌딩 출입구에서 한 사람이 불쑥 나타났다.

"아…… 사이코 씨…… 이런 곳에 계셨어요……? 찾았다구요……."

그건 틀림없는 아야노였지만 평소의 패기는 온데간데없었고 발걸음도 불안정했다.

거기에 정장 치마는 앞뒤가 반대였고 셔츠의 단추는 어긋나 있었으며 위에 걸친 상의는 뒤집혀 있었다. 게다가 어디서 들고 왔는지 어째서인지 커다란 항아리를 부둥켜안고 있었다.

아야노가 초점이 맞지 않는 눈으로 말했다.

"사이코 씨……. 이 인형탈에 머리가 전혀 안 들어가요……. 어쩌죠……?《수첩……. 내 수첩…….》"

"진정하렴, 아야노. 그건 인형탈이 아니라 항아리야."

"항아리……? 항아리가 왜요……?《그런 걸 누군가가 본다면…… 나는…… 나는…….》"

그렇군. 중증이구만.

사이코 씨가 아야노를 토크쇼에 내보내지 않는다는 결정을 내린 것도 납득이 되었다.

내가 도망칠 새도 없이 사이코 씨가 들고 있던 수첩을 아야노에게 건넸다.

"이거 받아, 아야노! 네 수첩을 남자친구가 가지고 와줬어! 정신 좀 차려!"

"예에……? 수첩……? ……수첩? 수첩?! 내 수첩!"

아야노가 수첩을 건네받으면서 부둥켜안고 있던 항아리를 놓쳐서 바닥에 떨어트리고 말았다. 그걸 아슬아슬하게 받아낸 사이코 씨가 다시 내 쪽을 보며 말했다.

"여기 있는 네 남자친구에게 부탁했어."

"남자친구……?"

아야노는 나와 눈이 마주치자마자 평소의 날카로운 눈매로 돌변했다.

"어머나? 코우타? 이런 곳에서 뭐 해?《와~! 코우다!》"

"아니, 그게……."

순식간에 돌변하는구만……. 옷은 여전히 엉망진창이지만…….

사이코 씨도 있으니 얼버무리는 건 힘든가……. 그렇다면 가능한 호감도를 올리지 않도록 할 수밖에 없다.

나 대신 사이코 씨가 거듭 설명했다.

"그러니까 코우타 군에게 부탁했다니까. 아야노의 수첩을 가져다 달라고!"

"코우타에게? 왜요?"

"……아야노가 수첩을 잃어버리고 혼란에 빠져 있어서 그 상태로는 토크쇼에도 사인회에도 출연시키지 않을 예정이었어."

"예?! 저한테 말도 안 하고요?!"

"말할 수 있을 리가 없잖니. 그도 그럴 게 너 줄곧 정신이 나가 있었으니까."

"정신이 나갔던 적 없거든요?!"

"……그럼 지금의 네 모습이나 한번 보렴."

"제 모습이요? ……꺄악?! 치마가 앞뒤 반대로! 단추도 어긋났고! 아, 상의가 뒤집혀 있어!"

"그리고 항아리도 들고 있었어. 자."

"그건 제 거 아닌데요."

"네가 가지고 왔거든……."

아야노는 자신이 어떤 괴상한 차림을 하고 있는지 자각하고는 나에게서 보이지 않게 사이코 씨의 뒤에 숨었다.

"그, 그런데…… 왜 코우타에게?"

"어머나? 그도 그럴 게 코우타 군은 네 남자친구잖니. 맨날 이 애 이야기만 했었잖아."

"이이이이이, 이상한 소리 하지 마세요! 그런 적 없어요!"

"응? 이야기 했——."

"긴 뭘 해요! 기억에 없는 일이네요!"

"그, 그랬나……? 《응? 그럼 그 핸드폰의 대기화면은 뭐지?》"

그냥 넘어가 주세요.

아야노는 사이코 씨의 뒤에 꼬물꼬물 숨으며 이쪽으로 얼굴을 빼꼼히 내밀었다.

"그나저나 내 수첩은 어디 있었어?"

"그냥 책상 안에 있던데."

내가 아마미야 선생님에게서 되찾았다고 하면 호감도가 올라

갈지도 모르니 여기서는 그런 설정으로 가자.

"책상? 어라? 복도에서 부딪쳤을 때 떨어트렸다고 생각했었 는데……. 착각이었나?《그래도 다행이야. 누구도 수첩 안을 안 봐……서……. 어라…………?》"

아야노가 어깨를 파르르 떨었다.

"저기…… 묻고 싶은 게 있는데, 그…… 내 수첩을 코우타가 가지고 와준 거지?"

"……어. 그런데?"

아야노는 자신의 해괴한 복장을 내가 보는 걸 개의치 않고 사 이코 씨의 뒤에서 뛰쳐나오더니 내 두 어깨를 단단히 붙들었다.

"안에 봤어……?"

눈에는 눈물이 글썽였고 목소리도 희미하게 떨리고 있었다.

"안 봤어."

사실은 봤지만…….

"거짓말! 봤잖아! 봤지?! 봤지?! 봤지?!"

"안 봤다고!"

"그걸 들키면 난 이젠 살아가지 못한단 말이야!"

"안 봤다니까."

"부탁해, 안 봤다고 해줘! 안 봤다고 해줘어!"

"그러니까 아까부터 안 봤다고 했잖아……."

이성을 잃은 아야노의 뒤통수를 사이코 씨가 손가락으로 딱 때렸다.

아야노가 얻어맞은 곳을 매만지며 말했다.

"사, 사이코 씨? 갑자기 뭐예요오."

"그만 좀 진정하렴, 아야노. 코우타 군은 내가 수첩 안을 확인하려고 했을 때도 아야노가 수첩을 보는 걸 싫어했었다며 막았었어. 그런 말을 하는 사람이 나서서 내용을 볼 리가 없잖니."

"그, 그치마안……."

"그치만은 무슨 그치만이니. 네가 코우타 군을 가장 잘 안다며? 그렇다면 정말로 보았는지 어떤지 정도는 제대로 판별하렴."

아야노는 여전히 눈물을 글썽이면서 주뼛거리며 이쪽을 돌아보았다.

"……정말로 안 봤어?"

윽. 죄, 죄악감이……. 하지만 나도 보고 싶어서 본 것도 아니고, 그 수첩의 내용을 내가 봤다고 하면 그거야말로 사인회에 나갈 수 있는 상태가 아니게 될 텐데…….

여기서는 거짓말을 밀고 나갈 수밖에 없겠다.

"그래. 안 봤어."

아야노는 시선을 떨구고는 생각에 잠기는 것처럼 입가에 손을 가져다 대었다.

"《정말로 안 봤구나……. 만약 봤다면 이렇게 냉정히 말할 수 있을 리가 없는걸.》"

으으음……. 확실히 질겁하기는 했는데…… 아니, 뭐랄까…… 뭐…… 응. 빨리 잊어주자. 그게 아야노를 위한 길이다.

아야노는 마침내 내 말을 믿었는지 고개를 작게 주억거렸다.

그리고 손목시계로 시간을 확인한 사이코 씨가 황급히 아야노의 손을 잡아끌었다.

"미안하지만 이제 시간이 없어. 자, 우선 대기실로 가서 그 옷부터 어떻게 좀 하자. 그리고 코우타 군, 너도 회장이 있는 4층에서 기다리고 있으렴. 특별히 들어와서 볼 수 있게 해줄 테니까."

"예? 아, 저는⋯⋯."

회장으로 오라고 해도 말이지⋯⋯. 내가 있으면 아야노에게 부담이 될 텐데⋯⋯. 아니, 하지만 아야노를 이대로 내버려 두는 것도 걱정되고⋯⋯. 으으음⋯⋯.

◇ ◇ ◇

먼저 가버린 아야노와 사이코 씨의 뒤를 따라 나도 결국 토크쇼를 보기 위해 4층으로 올라갔다. 그러나 플로어가 생각보다 넓어서 깨달았을 때는 사람이 별로 없는 장소에서 헤매고 있었다. 눈앞의 복도를 '관계자 외 출입 금지'라고 적힌 팻말이 가로막고 있다.

⋯⋯어라? 길을 잘못 들었나? 이 빌딩 너무 넓은데⋯⋯.

마침 근처를 지나가던 경비원 둘이 내 모습을 보고 다가왔다.

"그쪽은 출입 금지 구역인데 무슨 일이시죠?"

"⋯⋯아뇨, 길을 잘못 들어서요. 바로 갈 거예요."

그 자리에서 조금 떨어지자 경비원 둘은 지긋지긋하다는 듯이 말했다.

"그건 그렇고…… 아까 그 고양이 무리는 뭐였던 거지……."

"그러게 말이야. 대체 어디로 들어온 건지……."

고양이 때문에 불려 나온 빌딩의 경비원인가……. 뭔가 미안해지는걸…….

뭐, 일단 왔던 방향으로 돌아가 볼까…….

"선생님, 기다려주세요!"

응? 뭐지?

'관계자 외 출입 금지'라고 표기된 복도 안쪽에서 누군가의 목소리가 들려왔다. 그대로 복도 안쪽을 가만히 바라보고 있으니 좌우로 꺾인 갈림길의 좌측 복도에서 또각또각하고 빠른 걸음으로 다가오는 발소리가 들려왔다.

이어서 발소리가 갈림길의 모퉁이를 돌아서 이쪽을 향해 진로를 취했다.

"갑자기 돌아가시겠다니 무슨 말씀이세요! 카이도 선생님!"

복도에서 나타난 건 불안한 표정의 하나에 아줌마와 그 뒤에서 화를 내는 사이코 씨였다.

하나에 아줌마는 등을 구부린 채 지면을 노려보며 걸어왔다.

"……죄송해요. 하, 하지만…… 저에게는 무리에요……."

"그런 게 어딨어요! 여기까지 오셔놓고! 이 토크쇼도 엄연한 일이라고요! 바로 직전에 캔슬을 하시면……."

"……죄송해요. 역시…… 저는 만날 수 없어요……."

설마…… 하나에 아줌마는 이대로 돌아가시려는 건가……?

"하나에 아줌마, 잠시만요!"

그렇게 말을 걸자 하나에 아줌마는 깜짝 놀란 것처럼 고개를 들고 전방에 있는 나를 겨우 인식했다.

"……코우니? 그래……. 너도 왔구나."

"돌아가신다니…… 진심이세요?"

"……미안해. 하지만…… 분명 그게 가장 그 애를 위한 길일 거야."

"……아야노를 위한 길이라고요?"

이 사람은…… 무슨 말을 하는 거지?

하나에 아줌마 뒤에서 사이코 씨가 곤란한 표정으로 말했다.

"카이도 선생님, 부탁드릴게요. 다시 한번 생각해주세요. ……선생님도 다 아시잖아요. 그 애의 문장은 어딜 보아도 카이도 선생님을 의식한 것이에요. 하지만 그건 그 애가 만드는 스토리와 맞지 않아요. ……그 애도 그걸 잘 아니까 몇 번이나 고치려고 했던 모양이지만…… 소설을 쓰고 있으면 자연스럽게 카이도 선생님이 떠올라서 자신만의 문장을 쓰지 못하게 되나 봐요……. 이런 상태로 앞으로도 계속 소설을 쓰면 그 애는 카이도 이치카의 환영에 짓눌려서 언젠가 반드시 펜을 놓게 될 거란 말이에요……."

"……그건…… 아야노 본인이 해결해야 하는 문제라서…… 제가 어떻게 해줄 수 있는 게 아닌걸요……."

"한 번만이라도! 한 번만이라도 좋으니까 부탁드릴게요…… 아야노와 이야기를 나눠주세요. 그러면…… 아야노의 안에서 무언가가 변할지도 몰라요…… 카이도 이치카의 그림자에서 벗어날 수 있을지도 모른다고요……."

"……………저에게는 무리예요."

하나에 아줌마는 나를 한 번 보고는 미안하다는 듯이 몸을 돌렸다.

"……이쪽에 비상구가 있었죠?"

하나에 아줌마가 작은 목소리로 물었지만 사이코 씨는 대답하지 않고 입을 다문 채 그 뒤를 쫓았다.

……웃기지 말라고.

이 사람은 어디까지 제멋대로인 거지?

"그런 게 어딨어요!"

내가 그렇게 소리치자 하나에 아줌마도, 사이코 씨도, 양옆에 있던 경비원들도 깜짝 놀란 얼굴을 이쪽으로 돌렸다.

하나에 아줌마가 걸음을 멈췄다.

"……코우……야?"

"그런 게 어딨냐고요! 아줌마는 어디까지 제멋대로인 건데요! 만나주시라고요! 이야기 좀 나눠주시라고요! 아줌마 딸이 잖아요!"

"……그럴 수는…… 없어……."

"왜요?!"

"…………. 《나에게는 이제…… 그럴 자격이 없는걸…….》"

그게 하나에 아줌마의 속마음이라는 건 알고 있었다.

그렇지만 말하지 않을 수가 없었다.

"딸과 만날 자격이 없다느니 어쩌니 하며 일방적으로 단정하지 마시라고요!"

하나에 아줌마가 흠칫한 얼굴로 이쪽을 보았다.

"어, 어떻게 그걸——."

하나에 아줌마의 물음에는 대답하지 않고 떠오른 말을 계속 입에 담았다.

"소설을 위해서라는 이해할 수 없는 이유로 모친에게 버림받고 그 뒤로 단 한 번의 연락조차 받지 못했지만……. 그래도 그 녀석은! 단 한 번도 아줌마를 원망하지 않았어요! 언제나 아줌마를 생각했었어요! 아줌마를 알고 싶어서 소설을 써왔어요! 그 심경을……. 제 소중한 소꿉친구의 심경을! 부모면서 짓밟지 마시라고요!"

내 말을 끝까지 들은 하나에 아줌마는 슬픈 표정으로 고개를 숙였다.

"…………미안해. 그래도 아야노와는 만날 수 없단다. 그게 가족을 버린 내가 할 수 있는 마지막 배려니까."

이렇게까지 말해도…… 전해지지 않는 건가.

생각해라. 설득할 기회는 지금밖에 없다.

여기서 돌아가게 두면 아야노가 하나에 아줌마와 이야기할 기회는 두 번 다시 없을지도 모른다.

하지만 내가 아무리 아야노의 심경을 대변해봤자 하나에 아줌마의 마음에는 닿지 않는다.

하나에 아줌마는 이젠 이쪽을 돌아보지도 않고 그대로 복도를 나아가 모퉁이를 돌아서 보이지 않게 되었고 사이코 씨도 그 뒤를 쫓았다.

아야노에게 전화해서 불러내기에도 늦었다. 애초에 아야노를 불러봤자 지금의 하나에 아줌마가 가만히 이야기를 들어줄 것 같지도 않았다.

뭔가……. 뭔가 하나에 아줌마의 관심을 끌 수 있는 것.

그리고 하나에 아줌마가 아야노와 이야기를 나누고 싶어질 만한 것은…….

………….

……맞다. ……그거야. 그거라면 분명!

"하나에 아줌마! 잠시만 이것 좀 봐주세요!"

그렇게 말하며 복도 쪽으로 가려고 했지만 양옆에 있던 경비원이 앞을 가로막았다.

"학생! 여기서부터는 관계자 외 출입 금지야!"

"아니, 저기, 아는 사이에요!"

"그럼 허가증은?"

"허가증은 없지만…… 금방 끝나요! 부탁드릴게요! 들어가게 해주세요!"

"안 돼, 안 돼!"

젠장! 시간이 없는데!

먼저 아래층으로 가서 기다릴까? ……아니지, 이 빌딩의 구조에 밝지 않은 나는 하나에 아줌마가 향한 비상구가 어디로 이어지는지 모른다. 먼저 향했다가 다른 장소에서 기다리게 된다면 그걸로 끝이다…….

지금이라면 이 복도 안쪽의 모퉁이를 꺾은 곳에 있을 터였다.

……그렇다면 여기서는—— 돌파할 수밖에 없다.

나는 일단 경비원 둘에게서 떨어져 단념한 척하며 거리를 벌리고는 가방의 지퍼를 몰래 열었다.

한순간이다. 한순간만 빈틈을 만들어내면 돌파할 수 있다.

나는 가방을 옆구리에 끼고 각오를 다지며 경비원들의 사이를 노리고 달려 나갔다.

물론 조금 떨어져서 단념한 척해봤자 경계심을 늦출 리가 없었던 경비원들이 내 앞길을 막아섰다.

그 순간 나는 사전에 지퍼를 열어두었던 가방을 호쾌하게 횡으로 휘둘렀다. 그러자 아마미야 선생님이 억지로 떠넘겼던 미즈키의 사진이 대량으로 허공에 흩뿌려지며 경비원들의 시야를 가렸다.

"으억?! 뭐야, 이건?! 사진?!"

미즈키 미안해! 나중에 전부 회수할 테니까 용서해줘!

경비원들이 주춤한 틈을 놓치지 않고 슬라이딩으로 사이를 빠져나갔다.

"거기 서!"

등 뒤에서 경비원 둘이 쫓아오는 기척이 느껴졌지만 돌아볼 여유는 없었다.

복도의 갈림길에 도착해서 하나에 아줌마와 사이코 씨가 사라진 모퉁이 쪽으로 달렸다. 그 앞에도 복도가 이어져 있었지만 두 사람의 모습은 없었다.

복도 끝의 벽 위쪽에 비상계단이 좌측에 있다는 것을 알려주는 안내판이 걸려 있었다.

저쪽인가!

"멈춰! 학생!"

아까보다도 경비원의 목소리가 가까웠다. 바로 뒤까지 쫓아와 있었다.

뒤쪽은 신경 쓰지 마! 지금은 달리자! 달려가서 이걸 전해주는 거야!

안내판을 따라 모퉁이를 돌자 조금 떨어진 곳에 하나에 아줌마와 사이코 씨가 있었다. 그렇지만 다른 모퉁이를 돌아 시야에서 사라지려는 참이었다.

"하나에 아줌마! 하나에 아줌마에게 보여주고 싶은 게 있어요!"

두 사람 쪽으로 목소리를 높였지만 숨이 차올라서 생각처럼 목소리가 나오지 않았다. 두 사람은 나를 깨닫지 못한 채 그대로 모퉁이를 돌고 말았다.

젠장! 저 모퉁이까지 가면!

직후에 뒤쫓아온 경비원 중 한 사람이 나에게 뛰어들었지만 그걸 종이 한 장 차이로 피하고 다시 달렸다.

그리고 마침 두 사람이 사라진 모퉁이에 다다랐을 때 나는 경비원의 손에 붙들려서 바닥에 짓눌리고 말았다.

"잡았다! 애먹이기는!"

바닥에 얼굴이 짓눌려졌지만 이쪽을 돌아본 사이코 씨와 하나에 아줌마의 모습이 보였다.

사이코 씨는 깜짝 놀라서 눈을 동그랗게 뜨며 이쪽으로 달려왔다.

"코우타 군?! 괜찮니?! ……아니, 그보다 뭐 하는 거니?"

"저기…… 그 전에 이것부터 좀 어떻게 해주시겠어요?"

사이코 씨가 경비원들에게 내가 관계자라는 것을 설명하자 경비원들은 납득이 되지 않는다는 얼굴로 떨떠름하게 자리를 떴다.

"그래서 무슨 일로 쫓아온 거니?"

"그게…… 하나에 아줌마에게 건네드리고 싶은 게 있어서요……."

"건네주고 싶은 것?"

사이코 씨의 조금 뒤에서 하나에 아줌마가 고개를 갸웃거렸다.

"나에게?"

"예……. 저기, 이걸 읽어주시겠어요?"

사전에 가방에서 꺼내서 손에 들고 있던 한 권의 노트를 하나에 아줌마에게 건넸다.

그건 아야노와 재회한 그 날부터 아야노에게 돌려줄 생각으로 줄곧 가방 안에 넣어뒀던 노트였다. 하지만 그날의 일을 사과할 용기가 없어서 그대로 가방에 넣어둔 채였다.

"이 노트는 뭐니?"

"그건 아야노가 초등학생 때 소설을 쓰던 노트예요."

"초등학생 때? 아야노는 그렇게 어릴 때부터 소설을 썼었니?"

"아야노가 소설을 쓰기 시작한 건 하나에 아줌마가 집을 나가시고 바로였어요."

"…………"

"그 노트 마지막에 '두 마리 용'이라는 단편이 있어요. 그걸 하나에 아줌마도 읽어주셨으면 해서요……."

그 소설은 초등학생 때 내가 마지막으로 읽은 아야노의 소설로, 내가 아야노에게 상처를 주는 계기가 되었던 소설이기도 했다.

"어째서 나도?"

"읽어보시면 아실 거예요."

하나에 아줌마는 이쪽을 흘끗 보았지만 그대로 조용히 노트에 적힌 글자로 시선을 내리고 마치 만화라도 읽는 것처럼 페이지를 팔락팔락 넘겼다.

초등학교 시절의 아야노가 쓴 단편소설인 '두 마리 용'은 어딘가의 산속 깊은 곳에 숨어 사는 푸른 용과 붉은 용의 이야기로, 어느 날 청룡이 눈을 뜨자 적룡이 사라져 있어서 청룡이 찾으러 가는 이야기였다.

시작부터 끝까지 청룡의 불안과 갈등만이 적혀있을 뿐 독자의 눈길을 끌 만한 전개는 전혀 없었다. 마지막에는 제대로 된 사건도 없이 청룡과 적룡이 재회해서 다시 이전처럼 둘이 행복하게 사는 것으로 끝이 날 뿐이었다.

당시의 나는 이 소설을 읽고 여기에 등장하는 두 마리 용이 아야노와 하나에 아줌마를 가리킨다는 것을 깨달았지만 거기서 소설로서의 재미를 찾아내지는 못했다.

현실에서는 헤어지게 된 두 사람이 소설 안에서는 무탈하게 재회해서 행복을 되찾는다. 거기에 서사는 존재하지 않았다. 그저 바람을 소설이라는 형태로 썼을 뿐이다.

하지만 틀림없는 아야노의 말로 적힌, 졸작이라고도 할 수 있는 그 소설에는 어머니에 대한 애정이 흘러넘치고 있었다.

분명 이 소설은 이 세상에서 단 한 사람, 하나에 아줌마에게 보내는 글일 것이다.

소설을 다 읽었는지 하나에 아줌마는 노트를 덮고 깊은 한숨을 내쉬었다.

속마음이 드문드문 들려왔지만 머릿속에서 정리가 되지 않은 건지 무슨 말인지 확실하게 알아들을 수가 없었다.

"그걸 읽었으니 아실 거 아니에요. 아야노가 얼마나 아줌마를 그리워하는지를."

"…………."

"아야노와 만날 자격이 없다느니 하는 말씀을 하시기 전에 아야노를 생각해주세요."

"…………."

"아야노의 어머니는 아줌마 한 사람뿐이잖아요."

하나에 아줌마는 내 쪽으로 힘없이 걸어오더니 들고 있던 노트를 건네며 희미하게 떨리는 목소리로 대답했다.

"……아야노와 만나지 않는 게 그 애를 버린 내가 할 수 있는 유일한 속죄라고 생각했었어……. 하지만 그게 아닐지도 모르겠네."

하나에 아줌마는 그대로 사이코 씨 쪽으로 걸어갔다.

"번거롭게 해서 죄송합니다……. 토크쇼에 나가서…… 아야
노와 이야기를 나눠볼게요."

"저, 정말이신가요?! 감사합니다! 그럼 이제 시간이 없으니
서둘러서 이쪽으로 와주세요!"

사이코 씨가 그렇게 말하며 하나에 아줌마를 데리고 가려고
했을 때 복도 안쪽에서 조용히 목소리가 들려왔다.

"《코우, 고마워.》"

방금 그건…… 아야노의 속마음인가?

속마음이 들린 쪽을 보니 아야노로 보이는 인물이 모퉁이로
사라지고 있었다.

아야노가 숨어서 보고 있었던 건가…….

"코우타 군! 너도 서두르는 게 좋을 거야!"

사이코 씨의 재촉에 나도 빠른 걸음으로 회장으로 향했다.

츠바키자카 론타노 빌딩 4층. 토크쇼 회장인 특별 제3 회의실.

나는 그 회의실의 가장 뒤, 출입구 부근에서 가방 안에 있는 미
즈키의 사진을 확인하고 있었다.

"……전부 회수한 거겠지?"

사진을 혼자서 모으느라 부끄러웠다…….

회장 안에는 수많은 의자가 마련되어 있었고 그 의자에 사람들이 빈틈없이 앉아 있었다. 안쪽은 무대로 되어 있었는데 그쪽에는 의자가 좌우로 두 개씩 놓여있었다. 대작가와 신인 작가의 토크쇼라고 했으니 각각 대작가와 신인 작가가 나뉘어서 앉는 거겠지.

그로부터 5분도 지나지 않아서 사회를 맡은 여성이 앞으로 나와 인사말을 한 뒤에 네 명의 작가를 불렀다.

무대 옆의 문에서 하나에 아줌마를 시작으로 여성들이 잇따라 들어왔고 마지막으로 아야노도 모습을 드러냈다.

사회자의 안내로 하나에 아줌마는 가장 왼쪽 좌석에, 이어서 그 옆자리에는 어디에나 있을 법한 특징 없는 여성이 앉았고 조금 거리를 두고 신인 작가를 위해 마련된 의자에 고스로리 복장의 소녀와 아야노가 앉았다.

"어라? 그러고 보니 아야노는 인형탈을 쓴다고 안 했었나? 얼굴을 그냥 드러내고 있는데 괜찮은 건가……?"

"아야노가 얼굴을 드러내고 토크쇼에 나가고 싶다고 했거든."

옆을 보니 어느 사이엔가 사이코 씨가 서 있었다.

"아야노가요? 괜찮은 건가요?"

"회장 안은 촬영이 금지되어 있으니 아야노가 괜찮다면 딱히 상관은 없어."

"아하. 그런 건가요."

사이코 씨가 "그리고……." 하고 나에게 시선을 보냈다.

"……고마워. 카이도 선생님을 설득해줘서."

"제가 딱히 한 건 없는데……. 그저 아야노가 쓴 소설을 보여 드렸을 뿐이고……."

"겸손해하지 않아도 돼. 나는 지금까지 몇 번이나 카이도 선생님께 아야노와 이야기를 나눠달라고 부탁드렸지만 계속 거절당했었어. 그래도 아야노를 위해서 여러 가지로 손을 써서 겨우 이 토크쇼까지 왔는데 그것도 직전에 허사가 될 뻔했는걸."

"그러고 보니 아까 하나에 아줌마에게 말했었죠? 아야노가 쓴 소설의 문장이 하나에 아줌마와 닮았다고요."

"……그 애가 어째서 소설을 쓰는지 들은 적 있니?"

"옛날에는 하나에 아줌마가 가족을 버리면서까지 소설을 쓰는 이유를 알고 싶어서라고 말했었어요."

"그래, 맞아……. 하지만 그 이유에 너무 얽매이는 바람에 그 애의 문장은 완전히 카이도 이치카를 의식한 것이 되어버렸어……. 하지만 그래서는 안 돼. 아야노에게는 틀림없이 소설을 쓰는 재능이 있어. 그렇지만 카이도 이치카의 뒤를 쫓는 지금 상태로는 그 재능이 이 이상 자라지 못할 거야."

사이코 씨와 처음 만났을 때 이대로라면 아야노가 잘못될지도 모른다고 했었던 건 그런 의미였었나.

"그게 하나에 아줌마와 이야기를 나누면 해결된다는 건가요?"

"……솔직히 모르겠어. 하지만 아야노에게 도움이 된다면 무슨 일이든 해주고 싶어."

마침 우리의 대화가 끊어졌을 때 사회자가 하나에 아줌마에게 질문했다.

"——그럼 다음 질문입니다! 카이도 선생님께서는 소설을 쓰시는 이유가 있으신가요? 그리고 소설을 계속 써나갈 수 있는 비결이 있다면 장래가 촉망한 신인 작가 두 분께 조언을 부탁드리겠습니다!"

질문을 받은 하나에 아줌마는 마이크를 고쳐 쥐고 바닥을 보며 담담히 말을 이었다.

"……저는 옛날부터 그다지 요령이 좋은 편이 아니었고 인간관계에도 서툴러서 줄곧 혼자였습니다. ……그래서 그 고독을 잊기 위해 소설을 쓰기 시작했죠. ……언제부터인가 그 소설이 평가를 받아서 돈을 벌게 되었습니다. ……그랬더니 자기 자신에게도 조금씩 자신감이 생기게 되었고 그런 자신을 인정해주는 사람과 만나 결혼을 하고 딸을 낳았습니다."

하나에 아줌마와 가장 떨어진 자리에 앉아 있던 아야노가 몸을 살짝 움직였다.

"……그렇게 가족 세 사람의 생활이 시작되었습니다. ……딸의 성장을 보는 게 즐거웠어요. 자신을 사랑해주는 가족이 있다는 사실이 기뻤어요. 마치 꿈만 같은 나날이 흘러갔죠. ……하지만 저는 몰랐어요. ……제가 고독해야만 소설을 쓸 수 있다는 것을."

사회자마저 침묵한 회장 안에 오로지 하나에 아줌마의 목소리만이 울려 퍼졌다.

"……저는 소설을 쓰는 것밖에 할 줄 아는 게 없어요. ……소설을 쓰는 게 제가 저라는 것을 증명하는 유일한 방법이었어요.

……그래서 저는 가족을 버리는 길을 선택했어요. ……또다시 고독 속에 몸을 던짐으로써 다시금 소설을 쓸 수 있게 되리라고 믿었죠. ……실제로도 생각한 대로였어요. ……고독해야만 저는 소설을 계속 써나갈 수 있는 거예요."

잠시간 침묵이 이어지자 사회자는 어색한 목소리로 말했다.

"……그게, 저기……. 와~ 역시 카이도 선생님쯤 되면 프로 의식이 남다르다고 할지, 저 같은 평범한 사람이 이해할 수 있는 범주가 아니라고 할지……. 아무튼 무척 인상 깊은 이야기였습니다! 그, 그럼 다음——."

사회자가 화제를 바꾸려고 했을 때 커다란 목소리가 끼어들었다.

"그런 말이 어딨어!"

목소리의 주인은 아야노였다.

모두의 시선이 아야노에게 못 박혔다.

"……나는 줄곧…… 자신이 버림받은 데에는 뭔가 특별한 이유가 있다고 생각했어. 그 이유를 알고 싶어서 지금까지 계속 소설을 써 왔어……."

옆에 있던 사이코 씨가 "가능하면 아야노가 카이도 이치카의 딸이라는 사실은 숨기고 싶었지만…… 어쩔 수 없지." 하고 분한 듯이 혼잣말을 했다.

아야노가 말을 이었다.

"그런데 뭐야? 고독하지 않으면 소설을 쓸 수 없어서 가족을 버렸다고? 웃기지 마!"

회장에 모인 사람들이 술렁이며 작은 목소리로 이야기를 나누기 시작했다.

"카이도 이치카의 딸이란 게 혹시 우타니 타케코야?" "그런 이야기는 처음 듣는데……." "어째서 지금까지 말하지 않은 걸까?" "근데 소설을 위해 가족을 버렸다는 게 사실이라면 너무하지 않아?"

사회자가 허둥대며 혼란에 빠진 가운데 아야노는 의자에서 일어나 달려들 것처럼 소리쳤다.

"왜?! 왜 소설을 버리고 가족을 선택하지 않은 건데?!"

삐이, 하고 마이크의 고주파 소리가 지나간 뒤에 하나에 아줌마의 힘없는 목소리가 작게 들려왔다.

"……미안해, 아야노. ……하지만 소설은 내 전부란다."

"그럼 우리 가족은 당신한테 뭐였는데?!"

"그건……."

하아하아, 하고 흥분한 기색으로 숨을 몰아쉰 아야노는 하나에 아줌마를 매섭게 쏘아보았다.

"소설을 쓴다는 건 가족을 버리면서까지 선택할 길이 아니야. 그걸 내가 알려주겠어. 당신보다도 재미있는 소설을 써서 당신의 방식이 틀렸다는 걸 깨닫게 해주겠어."

아야노는 마지막으로 눈물을 뚝뚝 흘리며 떨리는 목소리로 말했다.

"그러니까…… 그러니까 이제…… 나한테서 도망치지 말아줘, 엄마."

하나에 아줌마는 뭔가 대답하려다가 꾹 눌러 참으며 침묵했다. 대신 아야노와 마찬가지로 눈물을 뚝뚝 흘렸다.

◇ ◇ ◇

별 탈 없이, 라고 할 수는 없었지만 어떻게든 토크쇼를 끝낸 회장은 이번에는 신인 작가 두 사람을 위한 사인회로 이행되었다. 조금 전까지 회장에 있던 베테랑 작가진은 스케줄 때문인지 이미 그 자리에는 없었다.

토크쇼가 열리는 동안 신인 작가 두 사람의 사인을 받기 위해 복도에는 줄이 생겨나 있었고 토크쇼를 지켜보던 나도 그 줄의 가장 앞쪽에 자리를 잡았다.

시간이 촉박해서 서두르고 있는 건지 5분도 채 되지 않아 준비가 끝난 사인회장으로 팬들이 안내되었다.

이거 몇 명이나 있는 거지……. 역시 연애소설의 팬은 여자가 많구나.

아까는 파이프 의자가 나란히 놓여있던 관람석에 이번에는 테이블 두 개가 설치되었고 각각의 테이블에 곰 인형탈을 쓴 아야노와 조금 전에 아야노 옆에 있던 고스로리 소녀가 앉아 있었다.

아야노의 바로 앞까지 간 뒤 가방 속에 들어있던 '해안선에서 너를 그릴 때'를 꺼내서 아야노에게 건넸다.

"근데 왜 이제 와서 인형탈을 쓰고 있는 거야?"

아야노가 사인을 하며 말했다.

"……그치만 얼굴을 공개하는 게 부끄러운걸."

"아까는 무대 위에서 그렇게 큰소리를 쳐놓고?"

"……다, 다른 사람이에요."

"그럼 넌 대체 누구냐……."

아야노는 사인을 끝낸 책을 나에게 건넨 뒤에 조용히 손을 내밀었다.

나도 따라서 손을 내밀어 악수했다.

"내 책을 읽어줘서 고마워. 앞으로도 잘 부탁해."

"……그래. 다음 책도 기대할게."

아야노가 작은 목소리로 말했다.

"그리고 엄마를 설득해줘서 고마워."

인형탈 때문에 얼굴은 보이지 않았지만 아야노가 안에서 생긋 미소 짓고 있을 거라는 것은 알 수 있었다.

◇ ◇ ◇

사전에 사이코 씨에게 들었던 아야노의 대기실 앞 복도.

사인회가 시작되고 벌써 20분이 지나려 하고 있었다.

……그나저나 역시 네코히메 님의 감은 확실했는걸.

결국 수첩을 가지고 온 것도, 하나에 아줌마를 설득한 것도 아야노에게 들켜서 아야노의 나에 대한 호감도가 폭등하는 중이다……. 이걸 계기로 아야노에게 고백받는 일은 없으리라고 믿고 싶긴 한데. 으으음…….

복도 벽에 등을 기댄 채 생각에 잠겨 있으니 한 여성이 눈앞에 멈춰 섰다.

시선을 들어보니 하나에 아줌마가 서 있었다.

"아⋯⋯. 그⋯⋯."

순간적으로 무슨 말을 하면 좋을지 알 수 없어서 머뭇거리고 있으니 하나에 아줌마 쪽에서 먼저 말을 걸었다.

"⋯⋯코우의 말대로⋯⋯ 그 애와 이야기를 나눠보기를 잘한 것 같아."

"그렇군요⋯⋯."

"⋯⋯앞으로도 아야노를 잘 부탁할게."

"아, 알겠습니다⋯⋯."

"⋯⋯⋯⋯."

"⋯⋯⋯⋯."

거북해!

하나에 아줌마를 토크쇼에 내보내기 위해 온갖 말을 내뱉었으니까 말이지⋯⋯.

하나에 아줌마도 비슷한 분위기를 느꼈는지 "⋯⋯그럼 다음에 또 보자." 하고 복도를 총총히 걸어갔다.

마침 그때 맞은편에서 사인회를 끝낸 아야노가 다가왔다. 그걸 깨달은 하나에 아줌마는 멈춰 서서 한순간 방향을 전환하려고 하다가 결국 아야노 쪽으로 계속 걸었다.

그리고 서로 지나치면서.

"다음에 보자, 아야노."

그렇게 한마디 하자 아야노도.

"다음에 봐, 엄마."

하고 대답했다.

그건 특별할 것 없는 사사로운 대화였지만 분명 두 사람은 언젠가 다시 가족으로 돌아가리라고 나는 확신했다.

속마음이 들리는 내가 하는 말이니까 틀림없다.

최종장 『다만 목숨은 보장 못 합니다.』

방과 후의 교실.

앞자리에서 돌아갈 채비를 하던 미즈키가 비어있는 아야노의 자리를 가리켰다.

"유메미가사키 양, 오늘은 학교를 안 왔네?"

"그러게."

아야노는 어제 있었던 토크쇼에서 너무 긴장했던 탓인지 집에 돌아가자마자 몸이 안 좋아진 모양이었다.

미즈키가 불만스럽다는 듯이 입을 내밀었다.

"그래서 결국 어제 그건 뭐였어?"

"어제 그거라니?"

"그거 말이야! 어제 아마미야 선생님에게 돌려받은 유메미가사키 양의 수첩! 뭐였길래 일부러 나에게 방송까지 시켰던 거야? 《나중에 유리 씨에게 물어봐도 아무것도 안 알려줬고…….》"

전부 설명해주고 싶지만 아야노가 우타니 타케코라는 필명으로 소설을 쓰고 있다는 건 비밀이니까 말이지……. 거기에 '우타니 타케코'와 '니타케 코우타'가 애너그램이라는 걸 아는 미즈키에게 그 사실이 알려지면 쓸데없이 성가시게 될 것 같기도 하고…….

"으으음……. 뭐, 그냥?"

"그냥?"

"아무튼 덕분에 살았어. 정말 고마워."

"흥! ……뭐, 아무래도 상관없지만. 그 대신 오늘은 답례로 햄버거 사줘야 해?!"

"그래그래. 얼마든지 사주마."

그때 주머니에 넣어둔 핸드폰의 진동이 느껴졌다.

응? 유나인가?

……어라? 핸드폰이 울리면 일단 유나라고 생각하는 버릇이 든 것 같은데? 뭔가 대단히 서글퍼진다만…….

핸드폰을 꺼내 보니 착신을 알려주는 표시에 크게 '유메미가사키 아야노' 라는 글자가 떠올라 있었다.

또 사이코 씨……일리는 없겠지. 뭘까……. 받기 싫은데…….

그래도 무시하면 나중 일이 두렵고…….

"잠깐 전화 좀 받을게."

"받아~."

미즈키에게서 조금 떨어진 뒤에 통화 버튼을 터치하며 핸드폰을 귀에 대었다.

"……여보세요?"

『꺅?!』

"…………이보세요."

『아, 저기, 코우타?』

"어어. 무슨 일이야. 몸은 괜찮아?"

『응. 많이 좋아졌어. 그래서 그게…… 어제 고맙다는 말을 제대로 안 했으니까.』

"아~ 괜찮아, 신경 쓰지 마."

『아니, 그럴 수는 없어. 정말로 감사하고 있거든.』

"알았어, 알았으니까."

『그래서…… 제대로 고맙다는 인사를 하고 싶으니까 지금부터 우리 집으로 와주겠어?』

왜 그렇게 되는 거냐…….

"아니, 정말 괜찮다니까! 이미 충분히 전해졌어!"

『안 돼. 그래서는 내 마음이 놓이질 않아.』

"마음이 놓이질 않는다고 해도 말이지……."

아야노도 아직 몸이 안 좋으니 고백받는 일은 없겠지만……. 최근에 호감도를 너무 올려놔 버려서 단둘이 있게 되는 건 좀 무서운데…….

『만약 와주지 않는다면 내가 지금부터 너희 집으로 갈 거야.』

"왜냐고!"

『그리고 감사의 마음을 담아 현관 앞에서 세 시간 동안 절하고 있을 거야.』

"괴롭힘이냐고!"

『그럼 와줄 거지?』

협박이잖아…….

"……알았어. 갈게. 그러니까 아무튼 넌 자고 있어. 아직 몸도 안 좋잖아."

『응. 그럼 누워서 기다리고 있을 테니까 빨리 와.』

……왜 이렇게 된 거지.

역시 네코히메 님의 충고를 무시했기 때문인가……?

전화를 끊자 미즈키가 고개를 갸우뚱 기울였다.

"유나야?"

이 녀석도냐……. 귀여운 얼굴로 나를 아싸 취급하다니…….

"아니거든……. 그보다 미안한데 일이 생겼어."

"뭐어~?! 햄버거는?!"

"다음에 사줄게. 미안해."

"차암!"

그대로 미즈키와 헤어져서 교실을 나서다가 복도에 있던 아마미야 선생님과 부딪칠 뻔해서 직전에 몸을 틀어 피했다.

아마미야 선생님이 부루퉁한 기색으로 이쪽을 흘겨보았다.

"니타케 군. 똑바로 앞을 보고 걷지 않으면 위험해요."

"죄, 죄송합니다……."

아마미야 선생님은 주변을 주의 깊게 둘러본 뒤에 입가에 손을 대고 속삭이는 목소리로 물었다.

"그리고…… 그거, 사이온지 군에게 확실하게 건네주셨나요?"

그거? 아…… 그 사진인가……. 아차……. 오늘은 이대로 놀러 갈 예정이어서 그때 주려고 했었는데 말이지…….

지금부터 미즈키에게 사진을 건네주러 가라고 한다면 시간이 걸릴 것 같은데…….

"선생님, 죄송한데 그 이야기는 나중에 들을게요! 지금은 볼일이 있어서 이만 돌아가겠습니다!"

"앗! 니타케 군?! 아직 니타케 군에게 부탁하고 싶은 게……차암."

아야노의 집 앞에 도착해서 벨을 누르려고 했을 때 안에서 목소리가 들려왔다.

"《앗! 코우가 정말로 와줬어! 신난다!》"

자고 있으라니까!

어이없어하면서도 벨을 누르자 딩동, 하는 경쾌한 소리가 주위에 울렸다.

…….

………….

……………….

철컥.

"어머나, 코우타. 어서 와."

벨 소리를 듣고 방에서 나오는 시간을 연출할 필요 없거든. 네가 문 너머에서 기다리고 있었던 건 알고 있거든.

"오…… 응? 야야. 얼굴이 새빨갛잖아. 혹시 열도 있어?"

아야노는 파자마에 가디건을 걸친 차림으로 이마에는 냉각 시트를 붙이고 있었다. 뺨에는 살짝 붉은 기가 돌았고 배어 나온 땀 때문에 머리카락이 목에 달라붙어 있다.

"응, 피곤해서 조금……. 그래도 괜찮아. 《후후후. 코우가 나를 걱정해주고 있어. 기뻐……. 그런데…… 계속 여기서 기다리고 있었더니 정말로 컨디션이 조금이지만 안 좋아진 것 같아.》"

바보인가?

"아무튼 방에 돌아가서 누워. 할 이야기가 있다면 방에서 들을 테니까."

"알았어. 《코우가 이 집에 오는 건 이게 처음이지?! 뭐 하고 놀까~?》"

바보구나.

현관을 지나 복도에 들어서자 바로 오른편에 2층으로 이어지는 계단이 나왔다. 계단을 오르자 다시 복도가 나타났고 가장 앞쪽에 아야노의 방이 있었다.

방에 들어가자 우선 눈에 들어온 건 비정상적일 정도로 많아 보이는 수많은 책이었다. 초등학생 시절에는 만화책도 그런대로 가지고 있었을 텐데 지금은 책장에 대부분 소설밖에 꽂혀 있지 않았다. 게다가 창문이 있는 정면 벽 이외의 모든 벽에 책장이 빽빽이 들어서 있었다.

그런 탓에 방이 전체적으로 작아 보였지만 책 말고는 학업에 관한 물품 정도밖에 보이지 않아서 그렇게까지 비좁은 느낌은 들지 않았다.

침대 옆에 둔 세숫대야에는 하얀 천과 김이 피어오르는 따듯한 물이 담겨 있었다. 아마도 이걸로 땀이 난 몸을 닦았던 거겠지.

"너무 빤히 보지 마."

"아, 미안⋯⋯."

오른편에 있던 침대에 앉는 아야노를 따라서 나는 창문 옆에 놓여있던 책상 앞의 의자를 빌려 앉았다.

등받이에 체중을 싣자 삐걱거리는 소리가 났다.

《와⋯⋯. 코우가 집에 와줬어⋯⋯. 꿈만 같아!》

그렇게까지 기뻐하면 부끄러워진다만⋯⋯.

"역시 소설이 엄청 많네."

"뭐, 그렇지. 읽는 것도 공부가 되니까."

"⋯⋯아야노⋯⋯ 실은 나도 먼저 아야노에게 해야 하는 말이 있는데──."

거기까지 말하다가 아야노가 괴로운 표정으로 머리에 손을 대고 있는 것을 깨달았다.

"괜찮아? 역시 오늘은 이만 돌아갈까?"

"아, 아니야, 괜찮아."

"그럼 아무튼 우선 누워. 이야기라면 누워서도 할 수 있잖아."

"⋯⋯응. 그렇게⋯⋯. 그러면 코우타도 좀 더 가까이 와주겠어?"

그렇게 아야노가 침대에 누워서 나는 침대를 등받이 삼아 바닥에 앉았다.

이렇게까지 몸이 안 좋다면 역시 고백받을 일은 없을 것 같았다. 거기에 네코히메 님의 이야기로는 고백받기 10초 전에 반드시 카운트다운이 표시된다고 했었으니 그걸 놓치지 않도록만 하면 안전⋯⋯할 터.

여차하면 저 창문으로 뛰어내려서 도망치자. 방에 바퀴벌레가! 하고 말해두면 호감도도 그렇게 많이 떨어지지는 않겠지. 냉담한 시선을 좀 받기는 하겠지만⋯⋯.

"수첩⋯⋯."

등 뒤에서 아야노의 가는 목소리가 들려왔다.

"응? 무슨 말 했어?"

"수첩을 가지고 와줘서 고마워."

"아⋯⋯ 어제 일 말이야? 됐어. 마음에 담아두지 마."

"⋯⋯그 수첩의 내용을 정말로 아무에게도 보여주고 싶지 않았거든⋯⋯. 그렇지만 소설을 쓰는 데 필요한 거라서 어떻게든 가지고 있어야 했어⋯⋯."

⋯⋯그게 소설을 쓰는 데 필요하다고?

"소설가도 고생이 많네."

"⋯⋯정말로 수첩 내용 안 봤어?"

"안 봤다니까. 또 그 이야기를 되풀이할 거야?"

사실은 수첩을 떨어트렸을 때 우연히 봐버렸다만⋯⋯.

"그보다도 토크쇼에서 그런 말을 하고 문제는 없었어? 출판사의 높으신 분도 왔다고 들었는데."

"문제없어. 사이코 씨의 말로는 내가 카이도 이치카의 딸이라는 걸 알고 반대로 기뻐했대."

"……흐음. 그랬구나."

그런 거라면 처음부터 말해뒀어도 됐을 텐데……. 아니면 아야노가 카이도 이치카의 딸이라는 사실을 그렇게까지 비밀에 부쳐두고 싶었다는 건가?

내 의문을 아는지 모르는지 아야노가 나직이 말했다.

"……그리고 엄마를 설득해줘서 고마워."

"그건…… 그냥 네 심경을 전했을 뿐이야. 내가 한 건 아무것도 없어."

"내 심경?"

나는 자신의 가방 안에서 한 권의 노트를 꺼내어 아야노에게 보여줬다.

"그거…… 혹시 내가 초등학생 시절에 썼던 노트야?"

내 뇌리에 그날 일이 선명하게 떠올랐다. 내가 아야노에게 신랄한 말을 해버린 그 일이.

몇 번이나 사과하려고 했지만 용기가 없어서 오늘까지 줄곧 뒤로 미뤄왔었다.

"맞아. ……이 노트를 줄곧 아야노에게 돌려주고 싶어서 가방에 넣어뒀었는데……. 미안해. 내 마음대로 하나에 아줌마에게 보여드리고 말았어."

"……그랬구나. 엄마가 그 소설을 읽은 거지?"

나는 등을 기대고 있던 침대에서 몸을 떼고 아야노를 돌아보며 고개를 숙였다.

"아야노. ……초등학생 때…… 아야노에게 상처를 주는 말을 해서 정말로 미안했어."

그러자 아야노는 반대로 미안한 표정으로 고개를 가로저었다.

"아니야……. 사과할 사람은 나야……."

"……어?"

"실은 말이지, 그 소설이 재미없다는 건 나도 알고 있었어."

"……뭐?"

"쓰던 도중에 깨달았어. 이 소설은 하나도 재미가 없다고."

"어? 아, 아니, 하지만 내가 재미없다고 하니까 충격을 받아서 교실을 나갔었잖아."

"물론 충격적이었어. 언제나 내 소설을 즐겁게 읽어줬던 코우타에게 그런 말을 들어서……. 하지만 그래도 나는 그 이상으로 기뻤어."

"기뻤다고? 재미없다는 말을 듣고 기뻤다는 거야?"

"응. 왜냐면 그 재미없는 소설을 읽고 분명하게 재미없다고 말해준 건 코우타뿐이었거든. ……다른 애들은 그걸 읽고도 평소처럼 나를 칭찬해줬어. 재미있었어, 다음 소설도 힘내, 기대하고 있을게. 그렇게 평소와 다를 것 없는 칭찬을 해줬어. ……그걸 나는 견딜 수가 없었어. ……모두 내 소설을 읽는 척만 했으니까. 내 소설을 전혀 즐겨주지 않았다는 걸 알아버렸으니까."

아야노는 침대 위에서 천천히 몸을 일으키며 이쪽을 똑바로 보았다.

아야노의 맑은 목소리가 방 안에 퍼졌다.

"그렇지만 코우타는 달랐어. 코우타는 그 소설이 재미없다는 걸 알아줬어. 나는 그날 코우타에게 소설을 보여줬을 때 사실은 너무너무 불안해서 견딜 수가 없었어……. 코우타마저 내 소설을 읽어주지 않았다면 어쩌나 해서……. 코우타까지 이 소설을 재미있다고 하면 어쩌나 해서……. 그렇지만 코우타는! …… 코우타만은 내 소설을 진심으로 읽어줬어. ……그, 그래서 그 때부터 줄곧 하고 싶었던 말이 있었어."

눈물로 젖은 아야노의 눈에 내 모습이 비쳐 보였다.

"코우타, 내 소설을 읽어줘서 고마워.《그때부터 나는 코우를 정말로 좋아하게 되었어.》"

그 불그스름한 뺨에 그려진 그리운 미소는 틀림없는 내 소꿉 친구의 미소였다. 잃었다고 생각했던, 내가 망가트렸다고 생각했던 그 소중한 미소였다.

줄곧 이상하게 생각했었다. 어째서 아야노가 나 같은 놈을 좋아하게 되었는지를.

나는 순간적으로 아야노에게서 등을 돌리고 말았다.

아야노가 나를 좋아해 준 사실이 기쁜 나머지 참지 못하고 볼품없이 풀어져 버린 입가를 보여주고 싶지 않았기 때문이다.

그렇지만 이 이상 계속 있을 수는 없었다. 이 정도로 분위기가 갖춰졌으니 언제 고백을 받아도 이상하지 않았다.

나를 이 정도로 좋아해 주는 아야노를 위해서라도 지금은 사는 것을 최우선으로 생각해야 했다.

"아야노의 마음은 잘 알았어. 근데 미안해서 어쩌지? 슬슬 돌아가야 할 것 같으니 나는 이쯤에서—— 응?"

보니까 침대 안으로 꼬물꼬물 돌아간 아야노가 괴로운 신음을 흘렸다.

"으윽……. 《아…… 하고 싶었던 말을 했더니…… 몸이…….》"

"아, 아야노! 괜찮아?!"

걱정되어서 다가갔더니 옷자락이 팽팽하게 당겨지는 느낌이 들어서 시선을 내려 그 부분을 확인했다. 그러자 어째서인지 이불 안에서 뻗어 나온 아야노의 손이 내 옷을 단단히 붙들고 있었다.

"저, 저기요…… 아야노 씨?"

"조금만 더…… 여기에 있어 줘."

응? 그 애교부리는 듯한 목소리는 뭐냐.

"아니…… 있어 달라고 해도 말이지……."

"가지…… 마아…… 흐윽……."

왜 울어?!

"아, 아야노, 씨……?"

"가지 마아……."

이 느낌…… 평소에 들려오는 아야노의 속마음과 같은 말투였다. 아프니까 그쪽 성격이 겉으로 드러난 건가?

"코우~ 가지 말아 줘."

"알았어, 알았으니까 옷 좀 당기지 마."

"와~ 코우가 함께 있어 준대~."

아까부터 속마음이 전혀 들려오지 않는데……. 이거 진짜로 아무 생각이 없는 거구만.

그래서 더 느닷없이 고백이 튀어나올 것 같아서 무진장 무섭다만……

……그래. 창문으로 도망칠 준비를 해두자! 그리고 그다음에는 속마음이 들리는 영역의 바깥쪽까지 단숨에 달려서 먼 곳에서 사태가 진정될 때까지 기다리면 다시 속마음의 범위 안쪽으로 돌아와도 두통으로 죽을 일은 없다…… 없을 것이다. 아마도……. 분명…….

"코우, 있잖아~."

대놓고 그렇게 불리니까 좀 낯간지러운데…….

"왜, 왜 그래? 잠 오기 시작했어? 자장가라도 불러줄까? 응?"

"땀…… 났어."

"그렇구나. 땀이 났구나."

"그러니까…… 닦아 줘."

음……. 무립니다만…….

"그, 그건 좀…….."

"우…… 으으…… 코우가…… 괴롭혀……."

괴롭혀지고 있는 건 누가 봐도 나거든?

"아니, 너 지금 아파서 이상해진 거거든? 분명 나중에 떠올라서 이불을 차고 싶어질 테니까 좀 참아 봐."

"코우가 나 보고 이상해졌다고…… 우으으! 《코우가 날 괴롭혀!》"

윽?! 두통이!

이, 이 자식, 나를 협박할 셈인가! 웃기지 말라고!

"우으…….《코우가!》"

끄윽?! 젠장!

"알았어! 알았다고! 닦아줄게! 닦아드린다고!"

"후후후. 신난다~."

그렇게 기쁘냐……. 그건 그렇고 두통이란 건 이렇게 간단히 생기는 법인가……? ……그러고 보니 이 두통이란 상대의 호감도가 급격하게 하락할 때 발생한다고 했었지. 요컨대 나에 대한 호감도가 높으면 높을수록 그 격차도 커지는 건데…….

그렇다는 건 최근에 아야노의 호감도를 지나치게 연이어서 올려버린 탓에 이런 상황이 되었다는 말인가?

큭! 역시 네코히메 님의 말을 고분고분 들었더라면!

"코우~ 아직이야~?"

……아무튼 지금은 이상해진 아야노를 정신 차리게 하거나 이대로 잠재워야 한다. 이대로라면 머지않아 '코우 좋아해~' 하고 느닷없이 말할지도 모른다. 난 그 말을 듣자마자 죽어버린다고.

"아, 알았어. 일단 이마부터 닦아줄 테니까. 말라버린 냉각 시트도 떼어낸다?"

"웅~."

어디서 어리광이야! 귀엽잖아!

냉각 시트를 떼어내고 옆에 있던 하얀 천을 따뜻한 물에 적셔서 아야노의 이마에 대었다.

"기분 좋아~."

"그러냐. 따듯하지? 잠이 오지? 잠이 오는 것 같지?"

"응……. 조금……."

"좋았어. 그럼 그대로 눈을 감고 양을 세는 거야. 그러면 그대로 행복해질 수 있어."

"양~?"

"그래, 양이야."

"알았어~. ……그치만 그전에 이쪽도 닦아줘~."

아야노가 덮고 있던 이불을 치우고 양손으로 파자마의 옷자락을 들춰서 배를 드러냈다.

"봐 봐, 땀투성이야……."

으어어어어어어어?!

"자, 잠깐만 아야노! 그건 좀?!"

《어? 혹시 코우는 내 배를 만지기 싫은 거야?》

윽?!

으엉?! 뭐야, 이게! 이 두통이 있는 이상은 나에게 자유는 없는 거야?!

"우으으, 코우~. **《역시 코우는 나를 싫어하는 거야. 내가 줄곧 연락하지 않아서 화가 난 거야. 용기를 내서 돌아온 건데…….》**"

끄악?! 그, 그만! 이대로라면 너희 집값이 떨어진다고!

아, 안 되겠다……. 지금의 아야노는 이성을 잃고 유아퇴행을 해버렸어……. 그런 탓에 평소에는 간단히 흘려넘길 수 있는 내 행동을 받아들이지 못하게 된 거야…….

이, 이다지도 성가시다니, 유아퇴행 아야노!

"아, 알았어……. 닦아줄게……. 진짜로 닦는다?"

"웅~."

그러니까 그 귀여운 대답 좀 그만해! 가슴이 콩닥거린다고!

나는 들고 있던 천을 아야노의 배에 대고 어색한 움직임이기는 해도 꼼꼼하게 땀을 닦았다.

"기분 좋아~.《아아…… 너무 행복한 꿈이야……. 영원히 깨어나고 싶지 않아…….》"

꿈? 이 자식, 이걸 꿈이라고 생각하는 건가?! 끄으응……. 네 꿈에 내가 등장하면 이런 짓을 하게 되는 거냐…….

"자……. 끝났어. 그럼 나는 이만——."

"이쪽도~."

아야노는 천을 들고 있던 내 팔을 잡고는 그대로 들춘 파자마의 옷자락 안으로 넣으며 가슴 쪽으로 쑥 밀어 올렸다. 그러자 천을 든 손등에 부드러운 감촉이 닿았다.

으아아아?! 부드러워어어…… 엉? 미즈키 씨와는 완전히 다르잖습니까. 이 탄력은 대체 뭡니까.

"아아노! 졌어! 내가 졌어! 이젠 무리야!"

"아직이야~. ……에헤헤. 다음은 아래쪽도 닦아줘~."

아아……. 이젠 무리라고요……. 이 이상 나를 농락하지 말아줘……

과도한 충격에 내 의식이 몽롱해지기 시작했을 무렵에 아무런 전조도 없이 딩동, 하고 벨 소리가 울려 퍼졌다.

"응~? 벨 소리~?"

아야노가 여전히 멍한 표정으로 내 팔을 조용히 놓았다.

기회다!

그 틈을 놓치지 않고 곧장 손을 끌어당긴 뒤에 치워져 있던 이불을 다시 아야노에게 덮어줬다.

벨 소리를 듣고 천천히 각성하기 시작했는지 아야노의 눈에 평소의 예리함이 돌아왔다. 이어서 아야노가 의심쩍은 눈으로 옆에 있는 나를 쏘아보았다.

"응? 뭐야?! 자, 잠든 얼굴을 그렇게 가까이에서 보면 아무리 나라도 부끄러운데⋯⋯⟪깜짝이야. 그런 이상한 꿈을 꾼 다음이라서 뭔가 코우와 얼굴을 마주하기가 조금 부끄러워⋯⋯⟫"

안심해라. 네가 얼마나 부끄러운 녀석인지는 충분히 알고 있으니까.

그나저나 꿈과 현실을 분간하지 못하는 건 상당히 위험한 것 아니야? 직업병 같은 건가? 병원에라도 한번 가봐라. 그리고 꿈속에서 나를 가지고 노는 것도 자제해주고.

벨 소리가 한 번 더 울리자 아야노는 성가시다는 듯이 한숨을 내쉬고는 침대에서 기어 나왔다.

"일어나도 돼?"

"응. 조금 잤더니 몸이 상쾌한 게 기분이 무척 좋아."

내가 닦아줘서 상쾌한 거라고, 요 녀석아!

아야노는 그대로 힘없는 걸음걸이로 방을 나가서 1층으로 내려갔고 소변이 마려워진 나도 그 뒤를 따랐다.

"화장실 좀 빌릴게."

"응. 그쪽 문이 화장실이야. 앉아서 써. 더러워지니까."

"……옙."

빈틈이 없구만……. 마치 유나 같다.

계단을 내려가서 거실 방향에 있는 문을 열고 안으로 들어갔다.

변기에 앉자 피로가 쏟아졌다.

하아……. 피곤해……. 집에 보내줘…….

볼일을 보고 있으니 "엑." 하고 노골적으로 꺼리는 듯한 아야노의 목소리가 들려왔다.

뭐지? 이상한 사람이라도 왔나?

변기에 앉은 채 귀를 기울여 보니 철그럭거리는 소리가 들려서 아야노가 문에 체인을 걸고 있다는 것을 알고 있었다.

뭔가 경계하고 있는걸. 그 정도로 수상한 상대가 온 건가?

챙, 하고 체인이 당겨지는 소리가 들렸다.

"무슨 일이야? 사이온지 군."

사이온지? 설마 미즈키가 온 건가? 어째서?

"아, 미, 미안해. 갑자기 찾아와서. 《아까 엑, 하고 소리를 냈던 건 도어 스코프로 내 모습을 보고 그런 거겠지……? 유메미가사키 양에게 그렇게 미움받고 있는 건가?》"

미즈키, 너는 지금 남자 행색을 하고 있잖아……. 아야노의 입장에서는 딱히 사이가 좋지도 않은 남자애가 갑작스럽게 집을 찾아왔다는 상황이니까 그야 어느 정도는 경계하겠지.

"……그래서 무슨 일인데?"

"그, 그게…… 실은 아마미야 선생님에게 부탁받고 프린트를 주러 왔어."

"그래? 그런데 왜 사이온지 군이?"

"실은 아마미야 선생님도 코우타에게 부탁할 생각이었나 보던데 코우타가 볼일이 있다며 냉큼 돌아가 버렸거든……. 그래서 유메미가사키 양의 집 주소를 아는 내가 대신 온 거야."

"……사이온지 군에게 우리 집 주소를 가르쳐 준 적은 없는 것 같은데……. 설마 스토커야?"

"아니야! 코우타의 옆집에 이사를 왔다고 들어서 알고 있던 것뿐인걸! ……그런데 유메미가사키 양은 코우타네 집이 옆집이라서 이 집으로 이사를 온 거야?"

"……그, 그럴 리가. 우연이야, 우연. 《사실은 아빠를 졸라서 이 집으로 정했다는 건 입이 찢어져도 말 못해…….》"

스토커는 너잖아.

"……프린트는 고마워. 그래도 다음부터는 책상 안에 넣어주면 돼."

"으, 응……. 《더는 오지 말라는 소리지……? 역시 유메미가사키 양에게 미움받고 있는 걸까…….》"

부스럭거리며 체인을 걸어놓은 문을 사이에 두고 프린트를 주고받는 소리가 들렸다.

"아, 그리고…… 코우타에게 수첩은 받았어?"

"……수첩? 수첩이라면 어제 코우타에게 받았는데……. 왜 네가 그 일을 알고 있는 거야?"

"어? 그럴 수밖에 없는 게 어제 코우타가 온 학교를 돌아다니며 유메미가사키 양의 수첩을 찾았었는걸."

"온 학교를 돌아다니며 찾았다고?《하지만 수첩은 책상 안에 있었다고 했었는데……》"

아차……. 아야노의 호감도를 올리고 싶지 않아서 거짓말을 했는데…….

큭?! 그 이상은 말하지 마, 미즈키! 이야기가 복잡해진다고!

"응. 그래서 결국 아마미야 선생님이 수첩을 주웠었는데 본인에게 직접 건네줘야 해서 줄 수 없다는 소리를 들었거든. 그 뒤로 코우타가 사정사정해서 수첩을 겨우 돌려받아."

"그랬구나…….《사이온지 군의 이야기가 사실이라면……코우는 어째서 내 수첩을 책상 안에서 찾았다는 거짓말을 한 걸까……?》"

나중에 또 변명거리를 찾아야겠는걸…….

"그건 그렇고 유메미가사키 양의 꿈이 뭐야?"

"……응?

"꿈? 왜 갑자기 그런 이야기를 하는 거야?"

"코우타가 말이지, 아마미야 선생님에게 수첩을 돌려달라며 부탁할 때 말했었거든. '저는 그 녀석의 꿈을 응원해주고 싶어요. 이런 데서 좌절하지 않았으면 해요. 그러니까 부탁드릴게요, 아마미야 선생님. 아야노의 수첩을 돌려주세요!' 라고."

한 글자도 안 빼먹고 기억한 거냐고!

……그나저나 최악인데. 그런 이야기를 아야노가 들어버리면 또 나에 대한 호감도가 올라가 버릴지도 모른다.

"……방금 한 말."

"응?"

"방금 한 말, 정말로 코우가 그랬어?"

"코우? 아~ 코우타? 응. 그랬어. 큰 목소리였거든. 틀림없어."

"《계속…… 계속 불안했었어……. 코우에게 그런 졸작을 보여주고 재미없다는 말을 들어서…… 그래도 코우가 나를 응원해줄지 줄곧 불안했었어. ……새로 쓴 소설의 감상도 무서워서 물어보지 못했고…… 마음속으로는 실망했던 게 아닐지 줄곧 무서웠어…… 그런 코우가…… 코우가 나를 응원해주고 있어!》"

아야노……?

"그래서 유메미가사키 양의 꿈이——."

"사이온지 군, 미안한데 지금 좀 바쁘거든. 내일 학교에서 봐."

"어? 아——."

탕.

현관문이 닫히고 잠시 뒤에 밖에서 미즈키의 목소리가 날아들었다.

"유메미가사키 양도 몸조리 잘해~!"

그렇게 터벅터벅 걸어가는 미즈키의 발소리가 멀어져가자 집안이 쥐 죽은 듯이 고요해졌다.

화장실 문을 천천히 밀어 열며 현관 쪽을 확인해 보니 아야노가 눈시울이 붉으면서도 의연하게 서서 이쪽을 응시하고 있었다.

그리고 그런 아야노의 머리 위에는 어째서인지 핑크색의 하트 모양 물체가 두둥실 떠 있었고 그 안에 【10】이라는 숫자가 표시되어 있었다.

뭐지…… 저건. 풍선?

보고 있으니 그 숫자가 차칵, 하는 소리를 내며 【9】로 바뀌었다.

설마…… 이거…….

고백 카운트다운……?

또다시 차칵, 하고 소리가 나며 이번에는 【8】이라고 표시되었다.

겨우 무슨 일이 일어나고 있는지 이해가 되자 단숨에 등줄기가 얼어붙으며 무시무시한 초조감이 가슴속에서 들끓었다.

큰일났다큰일났다큰일났다!

고백받으면 죽는다고 해도 줄곧 현실감이 없었다.

사실은 뭔가의 착오라며 막연하게 생각하고 있었다.

그렇지만 저 기이한 존재, 있을 리가 없는 하트 모양의 물체를 직접 보게 되니 머릿속이 공포에 지배되었다.

심장이 크게 뛰며 숨 쉴 수가 없었고 눈 안쪽이 화끈거렸다.

【7】.

"힉?!"

네코히메 님에게 들었던 이야기가 뇌리를 스쳤다.

'질투의 신'은 천천히 죽음의 공포를 맛보도록 10초의 카운트다운을 마련해둔 거라는 그 이야기를.

그 계획은 완벽해서 나는 '질투의 신'의 의도대로 저 카운트다운 숫자가 견딜 수 없을 정도로 두려웠다.

"저기, 코우타. 잠시 할 이야기가 있어."

【6】.

깨닫고 보니 나는 한심한 비명을 지르며 계단을 쏜살같이 오르고 있었다. 손까지 써가며 꼴사납게, 그렇지만 되도록 빠르게 계단을 올라갔다.

하지만 그건 실수였다. 아까 아야노의 방에 있었을 때 창문으로 도망치면 살 수 있다는 작전을 생각하고 있었기에 상황이 급해지자 나도 모르게 그 창문이 있는 2층으로 가버린 것이다.

젠장! 실수했어! 거실 쪽으로 가면 마당으로 나갈 수 있는 창문이 있었을 텐데!

뒤돌아보니 의아한 표정의 아야노가 빠른 걸음으로 이쪽에 다가오고 있었다.

"코우! 기다려 봐!"

【5】.

아, 앞으로 5초?!

【4】.

끅?!

아무튼 지금은 도망치는 데 집중하자! 다른 생각은 하지 마!

아야노의 방문을 세차게 열며 안으로 들어갔다. 하지만 발치에 있던 아야노의 가방에 발이 걸려서 크게 회전하며 바닥을 구르고 말았다.

고개를 빼꼼히 내민 아야노가 나자빠진 나를 보고 놀란 표정으로 달려왔다.

"어?! 괜찮아?!"

【4 -STOP-】.

뭐, 뭐지? 숫자 밑에 글자가……. ……스톱? 카운트다운이 멈춘 건가?

"다치진 않았나 보네……. 다행이야."

【3】.

다시 움직이잖아?! 마, 맞다! 이 카운트다운은 화제를 돌려서 멈출 수가 있었어! 네코히메 님과도 그런 이야기를 했었잖아! 견딜 수 없는 공포에 그 룰을 잊고 도망쳐야 한다는 생각만으로 머릿속이 가득해졌던 건가…….

"코우타, 있잖아. 나 실은……."

【2】.

앞으로 2초밖에 안 남았어!

생각하자! 생각해 내자! 뭔가, 뭔가 방법은?! 화제를 돌릴 수 있는 무언가를──.

"실은…… 코우타를──."

【1】.

……아…… 이거 이제……………………………… 죽…….

죽음을 예기한 순간 주마등처럼 어떤 기억이 되살아났다.

◇ ◇ ◇

그건 바로 어제 있었던 일이었다. 나는 아마미야 선생님에게서 아야노의 수첩을 돌려받고 토크쇼 회장으로 향하던 중에 길가에 떨어져 있던 빈 캔을 밟고 요란하게 아스팔트 위를 구르고 말았다.

주위를 둘러보니 길옆의 도랑에 아야노의 수첩이 떨어져 있어서 나는 황급히 그쪽으로 달려갔다.

"큰일 날 뻔했네……. 여기까지 와놓고 넘어지는 바람에 수첩을 잃어버리면 울지도 못 한다고…… 응? 어라? 수첩의 잠금쇠가 풀려서 안의 내용이……………… 으엉?! 이, 이건?!"

수첩 안은 빼곡한 글자로 가득했다.

『【 제1983회! 코우랑 하자~나는 이어폰이 되고 싶어~】

오늘은 코우와 별로 이야기를 못 했어……. 으으……. 모처럼 다시 코우와 함께 있을 수 있게 되었는데…….

언제나 이야기를 하려고 하면 긴장해서 얼굴이 굳어버려……. 하지만 분명 머지않아 옛날처럼 코우와 많이~ 많이~ 이야기를 나누고 잔뜩~ 잔뜩 ~~ 잔뜩~~~~~~! 놀 수 있게 되겠지?!

그럼 오늘도 열심히 써보자~!

제1983회! 코우랑 다시 잔뜩 놀 수 있게 되면 하고 싶은 것!

다, 다, 맙소사! 코우는 음악 감상도 취미였대! (유나의 정보. 신뢰도 높음) 몰랐어! 코우가 이어폰을 꽂고 음악 듣는 모습을 보게 되면 분명 흥분 되어서 잠도 못 잘 거야! 그야 근사할 게 분명하니까! (근사하다고 해버렸어~ 꺄아~)

내가 전에 쓰던 이어폰을 주면 기뻐해 주려나……? 하지만 그거 몰래 녹음한 코우의 목소리를 들었을 땐 영 별로였단 말이지……. 코우의 목소리를 제대로 재현하지 못한다고 할까? 코우의 목소리는 좀 더 뭐랄까, 득득한 톤 안에 요염한 색기가 있는 느낌이거든. 역시 그런 섬세한 부분을 제대로 재현하지 못하는 이어폰을 줘봤자 싫어하려나……?

맞다! 그럼 지금 쓰는 이어폰을 하나 더 사서 코우에게 주면 되잖아! 그거라면 코우의 목소리도 그럭저럭 재현해주니까! (뭐, 진짜 목소리에는 전혀 못 미치지만!)

후후후. 난 정말 천재라니까! 또 꿈속에서 코우에게 머리를 쓰다듬어 달라고 해야지! (그 이상도 OK)

그리고 그 이어폰을 한쪽씩 꽂고 코우와 함께 쓰는 거야! '코우, 이 음악 근사하네.' '네가 더 근사해.' 같은! (꺄~!) 그리고 그대로 마주 보며 서로의 입술을——.』

나는 조용히 수첩을 덮었다.

머릿속에 흘러간 과거의 기억.
그것만이 나에게 남겨진 단 한 가지 생존의 길이었다.

"나는! 아야노의 수첩 안을 봤어!"

그렇게 큰 목소리로 소리치자 아야노가 움찔하며 어깨를 떨었다.

직후에 카운트다운의 숫자에 글자가 추가되었다.

【1 –STOP–】.

……머…… 멈췄……나?

아야노는 눈앞에서 경직된 채 미동도 하지 않았다.

하트 모양 물체에 표시된 카운트다운도 【1 –STOP–】인 채로 움직이려는 기색이 전혀 없었다.

집 앞 도로를 자전거가 딸랑딸랑, 하는 소리를 내며 지나가자 아야노가 땀을 삘삘 흘리면서 눈도 마주치지 않고 뒤집힌 목소리로 말했다.

"……봤어?"

"……미안. ……그게, 수첩을 떨어트렸을 때 우연히 펼쳐져 버려서………… 아주 조금……."

"……어느 페이지를 봤어?"

"……………………………………………이어폰 나오는 거."

아야노가 양손으로 머리를 부여잡으며 "끼야아아아아아아아!" 하고 엑소시스트에게 퇴치당하는 악마처럼 비명을 질렀다.

"보면 안 됐잖아아아아아! 보면 안 됐잖아아아아아! 《내, 내가 오랫동안 써왔던 코우와의 망상 일기아아아아아! 게다가! 제1983회라니! 그건 상당히 하드한 내용이라서 듣기기만 해도 사회적으로 죽을 레벨인데!》"

역시 그거 망상 일기였냐…….

화제를 바꾸기 위해 순간적으로 수첩을 봤다는 걸 말해버렸는데…… 미안한 짓을 해버렸는걸.

아야노는 바닥을 데굴데굴 구르면서 때때로 머리를 부여잡고 몸을 들썩이거나 고통에 찬 비명을 질렀다.

"아아아아아아아아아! 들켰어어어어어어어! 이젠 못 살아아아아아!"

너는 다시 태어나면 이어폰이 되고 싶은 거야? 라거나, 내 목소리 녹음했었어? 라면서 장난스럽게 딴죽을 걸 수도 없었다. 그런 말을 하면 아야노는 분명 그 즉시 창문에서 뛰어내린 뒤에 두 번 다시 이 집으로 돌아오지 않을 것 같았기 때문이다.

나는 가능한 아야노를 자극하지 않게 위험물을 다루는 것처럼 신중하게 말을 골랐다.

"……아, 아야노…… 그 뭐냐………… 힘내라."

"건성이야! 격려의 말이 건성이야아아아아아아!"

죄송합니다…….

나도 목숨이 걸려 있거든…… 용서해라.

엎드려서 오열하기 시작한 아야노의 머리 위에 있던 하트 모양 물체에 변화가 생겨났다.

【CLEAR】.

클리어?

다음 순간 떠 있던 하트 모양 물체가 슈우우, 하고 바람이 빠지는 듯한 소리를 내며 서서히 작아지더니 그대로 흔적도 없이 사라졌다.

사라졌어! 이건 요컨대 수첩의 내용을 들켜서 당황한 나머지 아야노에게서 고백할 여유가 사라졌다는 거겠지?

다행이야……. 아무튼 내가 지금 바로 여기서 죽는 건 회피했다는 거다…….

……그건 그렇고.

"죽여줘………… 차라리………… 죽여줘…………."

이건 어쩌지.

아야노는 움찔움찔 경련하면서 얼굴에서 각종 액체를 쏟아내며 축 늘어져 있었다.

이번에는 수첩 덕분에 살았지만 이걸 이대로 방치하는 건 좋지 않을 것 같았다.

지금은 미즈키 때문에 흥분해서 나에게 고백하려고 했지만 냉정해지면 다시 그럴 생각도 없어질 것이다.

그렇지만 내가 수첩을 봤다는 사실을 알게 된 아야노가 이미 자신의 호의가 들켰다는 걸 자각한다면 기왕 들킨 거 망설임이 사라져서 고백해버릴 가능성이 커진다.

여기서는 앞날을 위해서 미리미리 그 싹을 뽑아둬야 했다.

"아야노……."

옆으로 드러누운 채 눈물을 흘리고 있던 아야노의 어깨가 움찔하며 반응했다.

"…………."

"들어봐, 아야노…… 내가 잘못했어. 수첩을 볼 생각은 없었어. 우연히 보게 된 거야."

"…………《그렇게 말해도…… 이젠 들켜버린걸. 내가 코우를 좋아한다는 것을…… 내가 코우와의 망상을 매일같이 수첩에 적고 있는 변태라는 것을 들켜버렸는걸.》"

"……화났어?"

"…………《아아…… 정말이지. 왜 이렇게 되어버린 걸까……. 조금 전만 해도 코우에게 고백하려고 했었는데…… 그랬던 게 어째서…….》"

"……그야 그렇겠지. 내가 그 뭐냐…… 아야노가 애지중지하는 소설의 아이디어 노트를 봐버렸으니까."

"…………《아이디어 노트?》"

아야노가 상반신을 벌떡 일으키더니 고개를 갸웃거리며 내 말을 기다렸다.

"나는 잘은 모르지만 소설가는 그런 아이디어를 다른 사람이 보는 걸 싫어한다고 들은 적도 있고……. 아야노가 수첩을 보여주고 싶어 하지 않는다는 건 알고 있었는데…… 정말 미안해."

"…………《어라라? 혹시 코우는 망상 일기라는 걸 눈치채지 못한 건가? 전부 소설의 아이디어를 쓴 거라고 생각하는 거야? 그럴 수가 있나? ……그래도 저 둔감한 코우라면……. 그도 그럴 게 내가 코우의 목소리를 몰래 2테라바이트 분량이나 녹음해도 한 번도 들킨 적이 없으니까.》"

2테라바이트?! 음성 파일로 2테라바이트?! 재회하고 아직 1개월도 지나지 않았는데?!

……지, 진정하자. 문제없어. 잘 유도하고 있다. 이대로 내가 그 망상 일기를 아이디어 노트로 착각했다고 생각하게 하면, 아야노도 자신의 호의가 나에게 전해지지 않았다고 받아들이겠지. 그럼 자포자기하는 마음으로 고백하지는 않을 터……. 거기에 그러는 편이 아야노의 정신 위생상으로도 나을 테니까…….

"……있잖아, 코우타. 아까 내가 할 이야기가 있다고 했을 때는 왜 여기까지 달려온 거야?"

자신이 고백하려고 한 것을 내가 눈치챘는지를 알고 싶은 건가? 그렇다면——.

"그, 그게, 그 왜, 옛날에 술래잡기를 자주 했었잖아. 그래서 좀 그리운 마음에 그만……."

"흐으음……. 그래?《어째서 갑자기 그런 걸……. 그래도 역시 코우는 내가 고백하려고 했던 것도 눈치채지 못한 거야!》"

아야노는 눈가에 고인 눈물을 슥슥 닦고 다시 평소처럼 냉랭한 표정으로 돌아와서는 조용히 일어섰다.

"그건 그렇고 물어보고 싶은 게 있어. 아까 사이온지 군이 와서 알려준 건데 어제 아마미야 선생님이 내 수첩을 주워서 코우타가 되찾아줬다며. 그게 사실이야?"

여기서는 미즈키의 증언을 부정하는 거짓말을 하는 것보다 순순히 긍정하는 편이 나은가.

"……맞아, 미안. 아야노가 신경 쓸 것 같아서 숨겼어……. 책상 안에 있었다고 말하는 편이 안심되리라고 생각했거든."

"그렇구나…….《선생님에게는 들켰을지도 모른다는 건

가……. 확실히 마음이 무거워지기는 하지만 다른 학생이 주워서 본 것보다는 훨씬 나아. 선생님이라면 내용을 보았더라도 함부로 떠들고 다니지는 않을 테고.》"

아야노가 수첩을 소중히 쥐었다.

"그럼 다시 말해야겠네."

"말해? 뭐를?"

아야노가 쑥스럽다는 듯이 시선을 피했다.

"고마워. 내 수첩을 되찾아줘서."

그건 고맙다는 말치고는 조금 무뚝뚝했지만 감사하는 마음만큼은 분명하게 전해져 왔다.

"천만에."

에필로그

다음 날 아침. 평소대로 학교와 가장 가까운 역에서 내리자 역 부근에 뱌쿠야가 다소곳이 앉아 있었다.

"오~ 뱌쿠야. 저번에는 고마웠어. 마침 가려던 참이었는데 함께 갈까?"

"야옹."

"그래그래. ……여차."

발치로 다가온 뱌쿠야를 안아 들고 만지작거리며 카구라네코 신사로 향했다.

경내에는 으스대듯이 팔짱을 끼고 꼬리를 살랑살랑 흔들고 있는 네코히메 님이 서 있었다.

"네코히메 님, 저번에는 감사했습니다. 덕분에 살았어요."

유료였지만 말이지.

"그래. 별것 아니다. 고개를 들어라."

"들고 있어요. 처음부터."

"흠. 그래서? 오늘 그 뭔가…….."

네코히메 님은 조바심을 내며 내가 들고 있는 비닐봉지를 힐 끔힐끔 훔쳐보았다. 안고 있던 뱌쿠야를 내려놓고 네코히메 님에게 비닐봉지를 내밀었다.

"사례품입니다."

"어디 보자. 오옷! 므흐흐. 이거구나, 이거야."

츄르가 마음에 들었구나…….

네코히메 님은 비닐봉지 안에 대고 한바탕 감탄의 말을 쏟아부은 뒤에 갑자기 생각났다는 것처럼 이쪽을 돌아보며 질린다는 듯이 눈살을 찌푸렸다.

"그건 그렇고 말이다. 이번에는 우연히 잘 풀렸다만 다음에는 어떻게 될지 모른다. 그러니까 앞으로는 모쪼록 내 충고를 무시하지 말거라."

"예……. 죄송합니다……."

"……그리고…… 그 뭐냐…… 저번에는 나도 조금 말이 지나쳤구나. 소중한 이에게 상처를 주고 싶지 않다는 네 마음은 이해가 안 되는 것도 아니다."

"네코히메 님……."

"하나, 그렇다고 타인을 구하기 위해 자신의 목숨을 위험에 처하게 하지는 말아라. 네가 죽으면 내 책임이 될지도 모르니까 말이다. 모쪼록 조심하거라. 알겠느냐?"

"예. 명심하겠습니다."

"그래. 알면 됐구나."

자리를 뒤로하려고 하자 네코히메 님이 이런 말을 했다.

"그 웃기지도 않는 능력도 네가 학교를 졸업하면 사라진다. 그때까지만 견디거라."

"……확실히 이성의 속마음이 들리는 대신 고백받으면 죽는
는 능력은 웃기지도 않기는 해요. ……그래도 말이죠, 네코
메 님. 저는 이 능력이 그렇게까지 싫지는 않아요."

"음? 어째서냐?"

"왜냐하면 이 능력 덕분에 다시 아야노와 친구 사이로 돌아올
= 있었으니까요."

"……흐음. 뭐, 그렇게 생각하지 못할 것도 없구나. 하나 위험
ㅏ 능력이라는 건 모쪼록 잊지 말거라. 뭔가 곤란한 일이 생기
면 나를 찾아오고."

"감사합니다. 믿고 있을게요, 네코히메 님."

"그래."

그렇게 나는 카구라네코 신사를 뒤로했다.

조례가 시작되기 전의 교실.

자신의 책상으로 오자 바로 옆자리에서 아야노가 날카로운 안
광으로 이쪽을 보았다.

"……안녕, 코우타. 《어라? 틀림없이 먼저 학교에 갔다고 생
각했는데…… 왜 나보다 늦게 온 걸까? 어딘가 들리고 온 건
가? 후후후. 그래도 오늘도 평범하게 인사했어! 코우와 이야기
를 하는 것도 많이 익숙해진 것 같아.》"

그 험악한 표정은 어떻게 좀 안 되니?

"안녕, 아야노. 몸은 이제 괜찮아? 어제는 이래저래 미안했어……."

"몸은 이제 괜찮아. ……그, 그리고 어제 일은 이만 잊어줘……. 《코우가 수첩 안을 본 걸 알고 그렇게 이성을 잃다니……. 부끄러워서 어제는 제대로 잠도 못 잤어……. 그래도 내가 코우를 좋아한다는 건 들키지 않으니 괜찮겠지?》"

그래그래. 괜찮고말고.

자리에 앉자 앞에 앉아 있던 미즈키가 이쪽을 돌아보았다.

"안녕, 코우타."

"안녕. ……맞다. 너한테 줄 게 좀 있었는데."

"뭘?"

아마미야 선생님이 떠맡긴 대량의 미즈키 사진을 사전에 편지 봉투 안에 넣어뒀다가 통째로 건넸다.

미즈키는 편지 봉투 안을 궁금하다는 듯이 보다가 "엑?!" 하고 눈살을 찌푸렸다.

"이, 이거 어떻게 된 거야?!"

"실은 널 도촬하던 범인과 맞닥뜨려 버렸거든……."

"뭐?! 누, 누구였는데?!"

"그건…… 뭐, 모르는 편이 좋을 거야. 앞으로 다시는 도촬하지 않겠다는 약속을 받아냈고 이렇게 도촬한 사진도 돌려받았으니까…… 될 수 있으면 미즈키도 범인을 너무 책망하지 않았으면 좋겠는데……."

"그, 그래……? 뭐, 코우타가 그렇게 말한다면……. 《……그래도 다행이야. 실은 좀 신경 쓰였으니까…….》"

미즈키가 몸을 돌려 이쪽을 똑바로 보았다.

"고마워, 코우타! 덕분에 안심하고 학교에 다닐 수 있겠어!"

"그려."

나에게 감사의 말을 전한 미즈키는 마침 떠올랐다는 것처럼 목소리를 높이며 불만스럽다는 듯이 얼굴을 찌푸렸다.

"아, 맞다! 코우타, 내 말 좀 들어봐!"

"뭔데?"

"이번에 말이야, 근처 서점에서 우타니 타케코 선생님의 사인회가 있었대! 전혀 몰랐어! 으으……. 우타니 선생님의 사인…… 받고 싶었는데……."

한동안 꿍얼꿍얼 구시렁대는 미즈키를 달래고 있으니 옆자리에 있던 아야노에게서 속마음이 드문드문 들려오기 시작했다.

"《사이온지 군이 내 팬이었구나……. 그러고 보니 전에도 그런 말을 했던 것 같은데……. 그때는…… 사이코 씨에게서 문장이 카이도 이치카와 닮았으니 고치라는 말을 귀 따갑게 들었지만 잘 고쳐지지 않아서 짜증이 치밀었는데……. 사이온지 군에게도 나와 카이도 이치카의 문장이 닮았다는 말을 듣고 화가 나서…… 화풀이를 했어……. 지금 생각해보면 내가 정말 나쁜 애였던 것 같아……. 그때 일을 사과하면 용서해줄까……?》"

아야노는 두서없이 그런 생각을 하다가 마침내 결심을 하고 자리에서 일어나 내 책상에 엎드려 있는 미즈키에게 다가갔다.

"사이온지 군, 잠깐 괜찮을까?"

갑자기 다가온 아야노를 본 미즈키가 몸을 확 굳혔다.

"어? 어…… 유메미가사키 양? 《어, 어쩌지?! 무진장 노려보고 있어! 내가 또 뭔가 잘못했나?!》"

"……사인."

"사, 사인……?"

아야노는 조금 쑥스럽다는 듯이 시선을 피했다.

"…………우타니 타케코의 사인 책이라면 우리 집에 남는 게 있으니까 다음에 한 권 줄게."

"……어? 어?! 사인 책을?! 정말로?!"

"응. 그리고…… 저번에 수첩을 주워줬을 때 못되게 굴어서 미안해. 반성하고 있어. ……그…… 수첩을 주워줘서 고마워 《그리고 코우의 이야기를 해준 것도…….》"

"으, 응! 천만에! 나야말로 고마워! 《유메미가사키 양, 갑자기 왜 그러지? 혹시 그렇게까지 날 미워하는 건 아닌가?》"

내 독심 능력은 만능이 아니다. 설령 이성의 속마음이 들려온다고 해도 그건 그때 상대가 생각하는 것밖에 전해져 오지 않는다.

고등학교를 졸업해서 이 능력이 사라질 때까지 앞으로 2년 가까이 남았다. 그때까지 무사히 지내기에는 솔직히 경험 부족이라고밖에 할 수 없다.

……뭐, 그래도 결국 나에게 특별한 호의를 품고 있는 건 아야노뿐이니 그렇게 심각하게 생각하지 않아도 될지도 모르겠다.

설마 아야노 말고도 나를 좋아하게 되는 별난 애가 늘어날 것 같지도 않고…….

아무튼 나는 2년 가까이 남은 시간을 평온하게 보내고 무사히 학교를 졸업해서 정상적인 생활을 되찾을 것이다.

문득 옆자리에 앉아 있는 아야노에게 시선이 갔다.

아야노의 호감도를 이 이상 올려버리면 또 네코히메 님에게 혼날 것 같지만…… 그래도 이 말만큼은 해둬야겠지…….

"아야노, 있잖아."

"응? 왜?"

"…… '해안선에서 너를 그릴 때', 엄청 재미있었어."

"……그래? 고마워."

그렇게 표정 변화 없이 대답한 아야노의 속마음이 계속해서 흘러들어왔다.

《해냈어어어어어어어어어어! 마침내 코우에게 칭찬받았어어어어어어! 아~! 어쩌지?! 너무 기뻐서 웃음이 나올 것 같아!》

엄청나게 흥분하네…….

《후후후. 그나저나…… 코우에게 그 사실을 들키지 않아서 정말 다행이야.》

그 사실? 나를 좋아한다는 거?

그거라면 이미 알고 있다만…….

"《……내가 코우를 너무 좋아한 나머지 코우로 망상한 내용밖에 소설로 쓰지 못한다는 걸 들키지 않아서 정말로 다행이야.》"

……으엉?! 아니, 잠깐! 그럼 그 '해안선에서 너를 그릴 때'의 주인공과 히로인이 나와 아야노야?! 그 처음부터 끝까지 애정행각만 벌이던 커플이?!

"코우타? 왜 그래? 이상한 얼굴로."

넌 얼마나 나를 좋아하는 거냐고!

후기

　'언제나 쌀쌀맞게 구는 소꿉친구지만 나를 짝사랑하는 속마음이 다 들려서 귀여워.'를 읽어주셔서 감사합니다.

　생애 두 번째 작품, 통산 세 권째가 되는 본작은 라이트노벨로서는 드물었던 전작의 레이스물과는 다르게 왕도적인 러브코미디물입니다.

　소설가로서 데뷔하기 전에는 호러 소설만 읽었던 제가 설마 러브코미디를 쓰는 날이 올 줄이야…… 그렇게 생각하면서 집필했습니다만, 그러고 보니 전작부터 이미 러브코미디 요소는 충분히 집어넣었다는 것을 이제 와서 실감했습니다.

　저번에는 신인상의 수상작이라는 것도 있어서 이미 완성되어 있던 원고를 담당 편집자님과 함께 개고하는 형태였습니다만 이번에는 기획서부터 하나하나 수정받아서 한층 고생이 많았습니다.

　처음에 제출한 기획서의 단계에서는 사망자가 나올 예정이었습니다만 담당 편집자님께서 그런 건 필요 없다며 일축하셔서 이러니저러니 하는 사이에 현재의 형태가 되었습니다.

　지금 다시 읽어보니 확실히 사망자는 없는 편이 낫다는 게 이해가 됩니다.

　최근에는 동물들과 함께 무인도에서 지내는 게임과 쌀을 만들고 농기구로 적을 쓰러트리는 게임에 빠져 있습니다만 장시간 플레이하고 충분히 만족해서 자연스럽게 옛날에 했었던 FPS를 연달아 세 번 클리어했습니다. 좀 더 유익하게 시간을 쓰고 싶다는 생각을 하면서도 게임에서 벗어날 수가 없네요. 자고 있을 때도 깨어 있을 때도 게임 생각만 합니다.

　다음 권이 나올지 어떨지는 지금 시점에선 알 수 없습니다만 만약 나오게 된다면 조금이라도 게임 뇌에서 부활해 두려고 기분 전환 삼아 추운 날씨에 반나절 정도 산책했더니 어째서인지 같은 게임 소프트를 세 개나 사서 집에 돌아오게 되었습니다.

　어째서 이렇게 되었는지는 잘 모르겠습니다. 산책 중에 추위를 견디지 못하고 서점에서 책 구경이라도 할까 생각했습니다만 코로나의 영향으로 그럴 수도 없어서 하는 수 없이 게임 코너를 멍하니 걷다가 고등학생 시절에 밤새도록 했었던 POP의 소프트를 발견해서 가격도 쌌기에 그만 사버리고 말았습니다. 그런 느낌으로 추위를 피하려고 다음 가게에 들렀다가 어째서인지 눈에 띈 같은 소프트만 사게 되었네요……. 분명 추위로 판단력이 떨어졌기 때문이라고 생각합니다.

　남은 게임 소프트는 중고 거래로 팔 생각입니다.

　감사의 말입니다.

　전작에 이어 이번 작품도 세세한 지시를 내려주신 담당 편집자님. 정말로 감사드립니다. 앞으로도 잘 부탁드리겠습니다.

이번 작품의 일러스트를 담당해주신 bun150님 매번 생동감 넘치는 캐릭터들의 일러스트를 그려주셔서 감사합니다. 일러스트를 받을 때마다 살아있는 것처럼 움직임이 있는 캐릭터들 보고 놀랄 뿐이었습니다. 덕분에 상상한 것보다도 훨씬 좋은 소설이 되었다고 생각합니다. 앞으로도 인연이 있다면 잘 부탁드리겠습니다.

그리고 이 책을 사주신 독자 여러분. 정말로 감사드립니다.

앞으로도 응원해주신다면 기쁘겠습니다.

또 언젠가 만나 뵙기를 바라겠습니다.

언제나 쌀쌀맞게 구는 소꿉친구지만
나를 짝사랑하는 속마음이 다 들려서 귀여워 1

2022년 01월 20일 제1판 인쇄
2022년 02월 01일 제1판 발행

지음 로쿠마스 로쿠로타
일러스트 bun150

발행 영상출판미디어(주)
등록번호 제 2002-000003호
주소 21315 인천광역시 부평구 부평대로 283 A동 702호
전화 032-505-2973(代) | **FAX** 032-505-2982

ISBN 979-11-380-1022-1
ISBN 979-11-380-1021-4 (세트)

いっつも塩対応な幼なじみだけど、俺に片思いしているのがバレバレでかわいい。1
ⓒ Rokumasu Rokurouta
Originally published in Japan by HOBBY JAPAN Co., Ltd.

노블엔진(NOVEL ENGINE)은 영상출판미디어(주)의 라이트노벨 및 관련서적 브랜드입니다.

가난한 내가 유괴 사건에 말려들면서 모시게 된 주인은
숙녀의 탈을 쓴·생활력 빵점 영애였다──?!

아가씨 돌보기
영애들이 다니는 명문 학교에서
제일가는 아가씨(생활력 없음)를 남몰래 돕는
시중 담당이 되었습니다

1

남자 고등학생 '토모나리 이츠키'는 유괴 사
건에 말려들었다가 국내에서 손꼽는 재벌
문의 아가씨인 '코노하나 히나코'의 시중을
게 되었다.

겉으로는 뭐든지 잘하는 히나코 아가씨.
만 그 정체는 혼자서는 일상에서 아무것도
할 정도로 생활력이 없고 나태한 여자애.
나 히나코는 집안의 체면상 학교에서는 '
한 숙녀'를 연기해야만 한다. 그런 히나코를
키고 싶은 마음에 하나부터 열까지 지극
으로 모시는 이츠키. 마침내 히나코도 그
츠키에게 몸과 마음을 의지하는데……

어리광 만점! 생활력 빵점?!
완벽한(?) 아가씨와 함께하는 러브 코미디

사카이시 유사쿠 지음 | **미와베 사쿠라** 일러스트 | **2022년 1월** 출간
청춘의 상상, 시동을 걸어라!

우리 옆집엔 천사님이 산다── 무뚝뚝하면서도 귀여운
이웃과의 풋풋하고 애틋한 사랑 이야기.

옆집 천사님 때문에
어느샌가 인간적으로
타락한 사연
1~4

애니메이션 제작 결정!

후지미야 아마네가 사는 맨션 옆집에는 학교 제일의 미소녀인 시이나 마히루가 살고 있다. 두 사람은 딱히 이렇다 할 접점이 없지만, 비가 오는 날 흠뻑 젖은 시이나 마히루에게 우산을 빌려준 것을 계기로 기묘한 교류가 시작되었다.

혼자서 너저분하게 대충대충 사는 아마네를 차마 보다 못해, 밥을 차려 주거나 방을 청소해 주는 등 이것저것 챙겨 주는 마히루.

가족의 정을 그리워하면서 점차 다정한 모습을 보이기 시작하는 마히루. 그러나 그 호의를 알면서도 자신감이 없는 아마네. 두 사람은 자신의 마음에 솔직하게 굴지 못하면서도 조금씩 서로의 거리를 좁혀 나가는데 …….

사에키상 지음 | **하네코토** 일러스트 | **2022년 1월 제4권 출간**

청춘의 상상,시동을 걸어라!

타천의 구신 ~SLASH DØG~

1~3

하이스쿨 D×D Universe

고등학생 이쿠세 토비오의 일상은 변하[...]
았다. 사고로 행방불명이 된 동급생들. 고[...]
의 습격. 목숨을 빼앗기기 직전, 토비오를 [...]
것은 타천사 조직에 속한 이능력자——[...]
도 또래의 미소녀였다?!

최강의 강아지인 '진'을 손에 넣은 토비[...]
자신을 구해준 소녀 나츠메, 미소녀 마법[...]
비니아, 중2병 소년 발리 등 개성적인 동[...]
과 함께 일상에서 벗어난 싸움에 참가한[...]
신이 잃어버린 것을 되찾기 위해…….

「하이스쿨 D×D」의 주인공 효도 잇세이[...]
마가 되기 몇 년 전. 「슬래시독」 팀의 리[...]
쿠세 토비오의 과거를 그린 전일담!

이시부미 이치에이 지음 | 키쿠라게 일러스트 | 2022년 1월 제3권 출간
청춘의 상상, 시동을 걸어라!